弾丸スタントヒーローズ

美奈川　護

集英社文庫

目次

弾丸スタントヒーローズ

序章　クランクイン

眼下から届く叫び声が、男のものか女のものか、千鶴には分からなかった。

——飛べ、千鶴《ちづる》！

聞き慣れた父の声だった気もするし、事あるごとに自分を鼓舞し続けてくれた、ある女性の声にも聞こえた。だが、それは単なる幻聴だったのかもしれない。炎上した上空の大気は強く逆巻き、無防備に晒《さら》された両耳が焼け落ちていたとしてもおかしくはない。

実際、周囲は風景ごと融解するような熱波に悲鳴を上げていた。人はあまりにも強烈な熱に晒されると、汗など出なくなるのではないか。自分を取り囲む温度と反比例して冷えていく頭の中で、そんな事を考える。

もう一度、声が聞こえた……自分を呼ぶ声が。

先程と違い言葉の態すら成していなかったが、それでも千鶴は本能的に声が聞こえた方向を見た。自分が立っている場所の遥《はる》か下、大きく口を開けた奈落の底を。

背後の世界が消失していく。炎にまかれて足場は焼け落ち、勢いを増した火の手は自分の足元にまで浸食してくる。それは単なる錯覚で、炎を纏《まと》っているのは世界ではなく自分だけなのかもしれない。意識が混濁し、感覚が曖昧になっていく。遥か下から繰り返し届く声だけが、世界と自分を繋《つな》ぎとめる全《すべ》てだった。

地上まで十メートル。炎で歪《ゆが》む視界に、広げられた白いマットが小さく見える。追い詰められた獣のように息を吸う。流れ込む空気の熱さに喉が焼ける。だが足は動く、腕もだ。心臓はしっかりと鼓動を打っている。

飛べ、千鶴！　鼓膜を揺らし続ける声を、胸中で繰り返す。

そうだ、飛べ。この世界にもう一度生まれるために。

その時の自分は、その言葉と共に空へ身を躍らせただろうか。それとも、立ちすくんだまま一歩も動けなかっただろうか。

記憶が攪拌《かくはん》される、世界が火柱の中に消失していく。

ただ、背後から迫りくる炎の熱さと、耳元で轟々《ごうごう》と唸《うな》る風の音だけが鮮明だった。

第一章　ボディ・ダブル

前屈立ちの構えから放った前蹴りに、目の前の有賀《ありが》は情けない声を上げてひっくり返った。こちらが寸止めすることが分かっていても、防御反応を取ってしまうのは人間の性《さが》だろう。千鶴が振り上げた足を下ろすと、型稽古にすらなっていない組手を見ていた師のぼやきが届く。

「お前は本当に才能ねえなあ、有賀」

道場は聖域である。だが、一度畳を下りれば知ったことではないらしい。廊下から道場を眺めていた本郷《ほんごう》は、夕刊を広げながらつまらなそうに吐き捨てた。好物の魚肉ソーセージを犬歯で剝《む》きながら、こちらに指先を向ける。

「少しは千鶴を見習えや。二十年そこらしか生きてねえのに、人生三周目みてえな、あの不動心！　今のがフルコンなら、確実に死んでたぞ！」

「……師範、アンチフルコンタクト派じゃないですか」

「たとえ話だ、たとえ話！　俺はフルコンなんざ断じて認めんからな！　いいか、空手は喧嘩《けんか》の道具じゃねえんだ！　琉球《りゅうきゅう》空手は君子の武道と心得ろ！」

　言い合う本郷と有賀を尻目に、千鶴は帯を締め直した。道場の隅では有賀の息子、優斗《ゆうと》が「またパパ怒られてる」と呟《つぶや》いている。父親としての威厳などまるでないが、千鶴は慣れたことのように溜息《ためいき》をついた。

「師範、いい加減に門下生を増やす努力をしてくださいよ。有賀親子だけじゃ、ちっとも練習にならないんですけど」

「相手を求めるな千鶴！　いいか、古武術に勝敗はない！　だが、敵は居る——それは己自身だ！　己自身と戦え！」

　随分と耳触りがいいことを言っているが、この状況では全く格好がつかない。千鶴は醒《さ》めた目で、本郷の手によって書かれた「不動心」の掛け軸を見つめた。

　東京の外れにある本郷館は、五十年近い歴史を持つ琉球空手道場だ。だが、若い頃に嫁に逃げられて跡継ぎもいない本郷は、年金暮らしに入ってから道場経営は完全に趣味の領域に入っている。尻もちをついていた有賀がようやく立ち上がった。

「師範がそんな調子だから、専業主夫と、色気のない女子大生しか来ないんですよ。技術はあるんですから、もったいないと思いませんか？」

「ちょっと有賀さん、それセクハラなんですけど」

「いやいや、悪気はないんだよ。ただ、もうちょっと千鶴ちゃんもお洒落《しゃれ》とかしたらいいんじゃないかな、せっかく可愛《かわい》いんだからさ。ねえ師範。千鶴ちゃん、最近よくテレビで見る子にちょっと似てません？　なんていったかなあ、あの女優さん……」

「知らん。俺は時代劇しか見ねえ」

それも別の意味でのセクハラ発言だが、有賀に悪気がないことは分かっていたので、これ以上責めることは止めた。有賀比呂志《ひろし》は近所に住んでいる専業主夫だ。最初は「ギガレンジャーになるために修行をする」という理由で道場に通い始めた息子の付添いで顔を出していたが、強引に本郷から丸め込まれて生徒の頭数に入れられてしまった。

要するに今の本郷館には、まともな門下生がほぼいない状況だ。しかし道場主はそのことを全く気にする様子もなく、二箱目の『電雷戦隊ギガレンジャー』ソーセージを開けながら呟く。

「もう日も落ちてきたし、そろそろ閉めるか……おっ、優斗。ギガレッドのカードが入ってたぞ。キラキラしてるから当たりだな！」

箱からカードを取り出すと、優斗が「やったー！」と言いながら駆け寄っている。最近本郷があのソーセージばかり食べているのは、おまけのカードで優斗を釣るためだ。子供のいない本郷だが、孫のような年の子を可愛がりたい気持ちはあるらしい。微笑《ほほえ》ましい光景を横目に時計を確認すると、確かに時刻は十八時を回っていた。道場の隅で黙々と着替えていると、本郷の溜息が聞こえた。

「千鶴もよお、花の女子大生なんだろ？　こんな寂れた道場で、爺《じい》さんとおっさん相手に前蹴り入れてる暇があるなら、テニスサークルとか入って、キャッキャウフフした方がいいんじゃねえか？」

「じゃあ来月からは、こちら不要ですね」

着替え終わった千鶴は、鞄《かばん》から取り出した月謝袋を本郷に突き付ける。すると彼はいきなり正座をし、両手で封筒を受け取った。畳から降りたら最後、道場主の尊厳は欠片《かけら》もない。こちらの様子を見て、有賀親子も帰り支度を始める。

「優斗も着替えるよ。ママが帰ってくる前に、ご飯の支度しなきゃ」

「ご飯の前に、ギガレンジャー見てもいい？」

「ちゃんと片づけのお手伝いしてくれるならね……あっ、千鶴ちゃん。今日、カエデスーパーで卵が特売だったよ」

専業主夫からの情報は有難く受け取っておく。千鶴は短い黒髪を振ると、目深《まぶか》にキャップをかぶった。全身鏡に映る自分の姿は、相変わらず男だか女だか分からない。空手着を詰めたリュックを背負うと、本郷が夕刊から顔を上げながら呟いた。

「たまには親父にも顔出すように言っといてくれや」

「年金暮らしの師範と違って、父さんは忙しいんです。最近、ずっと帰りも遅いし」

「ふん。あのハナタレ小僧が、立派になったもんだな」

千鶴にこの道場通いを薦《すす》めたのは、父だった。父はまだ本郷館が道場として成立するぐらいに門下生がいた頃、ここに通っていた。引っ込み思案で大人しかった娘を心配してのことだったようだが、十年続けた今でも千鶴の性格が好転したとは思えない。唯一の趣味になったという点では、御の字なのかもしれないが。

汚れたスニーカーに足を突っ込むと、背中に本郷の視線を感じた。向こうでぐずる優斗を着替えさせている有賀には聞こえないほどの声量で口を開く。

「……千鶴。俺はお前を心配してんだよ。ちゃんと大学は行ってるんだろうな？　彼氏とは言わねえが、友達ぐらいはいるんだろうな？」

いい加減な師匠だが、十歳の頃から十年間世話になっているのだ。優斗だけではなく、千鶴も孫の一人だと思われているのかもしれなかった。その質問には答えずにいると、本郷は夕刊を再び広げながら言った。

「お前、四月生まれだったか？　今週の占いにも書いてあるぞ。『四月生まれの人は、新しいことを始めるチャンス！　勇気を出して飛び込もう！』だとよ」

「私、占いとか信じてないんで」

千鶴はぴしゃりと返した。同じ年の同じ日に生まれた人間が、皆同じ運命をたどるとでもいうのか？　胸中でそう言ってから、一礼して道場を出た。優斗の「千鶴ちゃんバイバイ」という無邪気な声だけには手を振って返す。

一応スマホを確認するが、着信もメッセージも残っていない。いつものことなので、気にせずジーンズのポケットにスマホを突っ込む。七月に入り、夜が訪れるのがめっきり遅くなった。この時間でも、空はまだ仄《ほの》かに明るい。千鶴は見慣れた住宅街を抜け、近所のスーパーに向かった。

小学生の時に両親が離婚して父子家庭になってから、家事はずっと千鶴の役割だった。大手商社に勤務している父のおかげで、金銭面で不自由したことはない。中堅私立大学で無為なモラトリアム生活に甘んじていられるのも、父のおかげだった。

もうすぐ大学も夏期休暇だが、文系私大生の夏休みは長い。一年時に比べて授業のサボり方を覚えた二年生は、放っておくと脳が壊死《えし》しそうな時間の始まりである。

特に、サークルにすら所属しておらず、友人と呼べる仲間もいない千鶴のような人間は、心底やることがない。その無気力さがだだ漏れになっていたのであれば、師匠もそれは心配するだろう。

……バイトでもしようかな。

夕食の買い物をする主婦でごった返した入口には「アルバイト・パート募集」のポスターが貼られていた。レジは駄目だ、あまり人前に顔を出さない仕事がいい。品出しなら出来るかもしれない。幸いなことに、体力には自信がある。無趣味な上に外見にも頓着しないので小遣いは必要ないが、なにもやることがないよりはマシかもしれない。

そんな事を考えていた時だった。普段は着信などほとんどない、ポケットに入れたスマホが震える。画面を確認すると、父からだった。この時間はまだ仕事中のはずだ。急ぎの用事ではないなら、メールを入れるだろう。妙だと思って通話を繋ぐ。

『千鶴か？　今、大丈夫か？』

聞こえてきたのは、珍しく慌てた父の声だった。何だか嫌な予感がする。父は早口で要件だけを告げた。

『嗣美《つぐみ》が撮影中に怪我《けが》をしたらしい。命に別状はないらしいが、病院に運ばれたそうだ。今、事務所から連絡があった』

急に飛び出してきた姉の名に、千鶴は固まった。両手に買い物袋をさげた女性が、突っ立っている自分を邪魔そうに避けていく。

『もちろん父さんもすぐに行くんだが、今出先でな。事務所の方が車を出してくれるそうだから、お前も病院に向かいなさい』

「私が行っても……」

『嗣美が、お前に来てほしいと言っているそうなんだ』

まさか、そんなことがあるのだろうか。千鶴は高校を卒業して以来会ってもいない、双子の姉の顔を思い出した。不意に顔を上げると、磨かれたガラス戸に自分の顔が映っている。一瞬だけぎょっとするが、すぐに首を振る。自分は嗣美とは似ていない。似せないようにしている。こちらの内心をよそに、耳元で父の声は続いていた。

『嗣美が所属しているコズミックプロモーションの、紺野《こんの》さんという女性が駅まで迎えに来てくれるそうだ。黒のセダン車と言っていた。名刺を確認してから乗りなさい』

父が告げてきたのは、最寄駅の名前だった。また連絡するとだけ言って、通話は切られる。千鶴はその場に立ち尽くしたまま、暗くなったスマホの画面を見つめた。そこにまた自分の顔が映り、思わず目を逸《そ》らす。

確かなことは、双子の姉が怪我をして病院に搬送されたこと。そして姉自身が、自分に会いたがっているということだった。余計な事を考えるな、それならば、父の言う通りに駅に向かって病院へ足を運べばいい。勝手に家を出ていき、連絡すら寄こさない姉とて、怪我をしたとなれば心細くなって家族に頼りたくもなるだろう。

千鶴は自分にそう言い聞かせ、駅から家路につく学生やサラリーマンの流れと逆行する形で大通りに入った。と、ちょうど目の前のロータリーに、一台の黒いセダン車が入ってくるところだった。

それにしても、乱暴な運転だ。その上、問題のセダンはバス停車位置のど真ん中という迷惑な位置に停車する。運転席から降りてきたのは三十代半ばほどの、細身の女性だった。ひっつめた黒髪に暗色のスーツ姿で、深くなり始めた周囲の闇に溶け込んでいる。

彼女は千鶴に気づいて近寄ると、無遠慮にキャップの中を覗《のぞ》き込んだ。まじまじと凝視した後、抑揚のない声で問いかける。

「佐久間《さくま》千鶴さん？」

薄い眼鏡《めがね》越しに向けられたのは、ひどく嫌な視線だった。全てを見透かしているような目だ。この女性は苦手だ……本能的にそう思いながら頷《うなず》くと、彼女は無言で一枚の名刺を差し出した。受け取ると、「株式会社コズミックプロモーション　芸能マネジメント部　紺野　涼子《りょうこ》」とある。どうやら父の言う迎えとは、彼女で間違いないらしい。

と、クラクションの音が響き渡る。顔を上げると、ロータリーに入ってきたバスの運転手や停留所の乗客があからさまに顔をしかめていた。こんな場所に停車していたら当然だろう。すると紺野は、問答無用で千鶴を後部座席に押し込んだ。

「早く乗って下さい。事情は車の中で説明しますから」

紺野も運転席に座り、こちらがシートベルトを締めるより早くアクセルを踏む。彼女の運転は絶望的に乱暴だった。ただでさえ事態が呑《の》み込めていない状況下で、どこにたどり着くか分からないジェットコースターに乗せられた気分だ。

少しの出来事では動じない自信のある千鶴でも俄《にわ》かに不安になり、今一度スマホを確認する。だが、父親からの再連絡は入っていない。紺野はというと、バックミラー越しに千鶴を見ながら感情の読み取れない両目を細めている。

「それにしても、雛森《ひなもり》と瓜《うり》二つですね」

「まあ……一卵性双生児ですから」

素直な感想に苦々しく答え、キャップのつばで顔を隠す。こちらの顔よりも、ちゃんと前を見て運転してほしい。市街地を抜けて国道の方向に曲がる車体が赤信号に捕まったのを見計らって、ようやく千鶴は状況の把握に乗り出す。

「それより、嗣美の容態はどうなんです？　どこの病院に運ばれたんですか……？」

だが、紺野はその問いかけを清々しいほどに無視した。信号が青に変わり、車は急発進する。思わずつんのめりながら、千鶴は渡された名刺を再度確認した。スマホで検索するが、電話番号と住所に間違いはない。そして確かに、嗣美が……芸名「雛森つかさ」が所属しているのは株式会社コズミックプロモーションだ。

だとしたら、この違和感は何なのだろう。父に電話をかけてみたが、繋がらない。とりあえず、指定の車に乗って病院に向かっている旨はメールしておく。

時刻は十九時に近づき、周囲はすっかり暗くなっていた。車は国道を逸れ、郊外に向かっているようだ。千鶴は身を乗り出し、再度紺野に病院の場所を確認しようとする。と、彼女がウインカーも出さずに左折したので、再びつんのめった。どうやらどこかの駐車場に入ったらしい。窓を開け、守衛に通行証らしきものを見せている。

闇に塗りつぶされて曖昧な視界の中、千鶴の目は門扉《もんぴ》に書かれた施設の名を捕えた。

――東亜《とうあ》東京撮影所

「あの……紺野さん。ここ、病院じゃないですよね？」

だが、紺野は相変わらず千鶴の声など聞こえなかったように急ブレーキをかけた。ヘッドライトが消され、辺りは暗闇に包まれる。紺野は車を降り、後部座席の扉を開けた。はばかることなく不審な視線を向ける千鶴の腕を摑《つか》む。

「降りてください」

いや、おかしい。ここはどう見ても病院ではない。撮影所というからには、おそらく嗣美が怪我をした現場の方だ。まさか嗣美は、怪我をした現場にまだ放ったらかしにされているとでもいうのか？

腕を摑んでくる紺野の力は、それほど強くない。千鶴の腕であれば女性の細腕など簡単に捻《ひね》れるだろう。だがここで抵抗しても埒《らち》が明かないので、千鶴はしぶしぶ車から降りる。周囲を見回すと、倉庫街のように巨大な四角い建物が何棟も立ち並んでいる。

「紺野さん、事情を説明してください。私は、姉が怪我をしたと聞いて来たんですよ？どうして撮影所に……」

「ボディ・ダブルです」

すると、紺野はこちらの質問を遮るようにそう言った。千鶴は開きかけていた口を閉ざし、その単語を反芻《はんすう》する。紺野は先程から、こちらの顔を見ない。逃亡を阻止するかのように腕を掴んだまま、倉庫のような棟……スタジオの、重たい観音開きの扉を開ける。そうしてようやく、千鶴は紺野の意図と、自分の迂闊《うかつ》さに気づいた。

冗談ではない……これは本当に、誘拐だったのだ。

外とは一転して明るい照明に満たされた内部に目がくらむ。最初に襲ってきたのは、既視感だった。大道具のシンナー臭、高い天井に伸びたマイクブーム、四方から光を投げかける灯具。慌ただしく駆け回る制作助手たちや撮影技師たちが、一斉にこちらを向く。そして紺野は無理やり千鶴の腕を振り上げると、平坦だが良く通る声で叫んだ。

「雛森つかさの代役《シャドウ》、入りました！」

＊　＊　＊

紺野と共にスタジオに入るなり、慌ただしく駆け寄ってきたのは一人の女性だった。髪はほつれて目の下には隈ができ、満身創痍《まんしんそうい》といった態である。彼女は人形のように立ち尽くす千鶴を無遠慮に見やりながら、やかましい声を上げた。

「すごいこの子、まさに遺伝子の神秘！　ちょっと、かつら持ってきて！　衣裳部は、セーラー服のスペア用意してるの？」

どうやらスタイリストらしい。勝手にキャップを取られるが、この状況でそんなことに怒っていられるほどの余裕は千鶴も持ち合わせていなかった。その間にも背後では、この世の終わりのような顔をした人々が悲鳴を上げながら駆け回っている。

「修正後の香盤表《こうばんひょう》コピーして！　早く！」

「脚本《ホン》の直しはどうなってるのよ！　作家さんに連絡は取れてるの？」

「おい、アクション部！　蒲生《がもう》の馬鹿はどうしたんだ！　まさかまた、この状況下で寝てるんじゃないだろうな！」

「君は立ってるだけでいいから！　今、台詞《せりふ》なしで残りのシーンを撮れるように調整してる。もちろんアクションはスタントさんがやるし！」

最後の言葉は、どうやら自分に向けられたものらしい。理解できたのはそこだけだ。

すると、ディレクターズ・チェアに座っていた男が、腹を空かせた熊のような形相で歩み寄ってきた。周囲の人々が自然と道を開ける。彼が監督なのだろう。映画撮影という混沌とした現場の中心に立つ者には、相応の威圧感がある。

とはいえ千鶴も、その男に直接問う勇気はない。横にいる紺野に視線を投げ、わざと大きい声で質問する。

「あの……そろそろ状況の説明をしてくれませんか？」

千鶴の思惑通り、その言葉は監督の耳にも入ったようだった。男は眉を引き上げると、紺野に向かって怒鳴り声を上げた。

「紺野！　お前は、事情も説明しないで代役《シャドウ》を連行してきたっていうのか？　双子の片割れを使えって提案してきたのはそっちだろうが！」

「説明してる時間なんてありません。大体、急《せ》かしてきたのは久保寺《くぼでら》監督じゃありませんか。お父様には後程、弊社から説明させていただきますので」

紺野は、監督らしき男の大声にも動じずに眼鏡の奥の目を細めた。男は丸めた台本で太腿《ふともも》を叩《たた》きながら、投げやりな口調で言い捨てる。

「まあいい。二十歳《はたち》の雛森と双子なんだから、成人だな？　保護者了解なんているか、さっさと撮っちまうぞ！　この現場は二十二時でバラさなきゃなんねえんだ！」

周囲がパニックになったり、盛り上がっている時ほど醒めた気分になるのは、千鶴の悪い癖だった。良く言えば冷静、悪く言えば他人事。

……不動心。

道場にかかげられている、本郷が自らしたためた掛け軸を思い出した。すると、横から千鶴以上に冷静な紺野の声が届く。

「心配しないでください、雛森が搬送された病院の方には、お父様が向かっています。雛森はこの現場でオールアップの予定でした。残りは数シーン、今から他の女優を代役に立てるわけにもいきませんので」

「……それは、嗣美の意志ですか？　彼女が私に代役を任せると？」

「いいえ、私の独断です。現場に穴をあけるわけにはいきませんので、協力して下さい」

当然のように言われ、千鶴は呆《あき》れて声も出なかった。何となくだが、この紺野という女性が全ての元凶に思えた。このまま帰ってしまっても、誰も自分を責めることはしないだろう。本当に逃げてしまおうか、そう思った時だった。

「ボディ・ダブルならぬ、ボディ・トリプルですか」

騒然としたざわめきを切り裂くような、良く通る女性の声が響いた。反射的にそちらを見やり、ぎょっとした。

「いきなり素人《しろうと》にカメラの前に立てとは、監督様も無理なことを仰《おつしや》いますね」

そこにいたのは、パイプ椅子に座った女性だった。問題はその格好だ。あちこち破れた長袖のセーラー服で、顔と長い黒髪も泥と血糊《ちのり》まみれ。傍らには、やはりべったりと血糊の付いた日本刀が立てかけられている……もちろん演出上の特殊メイクと小道具だろうが、この空間では明らかに浮いた存在だった。さながら、本陣で畳床机《たたみしようぎ》に座る武将の貫禄である。

その風体を差し引いても、彼女には監督とは違った威圧感があった。監督が女性に向き直ると、周囲は剣呑《けんのん》な空気に覆われる。口火を切ったのは監督の方だった。

「お前も分かってるだろうが、美作《みまさか》！　ここの現場はあと三時間でケツカッチンなんだ、時間がないんだよ！」

「だからってまさか、さっきの階段落ちのカットまで、素人のシャドウさんにやらせる気じゃないでしょうね？　雛森さんの残りのシーンは、全て私が吹き替える。さっきから そう提案しているんでしょうが！」

「駄目だ！　いくらカット割りを変更しても、雛森の顔を外して残りのシーンを撮ることは不可能だ。それに雛森とお前じゃ、身長が八センチも違う。アクションだけなら誤《ご》魔化《まか》しがきくが、それ以外のシーンでお前は全く使えない！」

「そこをどうにかするのが監督の仕事でしょうが！　雛森さんが怪我をしたことに関しては、私にも責任がある、だからこちらも最大限協力すると言ってるんです！」

二人の応酬に、千鶴は逃げようとしていたことも忘れて立ちすくんだ。周囲も同じようで、先程まで慌ただしく作業をしていた人々も思わず手を止めている。そもそも撮影現場において、監督は最高責任者ではないのか。その人物にここまで言えるとは、美作というこの女性は一体何者なのだ。格好からして、役者ではあるようだが。

「ええと……どうします監督、双子ちゃんのメイク始めます？」

牽制《けんせい》しあうような沈黙が二人の間に流れたのを見計らって、メイク担当が恐る恐る声を上げる。だが、その質問に答えたのは監督ではなかった。

「始めてください。それに、彼女は全くの素人ではありません。子役経験がある」

千鶴は弾《はじ》かれたように後ろを向き、声の主である紺野を一瞥《いちべつ》した。彼女は、自分のことをどこまで知っているのだろうか。思わず睨《にら》みつけるが、紺野は全くこたえていないように平然としている。監督と言い合っていた女性は、予想外の事を耳にしたように驚いた声を上げた。

「そうなの？　雛森さんが子役出身だったことは知ってるけど」

「……確かに、嗣美と一緒に子役事務所に所属させられていたことはあります。私は性格的に合わなくて、すぐに辞めてしまいましたけど」

別段責められているわけではないが、女から血まみれの顔を向けられ、思わずそう言ってしまう。すると、紺野は言質《げんち》が取れたとでも言うように頷いた。

「一度も現場に立ったことのない人間を、いくら双子だからといって呼び出したりはしませんよ。見てください、彼女の落ち着きよう。撮影現場が初めての素人であれば、こうはいかないでしょう」

千鶴は紺野を再度睨みつけるが、彼女は最初から事情を分かって自分をここまで連れてきたのかもしれない。と、紺野は非難するように女性を一瞥する。

「そもそも、アクション部が俳優部の事情に口を出さないで頂きたいですね」

「出すに決まってるでしょ！　この能面女、私たちアクション部が何のために現場にいるか分かってるの？　おたくの俳優たちを守るためでしょうが！」

「おい、斗貴子《ときこ》！」

女性が苛立《いらだ》った声を上げ、紺野に詰め寄ろうとした時だった。スタッフの間をかき分けるようにして、なぜか首からアイマスクを下げた中年男性が駆け寄ってきた。彼は女性の後頭部を鷲摑《わしづか》みにすると、無理矢理頭を下げさせた。

「いやあ、久保寺監督に紺野マネージャー。相変わらずうちの馬鹿女が、無礼を働いたようで申し訳ない」

「ボス！　私は当然のことを言っただけだ！」

男は寝起きのようなぼんやりとした目で、白髪まじりの髪には派手な寝癖がついている。しかし、暴れる美作の頭を巧みに押さえつけたまま、のらりくらりとした口調で続ける。口を挟む隙を与えない喋り方だ。

「しかしですね、確かに＃85《シーン》は雛森さんではなく美作にやらせていれば、こんな事態にはならなかった。こいつなら階段落ちのスタントには慣れている。ここはうちの体面の問題もありますし、問題のシーンは美作の吹き替えで手を打ってくださいませんかね。残りは負担の少ない形で、こちらのシャドウさんにご協力を仰ぎましょうよ。まずは、美作の吹き替えシーンの進行を組み直す、それが最善です」

この現場で初めて、建設的な意見を耳にした気がする。千鶴は突然現れたアイマスクの男に視線を向けた。笑っているのに笑っていない目を持つ男だった。すると、渋面《しぶづら》の監督がわざとらしい舌打ちをした。

「……分かった、＃85《シーン》は美作で吹き替えよう。残りは雛森のシャドウに立たせる。メイクと衣裳、早く！」

「今、換えの衣裳を準備しますんで！　双子ちゃん、ちょっとだけここで待ってて」

「美作はセットに入れ、＃85《シーン》！」

監督の指示を皮切りに、統制を失いかけていた現場が一斉に動き出した。なんだか茶番というか、今までのやり取り自体が台本のようで現実味がない。

と、ようやくアイマスクの男が美作の頭を離した。彼女は何事かを毒づきながらも、監督の指示通りにセットの方向へ駆けていく。小道具の日本刀をかつぐ姿が、妙に様になっていた。男はその背中を見送りながら、深々とした溜息と共にぼやく。

「公開館数十二館の低予算映画なんて、芸大生の自主製作映画とほとんど変わりゃしないな。すまないね、妹さん……お姉さんか？　変なことに巻き込んじゃって」

「妹です」

この現場で出会った人間の中で、このアイマスクの男が最も信頼に足りる人物のような気がした。あの監督よりも、よっぽど周囲を俯瞰《ふかん》出来ている。こちらを監視するように紺野も傍《そば》にいたが、特に自分と男との会話を止めようとはしなかった。

「……結局、嗣美が怪我をしたのは誰の責任なんですか？」

「そうだな……あのスカタン監督が、本来ならスタントが演じるべきアクションシーンを、ワンカットで撮りたいがために雛森さんに演じさせたこと。それを周囲が止められなかったこと。俺が無理にでもスタントマンをねじ込まなかったこと……要するに、ここにいる全員の責任だな」

身も蓋《ふた》もない結論だが、実際にそういう状況だったのだろう。男は場違いなほど大きな欠伸《あくび》をした後、ポケットから半分折れ曲がった名刺を取り出した。

「挨拶が遅れたね、雛森つかさの妹さん。俺はこういう者だ」

名刺には、硝煙を上げながら発射される弾丸のアイコンがデザインされていた。その下には、「スタント・チームBULLET　代表取締役　蒲生英忠《ひでただ》」と書かれている。

「さっき、うちのヘリウム女が失礼な態度を取って申し訳なかったね。あれはあれで、君を庇《かば》ったつもりだったんだよ」

「……ヘリウム？」

「一番沸点の低い物質」

そう言って、蒲生は再び欠伸をする。立ち尽くす千鶴をよそに、周囲では着々と撮影再開の準備が進められている。今まで気に留める余裕はなかったが、目の前には倉庫内のようなセットが組まれていた。端には鉄骨の階段があり、金槌《かなづち》を腰に下げた美術部らしき男たちが状態の確認をしている。

その上に、ヘリウム女こと美作が姿を現した。かつらか地毛かは分からないが、黒髪の隙間から見える双眸《そうぼう》が灯具の明かりを反射し、爛々《らんらん》と輝いている。先程まで言い合っていた仲とは思えないほど真剣な表情で、監督と最終の打ち合わせをしているようだ。

「あの方は、女優さんなんですか？」

千鶴が聞くと、蒲生は寝癖の付いた頭をかきながら答える。

「いいや、彼女は……」

録音技師がマイクブームを掲げ、撮影部がデジタル・シネマカメラを芝居場に向ける。監督がモニターブース横のディレクターズ・チェアに体をねじ込み、助監督がカメラ前にカチンコを差し入れる。蒲生の言葉の続きと、監督のコールの声が重なり合って、前方を見つめる千鶴の耳に届いた。

「……スタントマンだ」

「――アクション！」

空気が張りつめ、静まり返る。瞬間、階段のセットの上に立っていた美作が、飛び込むように階段下に身を躍らせるのが見えた。

千鶴は思わず息を呑んだ。本当に彼女が何者かに突き飛ばされ、足を踏み外したように見えたのだ。それだけの勢いとスピードで、かなりの段数がある鉄骨の階段を転がり落ちていく。頭はしっかりと庇っていたが、最後まで勢いを殺すこともなく、美作は背中から舞台に叩きつけられた。そのまま転がり、俯《うつぶ》せで動きを止める。

それは、ものの数秒のシーンだった。伏せったまま微動だにしない美作は血糊だらけということもあり、本当に死んでしまっているのではないかという錯覚まで起こさせる。金属の手すりに日本刀の鞘《さや》が打ち付けられた音が反響し、数十人のスタッフが集結しているとは思えないほどの静寂が周囲を満たす。

「――カット！」

その沈黙を破ったのは、監督のコールだった。カチンコの二拍が打ち鳴らされる。それが復活の呪文《じゅもん》であるかのように、伏せっていた美作は平然と起き上がる。当たり前のことだが、不死身のゾンビが再生したかのような場面に千鶴はぎょっとした。

「駄目だ、顔が映ってる！」

だが、モニターブースで映像を確認していた監督が額を叩き、NGを出した。美作は口元を引き結び、周囲に頭を下げながら再び階段を上っていく。

「今の演技、OKが出るまで繰り返すんですか？」

「当たり前だろう、普通の女優と同じだよ」

頭を保護するヘルメットもなく、無防備なセーラー服という衣裳で、あんな体を張った演技を何度も続けられるものなのか。千鶴は自分が置かれている状況も忘れ、セットに釘付《くぎづ》けになっていた。

「まあ、今のは斗貴子の演技が悪いな。顔が映るのは、スタントマンとして避けなきゃならない基本中の基本。最悪のNGだ」

　美作自身もそれを分かっているのか、渋い顔で首を回しながら階段下を見下ろしている。もしかしたらどこか痛めたのではないだろうか。というよりも、あの勢いでは痛めていない方がおかしいだろう。しかし、彼女はそんな様子などおくびにも出さず、階段下のスタッフにサインを投じる。テイク2、再びカチンコが鳴り響く。

　再度の落下は、先程と全く遜色《そんしょく》ない勢いだった。体の側面から転がるように落ちるのであればまだ分かるが、彼女は頭から、要するに前転の要領で落下している。おそらくはそちらの方が、階下から見上げるように撮影しているカメラから顔が見えにくくなるからだろう。地面に叩きつけられた数秒後、カットがかかる。千鶴は思わず息を止めていた。だが、モニターを確認した監督から、再び無慈悲な声が上がる。

「美作、今度は膝のプロテクターが見えてるぞ！」

　美作が頭を押さえた。脳震盪《のうしんとう》を起こしても仕方のない状況だ。と、今までぼんやりした表情でセットを見つめていた蒲生が、彼女を手招いた。美作はスタッフに待つようサインを出し、早足で蒲生の方に向かってくる。

　すると彼女は無言のまま衣裳のローファーを脱ぎ捨て、恥じらいもなくスカートをめくり上げた。僅《わず》かに見えた腿には、今しがたついたばかりのような内出血の痕《あと》があった。あんぐりと口を開ける千鶴の前で、両膝のプロテクターを外す。それを押し付けられた蒲生は、先程までとは別人のように押し殺した声で、美作に向かって簡潔な指示を出した。

「プロテクターのある上半身に体重をかけろ。まだ殺陣《たて》のシーンも残ってる。ここで体力を消耗《しょうもう》するな、次で確実に決めてこい」

「オーケー、ボス」

美作は爛々と光る両目に灯体を映しこみながら、静かに頷いた。セーラー服の裾を翻し、大股でセットに戻っていく。顔が残ることのない撮影現場に向かうその背中は、さながら戦地に赴く名もない兵士のようだ。千鶴も呆然《ぼうぜん》とその姿を見送る。

テイク3、テイクを重ねるごとに現場は張りつめるが、ある一定の時間を超えると悪戯《いた》

戯《ずら》に弛緩《しかん》する。だからこそ、短時間で確実に決めなければならない。カメラが回る、主灯と補助灯の光が交錯し、芝居場を薄暗く演出する。美作は前方を凝視していた。アクションの号砲と共に身一つで階下へと特攻する。

刹那《せつな》、美作の体が傾《かし》いだ。本当に疲労で倒れこんでしまったように見えた。足のプロテクターを放棄したとは思えない落下だ。だが、頭を庇う演技で顔を隠し、肩で衝撃を吸収するように体重をかけているのは分かった。更に、スカートが下手にめくり上がらないように足をさばいている。あれは、正真正銘の演技なのだ。たった数秒間、再び訪れる静寂、それを破ったのは、監督の声だった。

「カット！　ナイススタント！」

　続いて起こったのは拍手だった。千鶴は止めていた息を吐き、つられて拍手する。美作は何事もなかったようにむくりと起き上がり、頰《ほお》の血糊を拭いながら、武道の試合でも終えたかのように深々と一礼した。

　しかし逆に考えると、あんなことを嗣美はやらされたのか。それは、失敗すれば病院沙汰にもなるだろう。美作がセットを降りると同時に、急激に現実が蘇《よみがえ》ってくる。それを示すかのように、スタイリストの女性が小走りに駆けよってきた。

「双子ちゃん、衣裳の準備できたわ。メイク室に来て！」

「……千鶴です」

　その呼び方は止めてくれと遠回しに伝えるように、千鶴はぽつりと主張した。しかしもう、抵抗する気はなくなっていた。嗣美はもちろん、美作をはじめとするここまで多くの人間が関わっている現場だ。自分が突っ立っていることで彼らが助かるなら、数時間ぐらいは我慢すべきなのかもしれない。

　スタイリストに腕を摑まれ、千鶴はメイク室に連行されていった。セットの方を確認すると、戻ってきた美作の肩を蒲生がねぎらうように叩いていた。

　メイク室で貸し与えられたのは、美作が着ていたものと同じ、ボロボロのセーラー服だった。要するに嗣美……雛森つかさが演じる主人公のスタントを美作が、更にその代役を千鶴がやるという状況だ。先程美作が「ボディ・トリプル」と言っていたが、この三人一役という状況を指した言葉だったらしい。

着替えを手伝おうとするスタイリストを追い払って、自分で身につける。それにしても、血まみれのセーラー服で日本刀を振り回すヒロインとは、一体どんな役なのだろう……公開館数が十何館だと蒲生もぼやいていたし、相当なB級映画に違いない。

鏡台の前に座らされると、憮然《ぶぜん》とした自分の顔を直視する羽目になる。全く頓着していない短い黒髪をこねくり回しながら、メイク担当の女性が早口でまくし立てた。

「監督からは雛森さんに似せろって指示が来てるけど、普通にメイクするだけで見分けがつかないわよ、さすが双子ちゃんね。あっ、目元のほくろだけはコンシーラーで隠しておきましょ、雛森さんにはないから」

全ての言葉に対して、千鶴は曖昧な相槌《あいづち》だけで返す。鏡に映る自分の顔が嗣美の造作に近くなっていくのを漠然と見つめながら、ずっと気になっていたことを口にする。

「……これ、何の映画の撮影なんですか？」

「『NAYUTA』ってマンガ読んだことない？　月刊ヤングオーシャンで連載中の」

無言で首を振る。千鶴は漫画を読まないし、テレビもあまり見ない。たとえ知っている作品の撮影現場だったとしても、この混乱の中で事態を正確に把握するなど、百戦錬磨の俳優だったとしても難しいだろう。メイク担当は機械のように手を動かしながら説明してくれる。

「武道の達人である女子高生の時多那由《ときたなゆ》が、歴史を変えようと暗躍する政府の思惑を阻止するためにタイムスリップしつつ戦うっていう……要するに学園物とアクション物と歴史物のちゃんぽんよ。大体こういう作品は自爆する傾向にあるけど、話自体は面白くて時代考証も綿密だし、じわじわ人気が出たみたいね」

「……さっき、公開館数十二館とか言ってましたけど」

「まあ、人気があるといっても所詮は中堅出版社のコンテンツレベルだしね。特にコミックの実写映画化は当たり外れが激しいから。制作委員会《フィルムパートナー》に手を上げる企業は少なかったみたいよ」

なるほど。そうなると当然、予算も少なくなる。スタッフの拘束時間やスタジオ使用料を削減するため、撮影スケジュールはきつくなる。監督の機嫌は悪くなる。結果、低予算映画の撮影現場は地獄と化す……負のスパイラルだ。そして、その地獄の渦中に放り込まれたヒロイン——時多那由役に抜擢《ばってき》されたのが、新人女優の雛森つかさだったということか。メイク担当の説明は続く。

「でも、久保寺監督は若いけど有望株よ。CGを多用しないアクション映画を中心に、三十代半ばにして数々の映画賞を総なめにしてきた気鋭だもの。どうやら彼自身、『NAYUTA』原作の熱心な読者らしいわ……ちょっと動かないでね、時間も押してるし」

遠回しに黙れと言われ、千鶴は口をつぐむほかなかった。血糊や汚れといった特殊メイクを上塗りされ、長い黒髪のかつらをかぶせられると、メイク担当が時計を確認した。千鶴を蒸し暑い廊下に押し出し、スタジオに向かって急き立てる。

再び入ったスタジオでは、撮影が進んでいた。おそらく、美作が演じられる遠景を先に済ませているのだろう。セット上では、殺陣の撮影が行われていた。台本を見ていないので状況は分からないが、美作扮《ふん》する主人公が、銃を構えたスーツの男数人と立ち回りを繰り広げている。刀だったり銃だったり、世界観が全然ピンとこない。

立ち回りの中心にいる美作の動きは、アクションシーンを見慣れていない千鶴の目ではほとんど追い切れなかった。ダンスのように剣戟《けんげき》の振り付けは存在しているのだろうが、決められた予定調和を感じさせない迫真の動きがそこにはあった。模造刀の閃《ひらめ》きが照明を反射させ、千鶴は思わず目を細める。

監督のカットがかかり、動きを止めていた俳優たちが肩を下ろす。美作はセットを降り、肩を怒らせながら蒲生の方へ歩いて行った。タオルで血糊をふき取りながら、呪詛《じゅそ》のような言葉を吐いている。

「あのスカタン監督、役者を人形ぐらいにしか考えてない。そりゃ雛森さんも怪我するわ……ちょっとボス、私もう二度と、あいつの監督作品には出ないからね」

「そう怒るな。この現場、撮影部も録音部も照明部も、みんな久保寺組だ。まさに四面《しめん》

「それをどうにかするのが、ボスの仕事でしょうが！」

楚歌《そか》、俺たちアクション部の発言力なんてゼロに等しいんだよ」

また沸騰している。蒲生はどうやら慣れているらしく、のらりくらりとかわしている

だけだったが。と、シーンの撮影を終えて一息ついた現場が、戻ってきた千鶴たちに気

づいたようだった。至るところから感嘆の声が上がり始める。

「すごいな、これは雛森と見分けがつかないだろ」

「監督、この子ならアップもいけるんじゃないですか？」

遠巻きに見られながら好き勝手なことを言われるのは、当然ながらいい気分ではない。

足音もなく紺野が駆け寄ってきて、あの嫌な視線でじろじろと観察される。千鶴は内心

で顔をしかめながら、元凶である彼女に向かって小声で聞いた。

「本当に立っているだけでいいんですね？」

「演技がしたいのなら、喜んで監督に伝えますよ」

この女性は一体、何をどこまで把握しているのだろうか。言い返そうとしたその時、

監督がのしのしと歩いてくる。撮影班が慌てて巻き上げるケーブルをまたぎながら、無

遠慮にこちらの顔を覗き込んできた。あまりに真剣な視線に思わず臆《おく》する。

「♯86《シーン》、美作じゃなくて君が出来ない？」

「はあ？」

ぼそりと呟かれた監督の言葉に苛立った声を上げたのは、ペットボトルの水をがぶ飲みしていた美作だった。よく分からないが、また火に油を注ぐような発言だったらしい。

美作は千鶴と監督の間に割って入り、大袈裟《おおげさ》に両手を上げる。

「また無理な事を！　＃85《シーン》はさっきの階段落ちの後、那由が受け身を取って立ち上がる演技が含まれてる。突っ立ってるだけじゃないじゃない！」

「そこだけはアップで撮りたいんだよ。ころっと転がって、ささっと立ち上がってくれればいいからさ」

「軽く言ってくれますけどねえ、受け身はそんな簡単なものじゃないの！　しかもマットの上じゃない、セットはコンクリート床よ？　カメラワークを変えれば、顔が映らないように後ろからのカットに出来る……」

美作が唾《つば》を飛ばしながら叫んだ時だった。不意に彼女がぐらつき、千鶴は反射的に彼女の背中を支えた。蒲生が駆け寄ってくるが、美作は軽く首を振って姿勢を正す。

「……大丈夫、少し立ちくらみがしただけ」

「うーん、ちょっと今日はハードワークだったからなあ」

あれだけ何度も階段から落下すれば、いくら訓練しているとはいえ、脳震盪に近い状態にもなるだろう。その後、立て続けに殺陣のシーンを撮影したとあれば、体力も消耗しているに違いない。もともと血圧の高そうな女性だし、頭の血管が切れていなければいいのだが。特殊メイクのせいで、顔色すら分からない。

蒲生は制作部に小声で「何か冷やすもの持ってきて」と頼んでいる。監督も気まずそうに顎をさすりながら思案していた。不穏な空気がまた、現場に伝播《でんぱ》し始める。主演女優が不在となった低予算映画、地獄の代名詞のような状況下で、皆が疲労しているのだ。

千鶴は周囲を見渡して、息を吐き出した。美作の背から手を離し、顔を上げる。

「……私、受け身ぐらいなら取れますけど」

いきなり刀を振り回したり、階段から落ちろと言われても無理だが。その言葉に、監督が目をしばたたかせる。自分で提案したことなのに驚くなと言いたかったが、次に飛んできたのは美作の声だった。

「ちょっと妹さん。受け身って簡単に言うけど、下手にやると首や背骨を損傷する可能性もあるのよ？　万が一そんなことが起きたら、人間どうなるか分かってるの？」

額に青筋を立てる勢いでまくし立ててくる。これ以上血圧を上げてほしくないと思いつつ、千鶴は監督と蒲生の顔を交互に見渡した。

「一応、十年近く武道やってるんで。普通の人よりは上手《うま》くやれると思いますけど」

「武道って言っても、アクションの受け身は柔道とは違うの。畳の上じゃないし、転がった後に元の体勢に戻って立ち上がらなきゃならないの、分かる？」

責められているような状況になっていたが、美作の言うことは正しい。彼女はプロなのだ。素人が何も知らずに、簡単そうに言うなと思っているのだろう。

だが、現場の混乱はもちろん、彼女をこれ以上酷使させるのは忍びない。そのことをどう伝えようかと考えていると、蒲生の間延びした声が響く。

「おーい、マット持ってきて」

「ボス！」

美作が顔を跳ね上げる。美術部が現場の隅に丸めていたマットを階段セットの下に運ぶ。その様子を見ながら、蒲生は監督に向かって口を開いた。

「分かりました監督。美作の体力も限界ですし、シャドウさんにやらせてみましょう。ただし、アクション指導の時間は頂きますよ。それを見て、監督のお眼鏡に適《かな》うようならシャドウさんを使えばいい。ただし、彼女は素人だということをお忘れなく。無理だと判断したら、すぐに斗貴子に替えます」

あの、立て板に水の調子でそう言い、蒲生はようやく首から下げていたアイマスクを外した。監督は丸めた脚本で肩を叩きながらも、蒲生に対して反論することはなかった。渋々《しぶしぶ》といった調子で了承する。

「十分後に撮影を再開する。記録係《スクリプター》！　今まで撮ったカットを元に、残りのシーンを再構成しろ！」

そう言いながら、監督は慌ただしくモニターブースに向かって行った。渋面の蒲生は、申し訳なさそうに千鶴に視線を移す。

「結局こうなっちゃったなあ……妹さん、無理なら無理って言うんだよ」

「私は反対だよ、ボス。妹さんまで、雛森さんの二の舞になりかねない」

制作部から氷嚢《ひょうのう》を受け取った美作が、深刻な表情で千鶴を見る。言葉は乱暴だが、心配してくれているのだろう。だが、時間がないことは確かだ。蒲生は美作の言葉を受け流し、千鶴をセットの方へ連れて行きながら聞いた。

「ちなみに、なんの武道やってるの？」

「空手です」

「極真《きょくしん》？」

そう問い返され、千鶴は一瞬だけ間《ま》を置いた。極真空手は近代空手と言われ、近年になって台頭してきた流派だ。ちなみに、本郷師範が敵対意識を燃やしている流派でもある。空手と言われれば極真と認識する人も多い。

「いえ、古流です。琉球空手の道場で、十年近く正拳と前蹴りばかり仕込まれました」

「系統は？」

「……首里手《しゅりて》です」

千鶴は、マットを叩く蒲生の横顔を思わず見返した。琉球空手は、首里手、那覇手《なはて》、泊手《とまりて》の三系統に分かれる。琉球空手と聞いて、系統を確認してくるということは、それなりの知識がある人間だ。スタント・チームの代表を務めている以上、武道に関しては詳しいのだろうか。すると、蒲生は思案するように腕を組んだ。

「なるほど……百聞は一見にしかずだ。いつもの受け身やってみて」

美作も眉間に皺《しわ》を寄せたまま、下からセットを見上げている。スタッフたちが走り回る中、蒲生はマットを叩いた。千鶴は頷き、マットに手を付ける。

寝技のない空手は受け身の練習を取らない流派も多いと聞くが、本郷は頑《かたく》なに「派手な技など極限状態では何の役にも立たん！　正拳、前蹴り、受け身！　この三つさえ反射的に出せるようになれば、少なくとも死なんからな！」と唱えていた。あの師匠が一体何と戦っていたかは分からないが、まさか映画撮影を想定してはいないだろう。

右肩から入り、左腰から抜ける。そのまま腰を上げ、膝を立てて立ち上がる。そればかり仕込まれたということもあり、慣れないスカートとかつらという格好だったが問題なく体勢は整えられた。画面的にどう見えるかは全く分からなかったが。

「……こんな感じですけど」

マットに立ち上がり、遠慮がちに蒲生を見る。これで「全然ダメ」と言われても、それはそれで仕方ない。すると、蒲生は何とも形容しがたい表情をしていた。

「ははあ、なるほど」

蒲生が喉の奥で呻《うめ》いたので、千鶴はセット下の美作に視線をやった。彼女もまた、狐《きつね》につままれたような顔をしている。そのままの表情で、戸惑ったように呟く。

「武道の受け身って、お尻つくイメージだったけど。立ち上がる流派もあるの？」

「彼女の指導者は、おそらく野外戦を想定してる。畳の上ではなく地面の上で、頸椎《けいつい》と腰椎を守りつつ、腰を浮かせて着地する。実践を重んじる、古流空手ならではだ。要はまあ、アクションの受け身に近い。型が出来てる、いけるかもしれない」

千鶴は驚いた。まさか、あの寂れた道場で仕込まれた技が、こんな場面で役に立つとは……次に道場に行く時は好物の魚肉ソーセージを買って行くべきだろう。

「もう一度やってみて。そう、背骨は最低限の箇所を床に当てるんだ、そのまま尻を上げる……斗貴子、補助して」

美作もセットに上がり、立ち上がりを補助してくれる。いつの間にか、周囲の視線もこちらに集まっていた。だが、気にしてはいられない。何度か動きを繰り返し、蒲生は意を決したように口を開く。

「……マットを外す」

その言葉に、美術部がマットを丸めて片づけ始めた。野外を想定しているとはいえ、稽古は畳の上だ。確かに、コンクリート床の上で受け身を取ったことはない。千鶴は両手を床に付いた。ひんやりとした感触が伝わる。

「妹さん、無理ならちゃんと言うんだよ。プロテクターの位置を意識して」

蒲生が真剣な表情でそう告げる。最初に会った時は寝ぼけたような顔の男だと思ったが、アクションのことになると目が覚めるらしい。いつの間にか千鶴も、理不尽な状況であることを忘れていた。

息を吸い、左足で固い地面を蹴る。首と腰を守れ、なぜか師匠の声が脳裏に響く。背骨の一点が床に当たった瞬間、痛みが走る。だが、そのまま体重をかけて起き上がった。視界が回る、高い天井の灯光が、現実味を帯びない映像のように見える。

蒲生がカットの掛け声代わりに手を打った。そのまま時計を一瞥し、最終確認をするように聞いた。

「紺野マネージャーが子役経験ありって言ってたけど、本当？」

一瞬だけ戸惑った後、千鶴は頷いた。現場には独特の空気がある。カメラを向けられて、いつも通りの受け身が出来るか否かの確認だったようだ。蒲生はたっぷりとした沈黙を置いた後、意を決したように言った。

「昔取った杵柄《きねづか》って言葉もある。彼女に託そう」

「ボスの判断なら、私は従いますけどね……」

まだ不安を感じているような様子で、美作は千鶴を見つめる。その時、セットの下から怒号のような監督の声が飛んだ。

「状況はどうだ、蒲生！」

「#86《シーン》、彼女でいきましょう」

蒲生はそう即答し、千鶴の肩に手を置いた。そして、監督の横に立った紺野に視線を投げ、口元を皮肉げに持ち上げる。

「何かあったらアクション部が責任取るよ。このシーン、俳優部は黙ってて」

紺野は、その言葉に何も言わなかった。ただ、あの能面顔で千鶴を一瞥しただけだ。

「――#86《シーン》！　入るぞ！」

監督がスタジオ全体にまで届くような声を張り上げる。俄かに周囲がざわつき、撮影技師がカメラを構え、録音技師がマイクブームをかつぐ。衣裳部が千鶴に駆け寄り、メイクとセーラー服の裾を直した。

「無理するんじゃないよ」

渋面の美作に背中を叩かれる。先程一回だけ行った、マットなしでの受け身で当たった箇所が痛い。単なる受け身でこれだ、三回続けて階段から落ちた彼女の痛みはどれほどのものなのだろうか。プロだからといって、痛覚が人より鈍いわけではないだろう。

「長めに回しとけ、君のタイミングで演技に入っていい」

カメラマンに指示してから、監督はそう言った。千鶴は頷き、首を回す。それを見て監督が妙な顔をしていたが、気にしてはいられない。今は一刻も早く、この地獄の現場を少しでもマシな方向に導かねばならない。

それは怪我をした嗣美のためなのかどうかは、よく分からなかった。

現場のざわめきが、どこか遠くに聞こえる。不動心か……またも、あのあまり尊敬していない師匠の教えが脳裏に蘇り、千鶴は苦笑した。

世界が無音になる、カチンコの音は聞こえた。「レディ――」監督の声もまた、しっかりと届く。「――アクション！」後は、自分の呼吸の音だけが確かだった。

先程、美作が演じた階段落ちのシーンを脳裏に再生する。自分が演じる場面は、あの続きなのだ。プロである彼女の動きをなぞることは出来ない。台本すら読んでいない、演じている役の名前すら知らない自分が出来るのは、美作のアクションの続きを演じることだけ。

視界が回る、体は、何度も反復した動きをごく当たり前のように再現した。時間にして一瞬のことだっただろう。立ち上がり、そのまま前方を見据え、動きを止める。カチンコ二《ふた》打ち、監督の声が反響する。

「――カット！」

千鶴は息を吐いた。すぐにモニターブースにスタッフが集結する。表情が硬いな……しかし素人ですよ……動きは良かった……後方のカメラの映像は使えるか……もうワンテイク……あまり無理をさせるわけには……時間が押してます……そんな話し声が断続的に聞こえてきたが、天井を仰いでいた監督が鶴の一声を上げた。

「よし、オーケー！」

自然、現場から拍手が起こった。彼らの視線を避けるようにしてセットから降りる。すぐに蒲生が駆け寄り、ねぎらうように肩を叩かれる。

「よくやった。いきなり連行されてきたシャドウにしては上出来だよ」

全くである。数時間前までスーパーでバイトをしようかと求人情報を見上げていた大学生が、どうしていきなりB級映画に出演しなければならない羽目になったのだ。

ふと顔を上げると、紺野と目が合った。不気味に睨まれているような気がして、顔をしかめる。と、目の前に美作からタオルが差し出された。

「あんた、度胸あるわねえ」

感心というよりは、半ば呆れた口調だった。一応褒められているのだろうと判断し、礼を言ってから顔を拭う。血糊がついて思わずぎょっとするが、特殊メイクをしていただけだと思い出す。美作の声は独白のように続いていた。

「さすが雛森さんの双子というか……ボス。この子、ひょっとするかもしれないよ」

「ひょっとしたとしても、ひょっとするとでどうにかなるものじゃないよ、うちは」

謎の応酬を繰り広げる二人だったが、すぐに監督が美作の名を呼んだ。セットでは、立ち回りの相手役である黒服たちがアクションの動きを確認している。最後の殺陣のシーンが、まだ残っているようだった。

「あんたのおかげで、少し休めた。ありがと」

そう言って、美作は笑った。可愛いとは言えない笑みだったが、血糊と泥にまみれた顔に、その表情はひどくしっくりきた。小道具の模造刀を手に、真っ直ぐセットの方へ向かって歩いていく。

「これで最後だ。せいぜい暴れてこい」

蒲生がその背に声をかけると、美作は振り向かないまま親指を立てた。そこで千鶴は、思いのほか自分が疲労していることに気づいた。カメラが回っている時には気にならなかった、コンクリートで打った肩や腰の鈍痛が蘇ってくる。

千鶴は周囲を見回し、空いているパイプ椅子を借りて座った。目の前では、ライトに照らし出された別の世界が広がっている。その中心に立つ美作は、生き生きと立ち回りを演じていた。白刃が閃き、その光に千鶴は目を細めた。

光があれば、影がある。

誰かが言った。頑なに隠し続けてきた、自分が雛森つかさと双子であるという事実をどこかで聞きつけた、大学の同級生の言葉だったか……自分に向けられたものなのか、偶然聞いてしまったものかどうかは覚えていない。

同じ日に生まれて、同じ顔してるのに、すごい差だよね。一人は芸能人でちやほやされて、一人は友達もいないような暗い奴《やつ》でさ……

こめかみが痛んだ。考えるなと、頭の中の誰かが警鐘を鳴らす。自分は影でいい、そう思い続けてきた。誰も私を見るな、私はあの子とは違うのだ。

頭上のライトが、足元に濃い影を落としていた。千鶴を現実に引き戻すように、金属音が響き渡る。セット上の美作は、まるで踊っているように見えた。彼女を中心に、立ち回りは進行する。それは大きな渦となり、スタジオを呑みこんでいく。

あの人は、影の中の光だ。

顔も見えない、名前もスタッフロールの下に連ねられるだけ、栄光は全て主演俳優の手に。それでも彼女は今、この世界を支配している、完璧な影《シャドウ》だ。

いつの間にかセット上の黒服たちが、全員地面に伏していた。その中心で美作は独り、立っていた。残心から、無駄のない動きで納刀する。微《かす》かに見えていた、光が消える。

「カット――オーケー！　ナイススタント、美作！」

監督が立ち上がった。周囲のスタッフが沸く。倒れていた黒服も立ち上がり、拍手が響いた。先程までいがみ合っていた監督と美作が、固い握手を交わしている。

千鶴はパイプ椅子に座ったまま、別世界の出来事のようにそれを見つめていた。実際、数時間後には目の前の光景など自分には無関係のものになるのだ。千鶴が映っている場面も、公開時には雛森つかさという存在になる。

美作が「終わった終わった」と親父くさい大股《おおまた》でこちらに近寄ってきた。千鶴は会釈し「お疲れさまです」と声を上げる。すると美作は、千鶴に掌《てのひら》を向けてきた。その意味が取れずに瞬《まばた》きすると、彼女は再度手を突き出してくる。

千鶴は一瞬戸惑い、それでも促されるままに手を出した。血糊と泥で塗られた手を、美作はしっかりと摑んできた。女とは思えない力強い腕だ。彼女はこちらを覗き込むようにして、朗々とした声で言い放った。

「お疲れさま。あんたも私の、ボディ・ダブルだ」

＊　＊　＊

ようやく千鶴が解放されたのは、日付が変わる頃だった。

受け身のシーン以外は当初の話通り、概《おおむ》ね突っ立っているだけのシーンだった。表情をつけろという細かい指導はあったが、向こうも代役にそこまで注文を付けるのは酷だと思ったのだろう。特に無理な指示をされることもなく、現場は解散となった。

最後に蒲生と美作に挨拶をしたかったが、必要な撮影が終わるなり、紺野に引きずられるようにしてスタジオの外に追い出された。用が済んだら証拠隠滅か。内心で呆れたが、芸能事務所などそんなものだろうと諦める。帰りも行きと同じように紺野の乱暴な運転で送られる羽目になったが、疲れ切っていたので文句を言う気にもなれなかった。

「お父様には、私から説明しておきます。お疲れさまでした」

紺野にそうとだけ言われ、最寄駅の前でセダンから放り出される。スマホには、何度も父からの着信が残っていた。

満身創痍で自宅に戻ると、当たり前だが父の怒りっぷりは半端ではなかった。どうやら拉致《らち》の後に、紺野からは電話が入っていたらしい。娘の一人は仕事中に怪我をし、もう一人は撮影現場に拉致である。

「それで、嗣美は平気だったの？」

「ああ、軽い脳震盪だ。念のため検査入院をするが、二、三日で退院できるそうだ」

父に冷たい麦茶を淹《い》れてやると、ようやく落ち着いたようだ。魂ごと吐き出してしまいそうな溜息をついた後、ぼそりと呟く。

「……嗣美が雛森つかさとして芸能界に戻ると言った時に、止めるべきだったたな」

「父さんは反対したじゃない。勝手に出て行ったのは嗣美でしょ」

嗣美が家を出て行ったのは、十八の時だ。十八歳以上であれば親の承諾なく芸能事務所には所属できるらしいので、反対を受けた嗣美は自然と家出のような形になった。しかし、後から父はちゃんと身元保証人になったのだろう。だからこそ、今回事故が起きた時には連絡が来たのだ。父は懺悔《ざんげ》でもするように呟く。

「父さんは、お前たちがやりたいことは力になりたいと思ってる。だが、あの世界はもともと、お前たちが好きで関わったわけじゃないだろう。あれは、母さんが……」

「やめようよ、その話は」

　麦茶を飲み干し、千鶴は父の言葉を遮った。蒸し暑いリビングルームに、気まずい沈黙が訪れる。父は何も言わなかった。千鶴は視線を逸らし、テレビの上に飾られている家族写真を一瞥する。

　自分と、父と、嗣美。母の姿はない。いつか三人で旅行に行った時のものだ。自分と嗣美はお揃《そろ》いの服を着ており、写真を撮ってくれた人が「そっくりな双子ちゃん！　お父さんしか見分けがつかないんじゃない？」と驚いていたのを思い出す。それを聞いて、父も照れたように笑っていた気がする。

「今回の事は、もういいよ。私も疲れたけど、怪我とかはなかったし、現場の人も気を使ってくれたし……どうせ嗣美も知ってるんでしょう？」

　その問いかけに、父は無言で頷いた。それを聞かされた時、嗣美は一体何を思ったのだろう。未《いま》だに渋面で座り込んでいる父を残し、洗面所に入る。鏡には、いつも通りに化粧気のない自分の顔が映っている。

　服を脱ぐと、肩と腰に内出血の痕が残っていた。コンクリート床で受け身を取った時に付いたものだろう。これは父には見せられなかった。視線を腕に移し、顔をしかめる。

　そこには見慣れてしまった、古い火傷《やけど》痕がある。背中から腕にかけて刻まれた、引きつれた傷。これに比べれば、内出血などいずれ消える、些細《ささい》なものに過ぎない。

そうだ、いずれは消える……シャワーのコックを捻《ひね》りながら繰り返す。ただ、この内出血だけが、先程まで自分があの撮影現場にいたという唯一の証《あかし》でもあった。影《シャドウ》と呼ばれた自分の存在は、すぐに消される。しかし、それが何だというのだ。苦笑し、再度新しい傷痕を押さえる。

美作という女性と同じだ。あの、光輝を放つ影を演じていた彼女にも、おそらく同じ内出血の痕が残っている。彼女にとっては、きっとこれが勲章のようなものなのだろう。その事実だけが、何となく誇らしかった。もう、会うこともないだろうが。

翌日、千鶴は都内の大病院にある個室の前で、深い息をついた。

駆け出しとはいえ、一応芸能人だ。入院場所を知られないようにしているのだろう。嗣美の病室は奥まった場所にあり、受付でも妙に身元を確認された……そもそも、撮影中の事故で病院に運ばれたこと自体、漏れてしまっては困るのだろう。

病室の入口には「佐久間嗣美」とある。念のため看護師に確認すると、この時間に見舞い客はいないようだった。ノックをしたが、返事はない。

「……嗣美」

引き戸を開け、中を覗き込む。ベッドの横にはカーテンが引かれており、横になっている人物を確認することは出来なかった。事務所関係者からか、枕元には大量の花が置かれていた。微妙な距離を置いて立ち止まる。

「見たくない顔かもしれないけど。一応心配になって……大丈夫なの?」

ベッドの嗣美は何も答えなかった。微かに身じろぎした気配が伝わってきたので、起きてはいるらしい。空調の利いた病室は外とは別世界のように涼しく、千鶴は額の汗を拭った。窓越しに届く蟬《せみ》の声が、現実味を帯びないノイズのように聞こえる。

「起きてるなら、何か言ってよ……私が大変な目にあったこと、聞いてるんでしょ」

「……あれは、勝手にマネージャーがやったことだから」

掠《かす》れた声が響き、千鶴は口をつぐんだ。薄い布一枚を隔てて、横になっていた嗣美が起き上がる気配が届いてくる。

「千鶴だって、断ればよかったのよ」

「断れる状況じゃなかったの。状況も説明しないで現場に連れて行かれたんだから」

人の気も知らないで……思わず千鶴は奥歯を嚙《か》みしめたが、ここで怪我人相手に怒る気にはなれなかった。それに、一番参っているのは嗣美の方だろう。自分のせいで周囲に迷惑をかけたことは、痛いほど分かっているはずだ。

千鶴は額を押さえた。言葉を選ぶための間を置いて、声を絞り出す。

「……もう、こういうことはしないで」

嗣美はやはり、何も答えなかった。再び横になったのか、シーツの擦れる音だけが聞こえた。千鶴は会話を諦めて踵《きびす》を返す。引き戸に手をかけ、もう一度後ろを振り返る。あのカーテンの向こうにいるのは、誰なのだろう……ふとそんな考えが過《よぎ》り、千鶴はぞっとした。「嗣美」ともう一度声をかけるが、やはり返事はない。窓も開いていないのに、カーテンの裾が微かに揺れる。

千鶴は慌てて廊下に出て、後ろ手に扉を閉めた。いつものキャップを目深にかぶり直し、早足でエレベーターに向かう。待合室のフロアに戻ると人々の喧騒《けんそう》が復活し、安堵《あんど》の息をついた。昨日の打ち身が痛みを持っていることに気づき、肩を押さえた。

＊　＊　＊

数日が経って佐久間家には嗣美の退院知らせが届いたが、千鶴の日常が変わることはなかった。お詫《わ》びのつもりなのか、コズミックプロモーションから高級そうな菓子折りが届いたぐらいだ。父に渡しても怒りが再燃するだけだろうと思い、本郷にあげることにした。撮影現場では期せずして彼の教えが役に立ったことだし、魚肉ソーセージよりは喜んでくれるだろう。

「おっ、高級菓子じゃねえか。どういう風の吹き回しだ？」

「頂き物です」

相変わらず道場の入口で魚肉ソーセージを齧《かじ》っていた本郷は、面食らったように菓子折りを受け取った。空調という軟弱なものなど設置されていない道場だが、中庭に面した障子が全て解放されているので風の通りだけはいい。千鶴は鞄から空手着を取り出し、隅で着替えようとする。

だが、昨日風呂場で確認した時、まだ撮影現場での内出血痕が消えていないことを思い出した。追及されるのも面倒だ。そのままの体勢で固まっていた、その時だった。

「たのもー」

妙に間延びした女の声が聞こえた。なんだ、今の時代錯誤な言葉は。まさか道場破りか。さすがの本郷も鳩《はと》が豆鉄砲を食らったような顔をして、門扉の方に視線を向ける。

「……なんですか、今の」

「知るか。こういう時は『どうれー』って返した方がいいのか？　時代劇でしか見たことねえぞ。道場主やって半世紀経つが、初めての事態だ……千鶴、様子見てこい」

なぜか少し嬉《うれ》しそうに、そんなことを言っている。いいように使われている気がしたが、仮に道場破りだとして、いきなり道場主が出ていくことはないだろう……こちらも時代劇並みの知識だが。千鶴はスニーカーに足を突っ込んで、渋々外に向かう。

恐る恐る門扉を開けると、そこに立っていたのは背の高い女性だった。年は二十代半ば頃か、明るく染めた髪を肩辺りで切っており、シャツとジーンズという千鶴と同様に無頓着な格好だ。いずれにしても面識がないし、道場破りにも見えない。だが、彼女はこちらの顔を見て、旧友にでも再会したように片手を上げた。

「……どちらさまでしたっけ」

見た目はそこまで怪しくはないとはいえ、この時代に寂れた道場前で妙な声を上げること自体が不審者だ。そもそも門扉にはチャイムがある。千鶴が門扉を閉めかけると、不審な女性は心外といった様子で肩をすくめた。

「なんだよ、もう忘れたのか……ああ、あの時は、かつらとメイクしてたからか」

そこで千鶴は、ようやく目の前の人物に思い当たった。嗣美の代役で連れて行かれた撮影現場で会った、異常に沸点の低いスタントウーマンだ。確かにあの時は長い黒髪のかつらに特殊メイクを施されていたので、全く印象が違う。

「あの時の……美作さんでしたっけ。色々とお世話になりました」

結局、撮影が終わった後はすぐに紺野に連行されてしまったので、ろくな挨拶もできなかった。しかしそれはそれとして、何故彼女がこんなところを訪問してきたのかが分からない。下駄《げた》を引きずりながら様子を見に来た本郷の声が届く。

「……誰だ、この姉ちゃん」

「なんというか……成り行きで知り合った人です」

何の説明にもなっていなかったが、そうとしか紹介しようのない人物だ。美作は何が楽しいのか笑いながら、本郷にも一礼した。

「どうもはじめまして。もしかしてこの方が、あんたに受け身を教えた師匠？」

「いやまあ、そんなところですけど」

現場でも思っていたが、美作は態度と同じぐらい声も大きい。あのスタッフで溢《あふ》れた広いスタジオでそう感じたのだから、閑静な住宅街の一角でこの声量は、ほとんど近所迷惑の領域である。何から問うていいか分からずに固まる千鶴の視線に気づいたか、美作は肩をすくめながら答えた。

「関係者でお見舞いに行った時、雛森さんにこっそり聞いたんだよ。妹さんにも迷惑かけたからお詫びしたいって。そしたら、大体ここにいるって言ってたから」

「そうだったんですか……美作さんたちのせいではないので、全然大丈夫ですよ。むしろあの時は、助けて頂いたぐらいで」

実に律儀《りちぎ》だ。逆に恐縮していると、後ろで本郷が頷きながら言う。

「状況はよく分からねえが、うちの一番弟子が世話になったんなら上がってけ、姉ちゃん。ぬるい麦茶と魚肉ソーセージぐらいしかねえが……おっ、ちょうどお前が持ってきた菓子があるじゃねえか。あれ出してやれ」

それは本末転倒というか、妙な因果めいたものを感じるわけだが、別に美作には分からないだろう。当の美作は遠慮の欠片もなく「じゃあお邪魔します」などと言って堂々と本郷の後に付いて行っている。千鶴も慌てて二人に続く。

意外にも美作は靴を揃えて上がり、道場に入る前に正座して一礼した。武道場の神聖さは心得ているらしい。神棚の下にある本郷の書を見上げ、彼女は感慨深げに呟いた。

「不動心ですか……素晴らしい。首里手と伺ってますが。基本は寸止め試合ですか？」

「ああ、俺はアンチフルコンタクト派だ。古流は実戦には不向きだとかいう輩《やから》もいるが、こちらに言わせりゃ、伝統って根っこのない近代空手は脆弱《ぜいじゃく》きわまりねえ、小手先のお遊びさ。何事も基礎、そして反復。それ以外に武の道を究める方法はない！」

また本郷のご高説が始まった。給湯室で麦茶を淹れながら、千鶴はうんざりと思う。いくら理想論を掲げても、門下生が三人ではその伝統とやらも絶えていくだけなのだが。お盆にコップを乗せて道場に戻ると、どういうわけか美作と本郷は馬が合ったように熱い武道論を交わしていた。

「仰る通り、規範は何ものにも勝る教えです。私は色々な流派をつまみ食いして、自己流でやってきたような奴ですから」

「いや、目を見れば分かる……あんたはかなりの使い手だ。さては姉ちゃん、この寂れた道場を立て直すためにやってきた救世主だな。失われた一子相伝の古武術を受け継いだ唯一の娘とか、なんかそういうやつ」

千鶴は咳《せ》き込んだ。この師匠は、時代劇の見過ぎではないだろうか。さすがの美作もぽかんと口を開けていたが、すぐに笑い出した。しかし、本郷は真剣な顔で立ち上がる。

「よし、ちょっと待ってな。申込書持ってくるわ。いやあ、入門者なんて久しぶりだからな。どこにしまったかな……」

一人で盛り上がり、慌ただしく母屋《おもや》の方へと向かって行く。それを呆れて見送りながら、千鶴は美作の前に麦茶を置いた。瞬間、美作が立ち上がってこちらの腕を摑む。

「なんか面倒なことになってきたな。よし、あんたの師匠には悪いが逃げよう」

「はい？」

我ながら素《す》っ頓狂《とんきょう》な声を上げるが、美作の力は女とは思えないほど強かった。無抵抗のまま一緒に道場を出ると、初夏の日差しが顔を焼いた。いつもかぶっているキャップを取りに戻る余裕もない。

「おーい姉ちゃん、申込書！」などという本郷の声を背に、美作は変な鼻歌をうたいながら道路へ出た。なんだこの状況は……見慣れた住宅街を美作に引きずられながら、どうも最近拉致されることが多いなと、漠然と思う。助けを求めるように見上げた空は、自分をあざ笑うかのごとく晴れていた。

　道場近くの公園では、優斗と同じ年くらいの男の子が数人でギガレンジャーごっこをしていた。口うるさいPTAだか行政だかのお達しで遊具が撤去されているので、それぐらいしかすることがないのだろう。

美作は何事もなかったかのようにベンチに座り、大股を開いてタバコを吸い始めた。体を使う仕事なのにいいのだろうかと思っていると、「ボスがいると吸うなってうるさいんだよ」と言い訳をする。ボスというのは、蒲生という男のことだろう。なんだかんだで撮影の時、一番世話になった人物だ。

「え……それで、何なんですか？」

ここで美作の隣に腰を落ち着ける気は毛頭なく、ベンチの前で立ち尽くしたまま千鶴は聞いた。蟬の声と、必殺技を繰り出す子供の声がうるさい。美作は携帯灰皿でタバコを消すと、腰を落として両腕を顔の前に引きつけた。いわゆるファイティングポーズだ。

「ちょっと私のこと、殴《なぐ》ってみな」

もう嫌だ、逃げたい……千鶴は反射的にそう思うが、周囲に助けを求められる味方はいない。変人を見るのと同じ視線を目の前の女性に向けたまま、立ち尽くすしかない。

「あの、美作さん……私、用事を思い出したんで帰ります」

「待て待て。さっきあんたの師匠が、寸止め試合が基本だって言ってただろ。当てなくていいんだ、いつもの通りやってみろ」

踵を返した千鶴の肩を、あの馬鹿力で摑んでくる。要するに彼女は、本郷館の型を見たいのだろうか。職業柄、興味を持ったのかもしれない……それならそうと言えばいいのにと思いながら、辺りを見回す。

「こんなところで殴り合いの真似事《まねごと》したら、警察に通報されますよ。子供もいますし」

「芝居の練習って言えば済むよ。何度もそういうことあったし。こっちは免罪符……スタント・チームの名刺持ってるから、大丈夫」

この調子だと通報は経験済みらしい。千鶴は渋々正面に構え、引き手の姿勢を取った。向かい合った美作の顔は真剣だった。どこを突けばいいのだ、上段か、中段か？　まあ、実戦を想定しているなら顔面だろうが……

我ながら物騒なことを冷静に考えつつ、千鶴は突き手を出した。拳頭はちょうど美作の鼻先で止まる。驚いたことに彼女は、瞬きの一つすらしなかった。人間、どれだけ訓練しても反射というものがある。もちろん寸止めの前提だったが、万一のこともある。

「初めて立ち回りを演じる人間は、相手の拳が自分に当たることじゃなく、自分の拳が相手に当たることを恐れる。けど、あんたは皮一枚残して止められると知っているから迷いがない、勢いが殺されていない」

美作は平然と、眼前の千鶴の拳に手を置いた。

「ただ、スタントの立ち回りはちゃんと当たったように見せなきゃならない……例えばカメラが後ろにある場合、あんたの得意の正拳だと、背中に隠れて拳が見えない」

と、美作はこちらに背を向けて、先程の千鶴と同じく正面に拳を突き出したようだった。しかし、彼女の言う通り、背中に隠れてよく見えない。

「この場合はフックの方が、画面的に派手に見える……分かるか？」

今度は右拳を、腰の回転を利用して横から振り出す。空手で言うところのカギ突きだ。確かにこれならば、後ろからでもどんな技を出したかがよく分かる。

「蹴りも同じだ、カメラが側面なら前蹴り、背面なら回し蹴りな」

そのままの体勢で、美作の長い脚が前蹴りと回し蹴りを放つ。回し蹴りなどは「あんな隙の多い動きなんざ、実戦で役に立つか！」という師匠の教えの元では、ほとんど練習することのない動きだが。それにしても、美作の蹴りは軸足がぶれていない。

「カメラワークによって技の受け手も、上手いこと吹っ飛ばなきゃならない。もう一回殴ってみ？」

挑発するように手招かれ、千鶴は再度構えた。美作のペースに乗せられていることは自覚していた。あの時と同じだ……苦々しく思う。あの撮影現場で、美作が支配していたセット上での立ち回り。彼女を中心にして、世界が動いていた感覚。

千鶴は腹腔《ふっこう》に溜めた息を吐き、拳を突いた。瞬間、美作の頭が後方に仰《の》け反《ぞ》る。一瞬ぎょっとしたが、拳に当たった感触はない。彼女がこちらの突きのタイミングに合わせて、自分で頭を跳ねたのだ。そのまま顔を上げ、口の端を持ち上げる。

「今の、真横から撮ると、当たってないことが分かっちゃうだろ？　だから、正拳が見えて、なおかつ当たっているように見える角度でカメラを回す」

いつの間にか二人の周りには、先程までごっこ遊びをしていた少年たちが集まってい
た。玩具の剣を持ったやんちゃそうな子が、無邪気に指をさしてくる。

「すげー、姉ちゃんたち、ギガレンジャー？」

「ギガピンクとギガイエローだろ！」

「ふふ、どうだろうな……ヒーローはファンの前で、正体を明かしちゃ駄目なのさ」

含み笑いをしながら、美作は口元に人差し指を当てた。そして、構えのポーズのまま
固まっている千鶴に向き直る。

「よし、もう一回やってみるか」

「あの」

「今度は足さばきだ。まず足を踏み込んで、ステップイン……」

「あの、美作さん」

千鶴は平手を突き出した。これは寸止めする気がなかったので、顔面を摑まれた美作
はさすがに黙る。その隙を見計らって、千鶴は押し殺した声で問うた。

「……なんでいきなり私、立ち回りの稽古つけられてるんですか？」

千鶴の手から逃れた美作は、腕を組みながら鷹揚《おうよう》に頷いた。

「日本に、プロのスタントウーマンが何人いるか知ってるか？」

　また唐突な質問だったが、千鶴は首を傾げた。顔も名前も隠される影の仕事であるからして、全く実態がつかめない。それこそ忍者みたいなものだろう。その反応を予想していたか、美作は苦笑しながら両手を広げた。千人……では多い気がする。

「百人ぐらいですか？」

　眉根を寄せて答える。すると、美作は勢いよく首を振った。

「両手で足りるぐらい」

　千鶴は美作の顔を見返した。つまり、日本で十人しかいない人物が目の前にいるということか。そんなに少ないとは思わなかった。おそらく男性であれば、もっと人数がいるのだろうが。すると美作は本題に入るように、こちらの顔を覗き込む。

「私は君をスカウトしに来たのだよ、佐久間千鶴君」

　蝉の声が、いっそう耳元でうるさく響いた気がした。変わった女性だとは思っていたが、言っていることがまるで分からない。千鶴の内心をよそに、美作は拳を握りしめる。

「『NAYUTA』の現場に引きずられてきた時から思ってたんだ。あの落ち着きっぷり、度胸の据わりっぷり！　更に武道の基礎がある。百年に一人の逸材だってね！」

　もともと暑苦しい女性だが、彼女の周りだけ熱気が凄《すご》い。反比例するように、千鶴の周りは冷え切っていた。美作の演説は続く。

「ほら、私は結構タッパがあるだろ？　小柄な女優さんの吹き替えとかせっかく話が来ても出来ないこともあるんだよな。もう一人ぐらいうちのチームにも女性がいると、仕事の幅が広がると思うんだ。男どものやる気も出ると思うし……」

千鶴は無言で美作の顔面を摑んだ。こうしないと彼女が黙らないということは、この短時間でよく分かった。そのままの体勢で、千鶴はきっぱりと告げる。

「私はもう、あの世界には戻りません」

再びこちらの手から逃れ、美作は頭をかいた。先程までとは打って変わって静かな表情になり、ベンチに座る。

「……子役は長く続かなかったんだっけ？」

ポケットからほとんど潰《つぶ》れたタバコの箱を取り出し、美作はぽつりと聞いた。千鶴は微妙な距離を置いて彼女の隣に座る。

「私たちの母は……もう父とは離婚しましたけど、所謂《いわゆる》ステージママでした。元々モデルをやっていたらしいんですけど、大成はしなかったみたいで。よくいますよね、叶《かな》えられなかった自分の夢を、子供に押しつける親って」

ほとんど初対面の人間に話すことでもないと思ったが、一度口を開いてしまうと止まらなかった。美作は黙ってこちらの話を聞いてくれている。

「私たちがお腹の中にいる時から、子役事務所に登録していたんだから、笑っちゃいますよ。双子って分かった時も、多分双子タレントとして売り出せるとか、そんなことを考えてたんじゃないですか？」

「私の記憶にある限り、子役の雛森つかさは双子タレントじゃなかったけど」

「私は性格的に合わなくて、すぐに子役事務所……劇団ゼウスを辞めました。けれど嗣美は母親の期待に応えるように、あの世界で頑張ってきたんです。ご存知でしょう？『ぐるぽんアワー』のつかさちゃん」

「ああ。私はリアルタイム世代じゃなかったけど、弟が毎朝見てたよ」

美作は煙を吐き出しながら頷いた。『ぐるぽんアワー』は十年前に一年間だけ放送された、朝の子供向け情報番組だ。子役の雛森つかさはその番組に出演し、一躍人気者となった。おそらく同年代の子供たちは、皆があの番組を見ていたはずだ。

「人気絶頂の時に番組が終わったのは、気になったけどね。その後、雛森つかさが芸能活動を休止したっていうのも、そこそこ話題になったし。だからこそ二年前に彼女が女優として再デビューした時は、マスコミも騒いだんだろ？」

そう、雛森つかさの再デビューは「伝説の子役が復活！」の煽《あお》り文句と共に取り上げられた。話題性重視の業界で、その復活は好意的に迎えられた。学業に専念するために一旦芸能活動を休止していたが、高校を卒業したから再デビューをしたという理由も、好感度を上げた要因だろう。

「お姉さんは、いい女優だよ。私も仕事上、色んな役者を見てるけどさ。『NAYUTA』の階段落ちシーンだって、最初にスタントを使いたくないって言い出したのは久保寺監督だったけど、それなら自分が演じるって言ったのは彼女自身だ。私たちも、その熱意に負けたんだ。今思えば、無理にでも止めておくべきだったけどな」

「ありがとうございます……私が言うのも変ですけどね。でも、私はあの子にはなれない。同じ日に生まれて、同じように育ったのに、昔から明るくて何でもできた姉と違って、私は引っ込み思案で泣き虫で……」

不意にこめかみに痛みが走った。思わず額を押さえる千鶴に、美作は静かに告げる。

「そうやって、自分を卑下するもんじゃないよ。自分と誰かを比べちゃうのは分かるけどさ。だからって立ち止まってても意味がない。私から見れば、あんたも立派にあの現場で影《シャドウ》をこなしてた。だからこそ、ここまで来たんだ」

光があれば、影がある。美作の言葉は優しかったが、それで慰められる程度のものでもない。地面を見つめる千鶴を一瞥し、美作は立ち上がる。

「でもまあ、それなら仕方ないな。スタントは危険な仕事だし、自分からやりたいって意志がなきゃ続かない世界だ。正直、実入りも少ない。ましてや女の子だ、最初から無理な話だとは分かってたさ」

存外あっさりとそう言われ、千鶴は顔を上げた。いつしか日は傾き、スピーカーからは『夕焼け小焼け』が鳴っている。子供たちも家路につこうと公園を飛び出していく。

「けど、私はこの仕事に誇りを持ってる。スタントウーマンの存在を絶やしたくはないし、日本でも外国みたいに、もっとスタントマンの地位が向上すればいいと思ってる」

「……美作さんは、どうしてこの仕事を？」

千鶴は美作の横顔を見つめた。化粧気のない、お世辞にも可愛らしいとは言えない人だったが、その姿は精悍《せいかん》で美しい。女性に対しておかしい形容である気もしたが、そうとしか表現しようがなかった。

「私は」

千鶴の純粋な疑問に、美作は紫煙と共に簡潔な言葉を吐き出した。

「誰かのヒーローになりたいんだ」

それは決してふざけているわけでも、茶化している様子でもなかった。千鶴は一瞬だけ息を止め、思わず身を乗り出しながら口を開く。

「顔や名前が隠されても？　誰かの影として生きていかなきゃならなくても？」

「言ったろ？　ヒーローはファンの前で、正体を明かしちゃ駄目なのさ」

真昼の残熱を孕《はら》んだ風が吹く。彼女のシャツの襟から、肩に巻かれた白い包帯が覗く。きっと、あの現場で付いた傷だ。千鶴は無意識に肩に手を当てた。自分のその場所にも、まだ傷は残っている。おそらくは彼女が、誇りにしているものと同じ傷痕が。

「まあ、気が向いたら遊びに来なよ。ボスもあんたのこと、心配してたからさ」

そう言って、美作はポケットから折れ曲がった名刺を取り出した……「スタント・チーム BULLET　スタントマン・スタントコーディネーター　美作斗貴子」

その紙切れを千鶴に握らせると、美作は現れた時と同じく、颯爽《さっそう》と去っていった。妙な鼻歌をうたいつつ、何本目かのタバコに火をつける。それこそ硝煙を上げながら過ぎ去っていく、弾丸のように。

第二章　ギガレンジャーピンクの矜持《きょうじ》

組み上げられている鉄骨の櫓《やぐら》を振り仰ぎ、千鶴は呆然と口を開けた。

高さはビルの三階ぐらいに相当するだろうか。BULLETのロゴがプリントされたお揃いの赤いシャツを着た十人ぐらいの若者……いや、よく見るとそこそこ年のいった人もいる……たちが、猿のように身軽な動きで足場を組み立てていく。

更にその下では、エアマットに空気が送り込まれていた。真夏の炎天下、立っているだけでも体力が削られていく状況下で、誰もが平然と動き回っている。千鶴は思わずキャップのつばを下ろしながら、段々と高くなっていく櫓を見上げた。

「トキ姐《ねえ》さん！　トキ姐さんが、女の子連れてきたって本当っすか！」

と、建物の中から騒がしい男の声が響き渡り、門扉の前で突っ立っていた千鶴は肩を震わせる。猪《いのしし》もかくやという勢いで飛び出してきたのは、金色に染めた短髪を逆立てた若い男だった。よく不良高校やヤクザの下っ端にいそうなチンピラ顔だったが、強面《こわもて》というわけではなく、変な愛嬌《あいきょう》がある。男は千鶴の姿を認めると、まるでジャングルの中で珍獣でも発見したかのように目を見開いた。

「うおお、本当に女の子だ、女の子！　姐さん、トキ姐さんどういうことっすか！」

「うるさいぞ、万年小二の休み時間！　女子に対するその男子校上がりの反応、いい加減に恥ずかしいからやめな！」

　こちらに近づくことなく、遠巻きに騒いでいる男の背後から、美作の拳が飛んだ。そこはスタントマンの卵だ。男は大袈裟な声を上げ、吹っ飛ばされる演技をしている。目の前で繰り広げられる茶番に、千鶴はどう反応していいか分からない。男が跳ね起き、よく分からない決めポーズを取りながら自己紹介してくる。

「俺、橋爪日々輝《はしづめひびき》。スーツアクター志望なんだ。よろしくな！」

「頭が小学二年生の休み時間から止まったままの奴だけど、その分無害だから仲良くしてやって。年も近いし……お前成人してるよな、六歳児なのは頭の中だけだよな？」

「任せてくださいトキ姐さん！　おかげさまで、先日ハタチになりました！」

　酷《ひど》い言われようだが、橋爪は慣れたことなのかへらへら笑っている。確かに小学生の頃、クラスに一人はいたタイプだ。掃除の時間にガラス窓に突っこんで血まみれになったり、若い女教師の気を引くためにスカートをめくろうとしたりして、ちょっと成長の早い女子に小馬鹿にされていた、分類的にはそういう奴である。

「トキ姐さん、ずっと女の子来てほしいって言ってましたもんね。俺も嬉しいっす。千鶴ちゃんだっけ、じゃあツルちゃんでいい？　歴代の戦隊ヒーローでどれが好き？」

すごいぐいぐい来る。なのに近づいて来ようとはしない。こちらも未知の生物と対話を試みるような心境で、一定の距離を保つ。

「あの、特にこちらのチームに入るとかそういうわけではなく……撮影現場ではお世話になったので、ご挨拶というか……蒲生代表はいらっしゃいますか？」

持ってきた菓子折りを突き出すと、二人の動きが止まった。橋爪が落胆の声を上げる。

「なんだ、トキ姐さんが現場で女の子スカウトしたって言うから楽しみにしてたのに」

「そのために来てくれたの？　迷惑かけたのはこっちじゃない。あんたも律儀だねえ」

勝手に早合点して、勝手にがっかりしている。と、建物の入口から、見覚えのある男がのろのろとした足取りで出てきた。あの時と同じく首からアイマスクを下げていたが、今日は更にエアピローを首の後ろに挟んだままの状態だ。橋爪が呆れた息をつく。

「また寝てたんですか、ボス。眠れる獅子《しし》も、度を越すと起きられなくなりますよ」

「寝られる時に寝かせてよ。この世界、寝られない日の方が多いんだから……元来ロングスリーパーなんだよ、俺は」

蒲生はジャージの尻をかきながら、眠そうな顔でこちらに近寄ってくる。

「それにしても、もう少し後先考えて行動してよ、斗貴子……もう俺、お前みたいなヘリウム爆弾抱えるの嫌だよ。どうして撮影現場から後継者をスカウトしてくるの？」

ほとんど寝言の続きのようにこぼしながら、今度は千鶴の方に視線を移す。

「君もだよ、君も。親御さんにはなんて言って来たの？　ビルの高さから飛び降りたり、殴り合いの演技することについて。あと、うちは仕事の性質上、基本的には馬鹿と熱血漢しかいないよ？　ついてこれる？」

「……ですから、ご挨拶に伺っただけなので」

どうやらこのスタント・チームBULLETという集団には、人の話を聞かない人間しかいないらしい。千鶴は会話を諦め、菓子折りを蒲生の手に押し付けた。

美作から渡された名刺に書かれた会社の住所は、自宅からそれほど遠くない都内の外れにあった。オフィスビルの一角にでもあるかと思いきや、最寄駅から二十分近く歩いてたどり着いたのは、畑の真ん中にあるガレージのような建物だった。横には広い空き地があり、チームの人々と思《おぼ》しき男性たちが櫓を組み立てていたのだ。

美作に告げた通り、自分は芸能の世界に戻る気は毛頭なかった。なぜこの場所に足を運んでしまったのか、千鶴自身よく分からない。しかし、あの撮影現場で見た美作の立ち回りは、ずっと頭の中に残っていた。その理由を、確かめに来ただけかもしれない。

「でもツルちゃん、せっかく来たんだから見学ぐらいしていきなよ。これからハイフォールの練習するからさ」

「ハイフォール？」

「スタントマンの基本と言われる、高所落下よ」

美作はそう言って櫓を示した。下にエアマットがあることから予想はしていたが、やはりあの高さから飛び降りるためのものだったのか。無意識のうちに顔をしかめる。

「ボス、準備できました！」

櫓の一番上に立った男が、眼下の蒲生に向かって手を振った。蒲生は大欠伸を一つした後、自分で両頰を張ってから櫓の下に歩いていく。橋爪も猿のように駆け出し、俊敏な動きで櫓を上って行った。じりじりと焼かれる日差しの下、千鶴は目を細める。

「どれぐらいの高さがあるんですか？」

「これで八メートルかな。プロになるには、十メートルは飛べないと駄目だね。過去には四十メートル近く飛んだスタントマンがいて、それが日本記録だ。海外になると、桁違いの人がゴロゴロいるけど。まあ、あっちのスタントマンは待遇が違うからさ」

隣の美作が答えると、下にいたメンバーたちがエアマットの端を押さえた。蒲生の合図で、櫓の上に上っていた男が落下する。千鶴は思わず身をすくめたが、メンバーたちは次々とマットに着地していった。衝撃を吸収するためか、頭から落ちる人も、回転しながら落ちる人も、皆背中から着地していた。軽々とやっているように見えるが、実際に上ってみたら相当な高さだろう。

「さっきボスが馬鹿と熱血漢しかいないって言ってたけど、当たらずとも遠からずだね。

馬鹿は高いところが好きだし、生まれた時から持っている落下の恐怖を忘れるくらいオツムが小さい奴らばっかなんだ」

美作は自分の頭を示した。呆然とする千鶴を置いて、彼女も櫓に上っていく。どうやらBULLETの中で、美作は紅一点らしい。女性だからといって、練習内容が変わるわけではないのだろう。彼女も男性たちと同じ櫓のてっぺんにまで上り、鉄骨の足場を踏み切った。水泳の飛び込み選手のように空中で一回転し、滞空時間中も地面までの距離を計算していたかのように背中から着地する。

まるでこれが日常風景のように繰り返されているが、風にでも煽られて着地がずれたら、無事では済まないだろう。下でメンバーの補助をしている蒲生が、建物の上にある吹き流しを見ながら安全を確認している。

「ツルちゃんも飛んでみる？　気持ちいいぜ」

と、いつの間にか駆け寄ってきた橋爪に言われ、勢いよく首を振る。そんなお茶にでも誘う感覚で言われても無理だ。案の定、金髪を蒲生に叩かれている。

「馬鹿なこと言ってないで、現代殺陣の準備に入れ。もう少しで新川《あらかわ》先生来るから」

そう言って、建物の中を示す。どうやら色々なカリキュラムがあるらしい。この陽気の中、あまり野外練習ばかりしていては熱中症になってしまうのだろう。メンバーが櫓の片づけを始める中、戻ってきた美作が説明してくれる。

「うちは基本、週に三回ここで練習してるの。それ以外の日も、勝手に来て自主練していいんだけどね。今みたいな高所落下は事故防止のためにボスや指導者の監督が必須で、現代殺陣や時代殺陣は講師の殺陣師が来てくれるけど」

「殺陣にも種類があるんですね」

「そう。殴り合いと斬り合いじゃ動きが違うからさ。うちは現代殺陣が得意な奴が多いかな。チャンバラは、時代劇専門でやってるベテランの人がたくさんいるから」

美作の解説を聞きながら、はたと気づく。いつの間にか単なる挨拶に来ただけの人間から、見学者にランクアップされている。また美作のペースに巻き込まれているのではと思いつつも、暑さには勝てずに千鶴も建物の中に入った。スタジオのような広い空間に、体操用のマットや木刀、ヘルメットといった用具が整然と並べられている。

「うちは恵まれてる方だよ。専用のスタジオを持たないで体育館を借りたり、近所の公園で練習しているような、小さいスタント・チームもあるからね」

「このチームは、蒲生さんが作ったんですか？」

「うん、五年前にね。まあ、色々あった末の立ち上げだったんだけどさ。新しくできたチームにしては、仕事を貰《もら》えてる方だよ。ボスの人脈のおかげもあるけど、所属スタントマンの質が良いからね」

「いやあ、トキ姐さんに言われると照れますね！」

「お前の事じゃない」

いきなり会話に横入りしてきた橋爪に、相変わらず美作は無慈悲に言い放つ。しかし五年前に立ち上げたという割には、メンバーの中には年配の男性も多いような気がした。と、室内に戻ってきた蒲生が千鶴に向かって問うてくる。

「そういえば、美作が興味本位で君の通っている琉球空手道場を訪ねたみたいだけど。何か失礼がなかった？」

「いえ、ちょっと驚きましたけど……あまりにも閑古鳥《かんこどり》が鳴いてるんで、逆に師匠が美作さんを勧誘しようとしてました」

そこで、あれから一度も本郷館に行っていないことに気づく。本当に美作を救世主だと期待しているといけないので、近いうちに事情を説明しに行った方がいいかもしれない。そんなことを考えていると、蒲生が無精髭《ぶしょうひげ》の残る顎を撫《な》でながら呟く。

「美作に立ち回りもやらされたそうだね。女の子にしては拳が重いって言ってた」

「ツルちゃん空手やってるの？　すげえじゃん、トキ姐さんのお眼鏡に適うなんて滅多にないぜ！　見学と言わずに入らねえ？　業界的にも、超女の子不足なんだよ！」

そして、またも勝手に橋爪が横入りしてくる。その頭を蒲生が鷲摑みにし、顔面に拳をお見舞いした。声を上げながら橋爪が吹っ飛んだのでぎょっとするが、どうやらこれもスタントマンのお約束である「振り」らしい。常日頃から練習を欠かさないと言えば立派だが、慣れていない人間が目の当たりにすると心臓に悪いからやめてほしい。

「全く、学生サークルのノリで勧誘するんじゃないよ……早くマット敷いて」

外の片づけを終えて戻ってきたメンバーにも蒲生が声をかけると、橋爪はむくりと起き上がった。懲《こ》りないというか、呆れるほど打たれ強い男である。

「まあまあ、お客さんが来ただけでも嬉しいじゃないですか。そうだボス、今夜ツルちゃんの歓迎会しましょうよ！」

「あの……私まだ見学ですから」

「じゃ、見学歓迎会ってことで」

「……あまりお酒呑めないですし」

「え？　ツルちゃん大学生って聞いてるぜ。大学生なんて、毎日飲み会とかしてるんだろ？　いいなあ、高卒としてはそういうの、一回やってみたいんだよ」

大学の飲み会なんて、ゼミの顔合わせぐらいしか行ったことがない。その場で「佐久間さんって、雛森つかさに似てない？」と言われてから、ゼミ自体単位を取れるギリギリの回数しか出席していない。それを橋爪に説明する気力はなく、千鶴は遠い目で天井を仰ぐことしか出来なかった。橋爪は勝手に歓迎会の開催を決めてしまったらしく、面白い遊びを思いついた飼い犬のように美作の方へ走っていく。

その後ろ姿を呆れたように見つめていた蒲生は、千鶴の方を向いて口を開いた。

「斗貴子に何言われたか分からないけど、見学だけにしておきなさいね」

　周囲のメンバーのざわめきの中、蒲生が双眸を鋭くするのが見え、千鶴は思わず喉を鳴らした。それは先程まで眠そうにしていた、朴訥《ぼくとつ》とした男のものではない。あの撮影現場で、カチンコが鳴らされる直前に見せたものと同じ、険しい色を孕んでいた。

「この世界、生半可な覚悟で飛びこむと――死んじゃうから」


　結局その夜は、見学歓迎会という謎の名目で酒盛りに連行される羽目になった。更に三次会のカラオケにまで拉致され、酔いが回った美作と橋爪コンビによる歴代特撮ソングライブに朝方まで付き合わされる始末だ。夜通し「地球の平和を守れ！」だの「悪を打ち砕け！」だの大音量で聞かされ続け、こちらのテンションまでおかしくなってきた。あれは一種の洗脳だったのではないだろうか。ちなみに蒲生は、その騒ぎの中で熟睡していた。あそこまでくると一種の才能である。

　自分でもあの場所に何をしに行ったのか分からないまま、頭の中から離れない特撮ソングをぶつぶつと歌いながら始発で帰宅する。美作が口ずさんでいた妙な鼻歌の正体は、どうやらこれだったらしい。

　自宅の門扉を開け、今更ながら面倒なことになったと思う。父は昨日も今日も、普通に仕事だ。朝は早く夜は遅いため、自分が家にいないことに気づいていないかもしれないが……恐る恐る玄関を開けると、トーストを焼く匂いが漂ってくる。

朝帰りした娘を咎《とが》めない父親などいるはずがない。このまま素知らぬ顔で二階の自室まで上がる方法はないだろうか……逡巡《しゅんじゅん》しているうちに、ワイシャツを着た父がダイニングのドアを開けて廊下に出てきた。目が合ってしまい、もう言い逃れは出来ない。

「……ごめん父さん、友達……というか知り合い？　と遊んでて」

あの集まりを何と称していいか分からずに、しどろもどろになる。余計に怪しいが、父は一瞬だけ驚いた顔をした後、まだ寝癖の付いた頭をかいた。

「いや、たまにはいいんじゃないか……大学生になったのに、友達と遊んでる様子もなかったから、逆に心配してたんだ」

予想外の返事に、千鶴は逆に気まずくなった。まさかそんな事で心配をかけていたとは。慌てて靴を脱ぎ、キッチンに入る。

「朝ごはんぐらい私が作るよ。父さんは顔洗ってきて」

ふと見ると、スマホの通知数が見たこともない量になっている。強制的に入れられたBULLETのグループSNSで、戦隊ヒーローやら、ブルース・リーやらのスタンプがわんさか押されている。

グループではなく、美作個人からのメッセージも届いていた。『また遊びに来い』という言葉と共に、謎の仮面ファイターのスタンプが送られている。そこまで確認し、トースターから焦げ臭い匂いがしていることに気づき、キッチンに戻った。

……日本におけるスタントウーマンの人数は、両手で足りるぐらい。

美作の言葉が、不意に思い出された。多分、彼女は恐れているのだろう。己の職業に誇りを持っているが故に、自分に続く者がいなくなるのを。橋爪も、この業界は慢性的な女性不足だと言っていた。彼らBULLETが妙に自分を歓迎しているのは、きっとそんな背景があるからだ。

フライパンに卵を落としながら、しかし千鶴は首を振った。美作や橋爪の言葉よりも印象に残っているのは、他ならないチームの代表者、蒲生の忠告だ。

この世界、生半可な覚悟で飛びこむと――死んじゃうから。

そうだ。あの世界はまた、死と隣り合わせでもある。

それを一番よく知っているのは、蒲生なのだ。だからこそ安易に自分を連れてきた美作や橋爪を遠回しに咎めつつ、千鶴自身に対して警告を発したのだ。

寝ぼけた頭で目玉焼きを凝視していると、父が新聞を小脇に抱えて戻ってきた。テレビをつけたらしく、テンションの高いアナウンサーが出演している朝の生放送番組の音声がキッチンにまで届いてくる。目玉焼きとトーストをテーブルに置くと、アナウンサーの甲高い声がぼんやりとした頭に届いた。

『本日はですね、明日二十時に放送の「びっくり動物パレード！」メインパーソナリティー、雛森つかささんにお越しいただいてます……』

父が顔を上げ、リモコンに手を伸ばした。だが、千鶴は父の前に皿を置いて呟く。

「いいよ、そのままで」

自分も椅子に座り、トーストにマーガリンを塗る。父は一瞬だけそのままの姿勢で固まったが、静かにリモコンを置いた。かつてこの家の中で聞いていた嗣美の声が、テレビのスピーカーから流れてくる。久しぶりに三人そろった食卓だ、と言いかけてやめた。

この番組は生放送だ。嗣美は退院してすぐ、仕事に復帰したのだろう。アナウンサーの質問に、嗣美は懸命に答えている。新聞に顔を落とした父に、千鶴は聞いた。

「父さんは言ってたよね。私たちがやりたいことは、力になりたいと思ってるって」

「まあ、最後には嗣美のことを認めたのも、あの子が本気だからって分かったからだしな……それがどうした？」

焦げすぎたトーストの欠片が唇に刺さり、千鶴は顔をしかめた。父の視線がこちらを向いている。しかし、千鶴は逡巡の後に首を振った。

「……なんでもない」

一体今、自分は父に何を言おうとしていた？　徹夜明けではっきりしない頭の中の靄《もや》を振り切るように顔を上げると、テレビの中の嗣美と目が合った。

「嗣美は……頑張ってるよね」

「……そうだな」

それは、本心からの言葉だった。美作も言っていた、彼女はいい女優だと。父親のお金で大学に通わせてもらっているというのに、ほとんど授業にも出ず、無為に過ごしている自分とは比べるべくもない。次の言葉は、自然と千鶴の口から滑り出た。

「私も、頑張らなくちゃ」

「焦る必要はない。時間はまだあるんだ、千鶴は千鶴のやりたいことを探しなさい」

違う……時間はあまり、残されていないのだ。父から見れば、まだ自分は若いかもしれない。だが、この日々が限られたものであることも知っている。『ありがとうございます、雛森つかささんでした！』というアナウンサーの声と共に、嗣美が顔を上げる。

おまえは誰だ？　その瞬間、雛森つかさと呼ばれた女の視線に、そう問われた気がした。また、こめかみが痛んだ。既にテレビ画面はコマーシャルに切り替わっている。外からは蟬の声が聞こえ、今日も猛暑になることを告げていた。

＊　＊　＊

「えっ、マジで？　大学生って、三か月も夏休みあんの？」

「うん、まあ……理系とかだと、また違うんだろうけど」

心底驚いたような橋爪の言葉に、千鶴は気まずい心持ちでそう返した。

「俺なんか、今日も明日も明後日もバイトだよ。昼間はこっちの練習来たいから、夜しかシフト入れられねえしさ。隙あらば寝ようっていうボスの気持ちも分かるわ」

日本のスタントマンの待遇は、お世辞にも良いとは言えない……というのは、美作からも聞いている。それだけで食べていける人間など数えられる程度な上、危険を伴う仕事なので保険にも入りにくい。明日をも知れない人々なのである。

しかし、それでも一向に構わないと言いながら、次々に櫓から落下していく奇特な人々も少なからず存在する。そしてその、物好きな命知らずどもが集結する場所を、なぜか千鶴はまた訪れていた。日陰で差し入れのアイスを齧りながら、溜息をつく。

「それで、ツルちゃんはまだ決心つかねえの？　うちに入るかどうか」

「……自分でもよく分からない」

永遠の小二こと橋爪は、話してみるといい奴だった。大学に生息していた、変に意識の高い同年代の男子よりもよっぽどしっかりしている。初対面の時に未知の生き物扱いをして申し訳なかった。答えになっていない千鶴のぼやきにも、呆れずに返してくれる。

「男はともかく、女の子はスタントやりたいって言っても理解されづらいしな。トキ姐さんみたいに、特殊な境遇でもないと」

「特殊な境遇って……美作さんって、一体何者なの？」

日本では十数人しかいないスタントウーマンであるからには、相応の経歴の持ち主なのだろうとは思っていたが。千鶴の純粋な疑問に、橋爪は目を丸くする。

「おいおいツルちゃん、あんた本当に素人なんだな。トキ姐さんの親父さん……美作紳《しん》一郎《いちろう》って言ったら、特撮の世界じゃ知らない人がいない、伝説のスーツアクターだぜ？なんたって、ここ十年に放映された仮面ファイターシリーズのほとんどを、美作さんが演じてるんだからな。映画やドラマにはあまり出ないで、特撮だけに心血を注いだプロフェッショナルだって言われてる。俺もガキの頃に見た『仮面ファイターガイア』に憧れて、この世界に入ったんだ」

「へえ……そうだったんだ。お父さんもスタントマンなら小さい頃から現場には馴染《なじ》んでるし、周りも理解してくれたんだろうね」

「それでも、最初は反対されてたらしいぜ。トキ姐さんはそれこそ十五、六の頃から、親父さんと同じスタントプロダクションに入ってたらしいけど、最初は雑用ばっかでなかなか仕事は貰えなかったんだってさ」

橋爪はアイスの棒を齧りながら続けた。と、何かが引っかかったように、怪訝《けげん》そうに千鶴を眺めやる。

「……それにしても、美作紳一郎の名前も知らないような女の子が、何でスタントなんかに興味持ったんだよ。トキ姐さんは、その辺で拾ってきたって言ってたけど」

捨て犬のように言われていたとはつゆ知らず、千鶴は言葉を濁す。さすがにあの美作も、千鶴と会った状況を周囲に吹聴することはなかったらしい。『NAYUTA』の撮影現場にいたメンバーは、蒲生と美作だけのようだ。確かに他の人間からすれば、千鶴の存在は謎に違いない。口ごもる千鶴に、しかし橋爪は勝手に納得したようだった。

「でもまあ、なんとなく想像つくわ。多分、どっかでトキ姐さんのスタントを見たんだろ？　血筋かもしれないけど、あの人のアクションはすごいよ、憧れるのも分かる」

憧れか……あの撮影現場で抱いた感情を言葉にすれば、そういうことになるのだろうか。一瞬だけ間を置いてから、千鶴は頷いた。真夏の日差しが容赦なく照り付け、日陰でも蒸し暑い。目の前では、組み立てられた金属の櫓が陽光を反射している。

「でも私、昔色々あって高所恐怖症なんだよね……美作さんも高所落下はスタントマンの基本って言ってたし、致命的かな？」

「ハイフォールなんて慣れさ。立ち回りのセンスはあるんだから、別に気にしなくてもいいと思うぜ……なんて気軽に誘ったら、またボスに怒られちまうけど」

見学と称してやってくる千鶴に対して、メンバーは美作と同じように立ち回りの基礎を教えてくれた。だが無論、ハイフォールの練習までは参加させてくれない。蒲生は無《む》下《げ》にあしらうことはしないものの、良い顔をしていないことは確かだった。

「ほら、休憩終わりだよ。気温が上がる前に、野外練習終わらせないと」

奥から肩からタオルを引っかけた美作が歩いてくる。橋爪は軍隊式の返事をし、櫓の方へ駆け出していった。今日は午前中からハイフォール、午後から時代殺陣の講師が来るそうだ。千鶴が櫓を振り仰いでいると、美作がスタジオの中を示す。

「ハイフォールを見てるだけってのも何でしょ。ちょっと、撮影に使う血糊袋の仕込みを手伝ってくれない？」

小道具の準備から運搬まで、このチームは何でも自分たちでやるらしい。ただでお邪魔させてもらっている以上断る理由はないので、美作と共に建物の中に入る。と、作業机の上に置かれた小箱に気づいた。

「……なんですか、これ」

「なにって、コンドームだけど」

見れば分かる。分かったから聞いたのだ。慣れたように袋をまとめて破く美作の手元を見つめながら、喉の奥で呻く。

「……ゴム風船とかじゃ駄目なんですか」

「現場で急遽《きゆうきよ》血糊袋が足りなくなった時、ゴム風船なんかどこで買うの？　これならどこのコンビニにも置いてあるし、弾力あって破りやすいし。先人の知恵ってやつよ」

平然と言って、洗面器になみなみと作られている赤黒い液体を漏斗《ろうと》で流し込み始める。この世界の常識が、まだ良く分からない。呆れなのか感心なのか自分でも判別しかねていると、スタジオの奥にある事務所から蒲生が姿を見せた。一瞬だけ立ち止まってこちらの様子を見つめ、呆れたような声を上げる。

「斗貴子さあ……多感な年頃の女性に、いきなりデリカシーのない洗礼浴びせるのやめてよ……君は小さい頃から馴染んでるこの業界の常識も、一般人にとっては未開の地の異文化なんだよ？」

「郷に入っては郷に従えと言うじゃない」

「まだ千鶴は、郷にすら入ってないんだよ。遠巻きに見てる旅行者に、この村の掟《おきて》を押し付けてどうするの……ああ、いいからね手伝わなくて」

手を出しかけていた千鶴を制し、蒲生は首を振った。話題を逸らすように聞いてくる。

「ところで千鶴、身長いくつ？」

「一六〇センチですけど」

大学入学時の、健康診断の数値を答える。洗面器に手を突っ込んでいた美作が、目だけを蒲生に向ける。彼はその視線には気づかず……或《あ》いは気づかないふりをして、顎を撫でながら聞いてくる。

「今、大学休みなんでしょ。うちでバイトやってみる気ある？」

「バイト……ですか？」

蒲生が言うからには、危険なものではないだろう。撮影準備などの雑務だろうか。一日中、避妊具に血糊を仕込む作業だけは勘弁願いたいのだが。千鶴が問いかけの視線を向けると、蒲生は口の端を持ち上げながら答えた。

「ヒーローになるんだよ」

戦隊ヒーロー……それは男として生まれた人間が必ず通り、そしていつしか巣立って行く世界である。時折うっかり卒業式に出席し損ねて橋爪のようにこじらせる永遠の少年もいるが、彼らこそが大人になって戦隊ヒーローを創り上げる側の人間となり、次世代にまでこの伝統を語り継いでいくのだ。

「つまり戦隊ヒーローとは、男の遺伝子に刻まれた宇宙の輪廻《りんね》なんだよ！」

「ごめん、橋爪君。何言ってるか全然分からない」

珍しく真剣な表情で語る橋爪に向かって、千鶴は無慈悲に首を振った。

戦隊ヒーローの存在ぐらいは知っている。日曜日の朝早くにやっている三十分の特撮番組だろう。だが男兄弟がいなかったこともあり、幼少期に見ていた覚えはない。

「八月のお盆休みに、オリオンモールでヒーローショーの興行をやることになったんだ。戦隊ヒーローは一年で番組が改変される。今放映されているのは『電雷戦隊ギガレンジャー』だね。まあ、小さい弟でもいなきゃ見ることもないだろうけど」

そう言って、蒲生は小さな事務所の机に一枚のチラシを置いた。カラフルなスーツと仮面を纏ったヒーローがポーズを取っている。千鶴が思い出したのは、師範が小さな門下生の気を引くために毎度齧っている、小さな箱のソーセージだった。というより、それぐらいでしか接点のない世界だ。

「ボス、今は変身前のイケメン俳優目当てで、女の人にも特撮ファンがいるんっすよ。ツルちゃんもスタントウーマンを志すなら、毎週ちゃんと見なきゃ駄目だぜ。今、レッドのメインスーツアクターやってる渋川《しぶかわ》さんって人が格好いいんだよ。三話のバタフライツイストとか、超痺《しび》れるぜ。録画してあるけど見る？」

「特オタのウンチクは後にしな」

後ろの応接ソファでは、千鶴と一緒に事務所に呼ばれた橋爪が美作に蹴りを入れられている。怪訝な顔でチラシを眺める千鶴に、蒲生は飄々《ひょうひょう》とした口調で続ける。

「今までピンクのスーツアクター専門でやってたベテランがいたんだけど、持病のヘルニアが悪化しちゃってさ。適当な代役がいなくて困ってるんだ。ピンクなしでショーをやるわけにはいかないし」

「レッドやブルーと違って大きなアクションもないし、立ち回りの基礎が出来てる千鶴ちゃんにはちょうどいいんじゃねえ？」

はしゃぐ橋爪をよそに、千鶴は蒲生の顔を窺《うかが》った。生半可な気持ちでこの世界に関わるなとやんわり忠告してきたにもかかわらず、なぜこんなバイトを持ちかけてきたのだろうか。或いは、代役がいなくて本気で困っているのか。最近代役が多いなと思いながら、後方の美作に視線を移す。

「ピンクの代役って……美作さんじゃ駄目なんですか？」

「無理よ。だって私、イエローだもん」

「ギガレンジャーは、ピンクとイエローが女の子なんだ。大丈夫、俺もグリーン役で出るし、何かあったらフォローするからさ」

手元のチラシをよく見ると、確かにピンクとイエローのヒーローはスカートをはいている。それ以外は仮面で隠れ、レッドやブルーと大差ないが。

「レッドの那須《なす》とブルーの鹿島《かしま》が一七五センチ、グリーンの日々輝が一七三センチ、イエローの私が一六八センチ。ピンクの身長は一番小さくなきゃおかしいんだけど……私より小さいメンバーが、この期間はみんな別の撮影に取られてるんだ」

「橋爪が言った通り、危険なスタントはないよ。子供向けの小さな屋内ショーだし、火薬の類も使わない。怪人役と立ち回りを演じて、ピンチになって子供たちの応援で復活して、見事に悪をやっつける……どう？」

簡単そうに言うが、そんな単純なものでもあるまい。眠たげな蒲生の目から、その真意は読み取れない。だが、千鶴はゆっくりと頷いた。

「……やってみます」

「よし！　となると、早速修行だな、ヒーローの基本だ！」

張り切って手を叩いたのは、後方の橋爪だった。と、机の上で蒲生の携帯が鳴る。通話に出るなり、蒲生は相手に向かって呆れたように言う。

「……えー、本当に来たの？　無理しないで寝てなよ。悪化したらどうするんだよ……もうスタジオに着いた？　でも腰が痛くて動けない？　何してるのお前、馬鹿なの？」

げんなりとした声を上げ、蒲生は通話を切った。今日何度目かの溜息をつきながら、スタジオの外を指差す。

「戦線離脱したピンクだ……偶然迷い込んできた女の子に代役を頼むって伝えたら、どんな奴か確認するために這《は》ってでも来るとか言ってたけど、本当に這って来ちゃったみたい。斗貴子、迎えに行ってやってよ。入口で力尽きてるみたいだから」

美作も脱力したような返事をした後、事務所の外に出て行った。その人の代役なのだから、挨拶はしなければならないだろう。橋爪に続いて立ち上がり、先程から引っかかっていたことを聞く。

「あれ、でもこのチームって、女性は美作さんだけじゃないの？」

「トキ姐さんだけだぜ、それがどうした？」

「でも、ずっとピンクの中に入ってる人だって……」

首を傾げながら外に出る。すると、美作が何者かを支えて引きずるようにしてこちらに歩いてくるところだった。抱えられていたのは、小柄で痩せた中年男性だ。男は日焼けした顔をこちらに向けると、突然甲高い声を張り上げる。

「ちょっとやだあ、トキちゃん、まさか代役ってこの子なの？　なんか男の子みたいだけど、ちゃんと務まるの？　ピンクはプリティ担当なのよ？　戦いが終わった後にスカートの裾を直す恥じらいの仕草に、グッとくる視聴者が少なからず存在していることを分かってるの？」

「クマゴーさん、ショーの相手、子供だから」

暴れる男を押さえつけ、美作は淡々と答えている。なるほど……その場に立ったまま、千鶴は己を戒める。可愛いキャラクターの着ぐるみの中に入っているのは、必ずしも可愛い女の子ではないのだ。戦隊ヒーローなど仮面で顔は隠れるのだから、しかるべき場所にパッドを入れれば、中の人の性別など分かるまい。

橋爪が気を利かせて持ってきたパイプ椅子を広げると、中年男はよろよろと腰かけて一息ついたようだった。改めて、美作が男を紹介してくる。

「スーツアクターの大熊《おおくま》剛輝《ごうき》さん。うちのエース級……だったんだけど、見ての通りヘルニアで戦線離脱の身な」

「失礼ねトキちゃん！　すぐに治して華麗に返り咲くわよ！」

男らしい名前に反して、完全にグレーゾーンだ。もともとこうなのか、女役をやり過ぎたせいでこうなってしまったのか。大熊は腰を押さえた前傾姿勢のまま、千鶴を品定めするようにじろじろと眺めやる。

「ボクは十五年前のバクレンジャー時代から、女レンジャー役一筋でヒーローショーをやってきたのよ。この役に対して、大いなる誇りを持っているわけ。生半可な気持ちで、あの神聖なピンクのスーツを纏おうと思っちゃ困るの、分かる？」

妙な迫力に、千鶴は黙って頷くより他ない。だが、生半可な気持ちでやるなというのは、蒲生も散々口にしていたことだ。姿勢のせいで老けて見えたが、年齢は蒲生と同じぐらいだろう。

「まあまあクマゴーさん、誰でも最初は素人じゃないっすか。それに、ツルちゃんは十年近く空手をやってるんすよ。立ち回りの才能は、トキ姐さんのお墨付《すみつ》きっすから！」

「……日々輝君も最初のショーでは、調子に乗って舞台から転げ落ちてたものね」

フォローを入れてくれる橋爪に、大熊は渋々といった様子で呟く。すると、美作がポケットからスマホを取り出した。

「前回のショーの映像あるわよ、見る？」

千鶴の前に画面を差し出し、ムービーを再生してくれる。屋内に設置された小さなステージが映った。客席から撮ったのか、父親に肩車された子供の頭越しに、着ぐるみの怪人の姿が見える。すると、画面端からピンクのスーツアクターが飛び出し、バトンのような武器を華麗に振り回した。しかし、怪人の腕に振り払われ、体をしならせながら横に倒れてしまった。足を押さえる仕草をするピンクを庇うように、レッドが飛び出してくる。観客からは、無邪気な「がんばれー！」という声が響いている。

千鶴は思わず感心した。ヒーローなのに、ちょっと可愛い。この中に入っているのが目の前のおっさんだと知ると、気持ち悪いぐらいだ。再生を終えたスマホをしまい、美作が思い出したように聞いてくる。

「首里手ということは、棒術も仕込まれてるんでしょ？」

「はい、一通りは教わりましたけど」

「じゃあ、ルピナスバトンの扱いも期待できるということね」

「ルピ……バトン？」

大熊が発した謎の単語を反芻すると、彼は可愛い仕草で小刻みに頷いた。

「ギガピンクの武器よ。ちなみにお父さんのボーナス時期になると、ヒーローの武器は修行の末にパワーアップして、新しいオモチャが出るの。そして我々は、新しい武器の扱いに四苦八苦する……これもまた、戦隊ヒーローの定めなのよ」

やけに商業的な定めだ。先程見た映像では確かに棒のようなものを振り回していたので、それも使ってアクションをするらしい。大熊は思案するように天井を振り仰いだ後、腰を曲げながらもパイプ椅子から立ち上がった。

「分かったわ。今日からボクが、完璧なギガピンクになるためにみっちり指導してあげる。ほら着替えて！　ボクの腰に棲《す》まう悪魔が寝静まってる隙に、早く！」

いきなり奥の更衣室に追い立てられる。しかし本当に、このチームは押しの強い人々が多い。そうでもなければスタントなどやっていられないのだろうか……流されるままに更衣室に入ると、美作がロッカーからド派手な蛍光ピンクの布を取り出した。

「大丈夫よ、洗ってあるから」

広げてみると、妙に光沢のある化学繊維の生地だ。アメコミのような全身タイツだったらどうしようかと思ったが、そこそこの厚みはあり、スカート部分もお尻が十分に隠れるほど長い。更に美作は肩と胸につけるプロテクターと、頭も覆う形のインナースーツを出してくれた。白いグローブとブーツ、いかにもおもちゃのような大きいバックルのベルトなどを次々に並べ、美作は「何かあったら言って」と更衣室を閉めた。

久しぶりに静寂が訪れ、千鶴は思わず息を吐いた。普通に生きていたら絶対に身につけることがないであろう衣裳をまじまじと見つめ、汗で湿った服を脱ぐ。

ロッカーの横にある姿見には、まだ治らない内出血と、一生消えない火傷の痕が並んで残っている。確かに普通のお嬢さんに比べれば、ヒーローに相応《ふさわ》しい体なのかもしれない。自嘲《じちょう》しつつプロテクターをつけ、スーツを着る。そしてその時点で、この仕事が容易ではないことに気づき始めていた。

暑いのだ。化学繊維で出来ているので、通気性が悪い。グローブとブーツを身につければ、一切肌の露出がない。おまけに、頭にはフルフェイスメットマスクをかぶる。

もちろんロッカールームには空調が付いていないが、本番はこれで動き回るのである。屋内とはいえ、想像するだに厳しい。クーラーの効いていない道場には慣れていたが、空手着には風が通る。嫌な予感を覚えながらもベルトをつけると、急かすように扉が叩かれた。最後に全身を確認し、慌てて外に出る。

「あら、ぴったりじゃない。似合ってるわよツルちゃん」

果たして喜んでいいのか分からないが、大熊の言葉にはありがとうございますと言っておく。多分、この役を誇りにしている彼にとっては最上級の褒め言葉なのだろう。すると、美作がスタジオの棚に掛けられていたマスクを持ってきた。やはりピンク色で、顔の部分は鋭角的なハート形の黒いゴーグル状になっている。

「戦隊ヒーローのマスクは、アップ用とアクション用の二種類あるんだ。テレビの撮影で使われているのはアップ用。アクション用は、ずれないように留め金がしっかりしてて、視界も広く取れるようになってる」

そう言いながら、美作は開いたマスクを問答無用でかぶせてきた。トランクの留め金のような金具で固定する音が聞こえ、視界と聴覚、そして呼吸までもが遮断される。

「最近のマスクは良くできてるわよ。ボクが若い時なんて、視界が狭いわ重いわ……」

大熊の甲高い声が、どこか遠くで聞こえた。もちろん通音孔はあるが、完全に外の音を拾うことは出来ない。更に、思った以上に視界が狭い。ゴーグル部分はマジックミラー状になっているものの、サングラス越しのように不鮮明だ。そして、当たり前だがそれなりの重量がある。下のスーツ自体は軽いために、頭に重心がかかる。これでは歩くだけでふらついてしまう。

「……大熊さん、これであの動きしてたんですか」

「当たり前じゃないの。ほら、早速足がガニ股になってる！　意識して内股にして！　ちょっと大袈裟なぐらい女の子っぽくしなきゃダメよ！」

そう言われても、そんな余裕はない。更に、口元が遮られているために呼吸がしづらくなってきた。すると、美作が時間を計っていたかのようにマスクを掴んだ。留め金を外す音が頭蓋骨に反響し、急に開けた視界に千鶴は咳き込んだ。ほとんど動いていないのに、汗をかいていることに気づく。

「まあ、素人が初めてマスクをかぶるとそうなるわよ。視覚、聴覚、触覚が遮断されて、呼吸も塞がれる。熱も籠《こも》るし、重心も変わる」

美作は、千鶴の反応を予想していたようだった。おそらく、過去に自分も経験したことがあるのだろう。大熊はその様子を見て、俄かに不安そうな表情を浮かべる。

「ちょっと、トキちゃんの秘蔵っ子って聞いてたから期待してたけど、スーツ着るのも初めてなの？　こんなんじゃ、一か月後のショーには間に合わないわよ」

「付き合いの長いクマゴーさんなら知ってるだろ？　うちのボスはスパルタなんだよ」

マスクを弄びながら、美作が呟く。千鶴も馬鹿ではない。蒲生がこの仕事をいきなり自分に与えた意味は、薄々分かり始めていた。

このスタント・チームの代表者は、千鶴の覚悟を見極めている。

やるなら死ぬ気でやれ、やる気がないなら来るな。そういうことだ。自分をこの場所まで引っ張ってきたのは確かに美作だが、それはあくまできっかけに過ぎない。その後も、興味があるようなそぶりでこの場所に足を運び続けていたのは自分自身だ。

あの一見寝ぼけたような代表は、そんな千鶴の様子に業を煮やしたに違いない。要するに、これは試験……いや、おそらくそんなに生易しいものではない。

自分はここで、逃げるか逃げないかを、試されている。

「美作さん……素人の女が一か月でスーツアクターとして舞台に上がることは、どれぐらい無謀なことなんですか？」

そして当然、美作も蒲生の意図を分かっているはずだ。千鶴は額の汗を拭いながら、美作にそう聞いた。彼女は一瞬だけ面食らった顔をして、こちらの顔を見返す。

「そこそこ無謀。けど、不可能じゃない。そんなレベル」

彼女が、そう答えた時だった。事務所の扉が開き、蒲生がこちらに向かって歩いてきた。彼は顎を撫でながら千鶴を眺めやり、まるで今までのやり取りを全て把握しているかのように一言だけ聞く。

「無理？」

「……いえ」

千鶴はグローブをはめ直しながら、間髪いれずにそう答えた。美作が双眸を細め、大熊が口を開けたまま千鶴の顔を窺う。そうして千鶴は、美作の言葉を反芻した。そここそ無謀。だが、無謀なことをやるのが、スタントマンなのであれば。

「やります」

その言葉は、我ながら滑稽なほどはっきりと口から発せられた。蒲生は千鶴の言葉を予期していたように頷いた。外からはメンバーの掛け声と、例年よりもやかましく思える蟬の声が響いている。今年は何だか、長い夏になりそうだった。

＊　　＊　　＊

翌日からの千鶴の生活は、絶対に人には見せられないほど奇妙なものだった。

父親が仕事に出たのを見計らい、借りてきたマスクを装備する。最初は階段を下りるのも一苦労だったが、いつもの生活空間ということもあり、すぐに慣れた。家事をする時もテレビを見る時も、頭だけヒーローマスク。まさに、橋爪が言う修行だ。

ちなみにスタント用のマスクは高額らしく、絶対に壊すなと念を押された。一週間も経つとマスク着用の状態に慣れてしまい、うっかりこの状態で庭に出て洗濯物を干してしまった。気づいて慌てて外したが、あれはご近所の手前まずかったかもしれない。

BULLETのスタジオには、毎日のように通っていた。怠惰な大学生には、時間だけは腐るほどある。千鶴の上段蹴りをミットで受けながら稽古に付き合ってくれる大熊の指導は、スパルタだった。ヘルニアを押して稽古に付き合ってくれる大熊の指導は、スパルタだった。

「まあまあ動けるようにはなってきたけど、ツルちゃんのアクションって全体的に男っぽいのよ！　まず、そのがに股をどうにかしてちょうだい、華麗じゃないわ！」

そんなことを言われても、日本武道における立姿勢の基本はがに股である。普段はそれほど目立たないだろうが、突きや蹴りなどのアクションを行う際には、十年間染みついた癖は簡単に拭うことができない。マスクで死角になっている太腿を竹刀《しない》でひっぱたかれ、思わずうずくまる。

「美作さんのアクションだって、そんなに女性っぽいとは思えませんけど……」

言い訳をするつもりはないが、千鶴は疑問に思っていたことを口にした。美作も同じショーに出演するため、立ち回りの確認などで一緒に練習をしているが、それほど女性らしい動きをしているとは思えない。すると、大熊はスタジオの床を竹刀で叩いた。

「イエローは姉御肌キャラだから、少しぐらい男勝りの動きで丁度いいのよ。でも、ピンクは優しい女の子キャラなの。イエローよりも勇ましいなんて言語道断でしょ！　とりあえず休憩入れるわよ……水分補給しっかりしてね」

そう言って、大熊は時計を一瞥した。ここの練習は厳しいものの、基本的には時代錯誤の根性論は押し付けてこない。大熊は腰を押さえて事務所の方に戻って行く。

「ツルちゃん大丈夫か？」

すると、外で現代殺陣の練習をしていた橋爪が心配そうに声をかけてきた。彼はもともと才能があったのか、はたまた情熱の賜物《たまもの》か、初めてマスクをかぶった時も「別に普通に動けた」らしい。「トリ頭だから、その時のこと忘れてるだけでしょ」と美作には一蹴されていたが。千鶴はマスクの留め金を外し、汗まみれの顔を拭きながらこぼす。

「大熊さんの、ピンクに対するこだわりはすごいね……」

「クマゴーさんはあんなんだけど、知る人ぞ知るスーツアクターだからな。まあ、トキ姐さんの親父さんには負けるけどさ」

「美作さんのお父さんって、そんなにすごい人なんだ」

橋爪の口からだけではなく、メンバーの会話にも頻繁に出てくる人物だ。すると橋爪は拳を握りしめ、熱く語り始める。

「美作さんがすごいのは、アクションの技術だけじゃねえ。仮面ファイターシリーズでは、変身前の俳優の癖とか性格も意識してスタントを演じ分けてるんだ。特オタ界にはヒーローの動きでスーツアクターの名前を当てられる人とかざらにいるんだけど、美作さんだけは分からねえ。完全に自分の癖を殺して、役になりきってるんだぜ」

また、橋爪が終わりなき特オタトークに突入している。千鶴は水をがぶ飲みしながらその話を半ば聞き流し、ふとある単語に引っかかる。

「……演じる」

非常に今更のことに気づき、手にしたマスクを眺めやる。顔を上げ、全身鏡に映った汗だくの自分に視線を移しながら、独白のように呟く。

「そうか……ギガピンクにも、変身前の姿があるんだ」

「当たり前だろ？　変身前の愛原《あいはら》メグちゃんは、メンバーの妹的存在だぜ。っていうかツルちゃん、一度ぐらいはギガレンジャー見たのか？」

その言葉に、千鶴は首を振った。忙しいこともあるが、そこまで意識が回っていなかった。スタントというからにはと、アクションを魅せることばかり考えていた。ギガピンクという役を与えられたことを、すっかり失念していたのだ。

演じる……どこか遠くに置き去りにしてきたような、或いはずっと傍にあるようなその言葉を反芻する。

「さあツルちゃん、次はルピナスバトンを使ったアクションよ！　ボクの腰もそろそろ危なくなってきたから、早く準備してちょうだい！」

と、事務所から出てきた大熊が、小道具のバトンを振り回しながら叫んだ。そのままバトンで橋爪の横っ面をひっぱたき、彼が真横に吹っ飛ぶ……が、さすがに千鶴も驚かなくなっていた。橋爪はヒーローよりも、切られ役の方が向いているのではないか。

「日々輝君も、千鶴ちゃんにちょっかい出してる暇があるなら練習に戻る！」

大袈裟に倒れ伏した橋爪は返事と共に勢いよく跳ね起き、外へと駆け出して行った。千鶴も再度マスクをかぶろうとしたが、思い直して聞いてみる。

「あの……大熊さんは、どうしてピンクを演じようと思ったんですか？」

もしかしたら失礼な疑問に聞こえてしまったかもしれないと思ったが、大熊は一瞬だけ間を置いた後、弾かれたように笑い出した。

「いやあね、千鶴ちゃん。ボクだって、最初からピンクをやりたかったわけじゃないわよ。こんなんだけど、一応男だからね、やっぱりレッドの中に入りたくて、スーツアクターになったわけ」

そうだったのか。要するにこの性格は先天的なものではなく、後天的なものらしい。

大熊は腰を押さえてパイプ椅子に座りこみ、遠くを見つめる。

「でも、見ての通りボクは身長が足りなくてね。チームの中で一番アクションが上手くなっても、レッドはやらせてもらえなかった。どの世界だってそうでしょう？　頑張ったって、誰でも主役になれる訳じゃない」

体格は、メイクである程度は変えられる容姿よりも大きな壁だ。努力でどうにかなるものではない。大熊は普段の甲高い声ではなく、わずかに口調を押さえて続ける。そうすると、彼は普通の男性スタントマンに見えた。

「最初はね、正直嫌だったのよ。ピンクに入れって言われて……でもボクの若い頃は、今以上に女性スタントマンがいなかったからね。体格の小さい誰かがやるしかなかったの。正直、レッド役が羨《うらや》ましかったこともあったわ。やっぱりピンクは、男の子にもあまり人気がないしね」

「確かに、知り合いの男の子もレッドが好きです。視聴者は、ほぼ男の子ですしね」

「そうなのよ。でも、ある時のショーでね、男の子ばっかりのお客さんの中に、一人だけぽつんと女の子がいたの。その子が握手の時に、真っ先にボクのところにやってきて、目をキラキラさせながら『大きくなったらピンクになりたい』って言ってくれたのよ。それからかしらね、ボクがこの役に誇りを持つようになったのは」

「誰かのヒーローになるため、ですか」

ぽつりと呟くと、大熊は驚いたような顔をした。いきなり背中を叩いてくる。

「あら、千鶴ちゃん、なかなかいいこと言うじゃない！　ちょっとはギガレンジャーとしての自覚が出てきたみたいね！」

「いえ、前に美作さんが言ってたんです。それを思い出して」

慌てて首を振る。彼女がスタントの世界に飛び込んだ理由。最初は意味が分からなかったが、段々と分かりかけてきた気がする。顔の隠された、影たちの世界。だが、それは当然だ……ヒーローは、決して正体を明かしてはいけないのだから。大熊が薄く笑う。

「トキちゃんらしいわね。まあ……あの子にも、色々あるのよ」

と、どこか含みのある口調で大熊は呟いた。千鶴は彼の顔を見つめるが、それ以上は何も言わず、両手を打ち合わせる。

「さあ、お喋《しゃべ》りは終わりよ。千鶴ちゃんも、誰かのヒーローになるんでしょう？」

千鶴は返事し、再びマスクの留め金をかけた。マスクの黒いゴーグルに映り込んだ自分の顔を直視し、千鶴は気合いを入れ直した。


『ガハハハハ！　軟弱な人間どもよ！　こんな街、火の海にしてくれるわ！』

『デビルギャラクシーめ、許さないぞ！　みんな、力を貸してくれ！』

熱血漢のリーダー、火神ハヤトが変身しようとギガパワー・ブレスを掲げたところで、朝刊を小脇に抱えた父がリビングに入ってきた。怪訝そうな口調で聞いてくる。

「千鶴……何見てるんだ」

「『電雷戦隊ギガレンジャー』」

千鶴は真剣な表情で、画面に視線を向けたまま答えた。最近の娘の奇行には薄々気づいているだろう父だが、深く追求することはなかった。せっかくの日曜にテレビを占領していることに対しては心苦しいが、三十分だけなので勘弁してほしい。

途中からの視聴なので話の流れは意味不明だが、ともあれギガレンジャーは五人組。熱血漢のレッド、クールなブルー、お調子者のグリーン、姉御肌のイエロー。そして心優しいピンクと、はっきり性格付けがされている。なるほど分かりやすい。そして偶然か運命か、今週はちょうどピンクこと愛原メグの成長が描かれた話のようだった。

メグは今回の戦いで皆の足を引っ張ってしまい、イエローこと月島《つきしま》リンに対して弱音を吐いていた。もうヒーローをやめると言い、なんとかバトン……自分が使う武器なのに、未だに正式名称がすぐに出てこない……を手放そうとしている。

『リンさん、あたしやっぱり戦えないよ……だってあたしは弱くて泣き虫で、みんなに迷惑をかけてばかりだもの……』

『何言ってるの、メグ！　あんたにはあんたの素敵なところがたくさんある！　自信を持って戦わなきゃ駄目よ！』

そう言って、リンはバトンをメグに差し出す。愛原メグ役の女優は、どうやらアイドル出身のようだ。可愛らしいタヌキ顔の子だったが、演技は壊滅的だ。メグが悩んでいるうちに町に怪人が出現するが、ヒーローは五人揃わないと力が発揮できないらしい。

『くそっ、メグさえいれば……！』とブルーが呟く。怪人が倒れた四人の戦士にとどめを刺そうとしたその瞬間、どこからか飛んできたバトンに吹き飛ばされる怪人。驚いて顔を上げるレッドたちの視線の先には、ギガピンクの姿が……！

　まあ、そうなるよな。それにしても、いつ立ち直ったんだろう。心の中で突っ込みを入れながらも、千鶴は必殺技の名前を叫びながらワイヤーアクションで吊《つ》られるピンクの立ち回りを目で追った。もちろん、このスタントを演じているのはスーツアクターだ。男性か女性かも分からないが、確かに変身前のアイドルの可愛らしさそのままに、アクションを演じきっていた。つまりはこれが、プロなのだろう。

　五人で協力し合って敵を倒したヒーローたちは、一度は去ろうとしたピンクを迎え入れる。彼女は両手を胸に当て、小さく拳を握りしめながら言った。

『リンさん、みんな……あたし、やったよ！』

　そして流れる勇ましいテーマソング。多分ちびっこは興奮する場面なのだろうが、千鶴は眉間《みけん》にしわを寄せ、絞り出すような息をついた。そんな娘を、父は新聞越しに心配そうに見ている。『この後は、仮面ファイター龍星《りゅうせい》！』と続く特撮の番宣が入ったところで、千鶴はいつも父が見ている朝のニュース番組にチャンネルを変えた。

「今日もバイトか？」

「今日は休みだから、本郷さんの道場行ってくる」

平日は朝から晩まで父は仕事なので、いくら千鶴が家を空けていても咎められることはない。だが、一応バイトを始めたとは言ってあった。友人の劇団の雑用だと伝えてあるが、あながち間違いではないはずだ。

BULLETも、日曜はスタジオを閉めている。体が資本の仕事だからこそ休養は必要だというのが、蒲生の持論だ。もちろん撮影は盆暮れ正月だろうが構っていられないので、仕事があるスタントマンはそれぞれの現場に散っているようだが。

最近スタジオで美作の姿を見ないのだが、どうやら彼女は立て続けに仕事が入っているらしい。聞けばゲームのモーションキャプチャーから、ミュージックビデオの撮影、交通安全教室で車に跳ね飛ばされる役など、スタントマンの仕事は映画やドラマの吹き替えだけではなく、想像以上に多岐《たき》にわたっているようだ。

本当は彼女にアドバイスを貰いたいのだが……と我儘《わがまま》なことを思うが、美作もこちらばかりには構っていられないのだろう。千鶴は自室に上がり、空手着を突っ込んだ鞄を背負った。父に一声かけて庭に出ると、今日も溶けてしまいそうなほどの猛暑である。

キャップを深くかぶって自転車の鍵を外していると、門扉の前を親子が散歩しているのが見えた。と、母親に手を引かれた五歳ぐらいの男の子が、こちらの方を指差しながら無邪気な口調で叫んでいる。

「ママー、このお家ね、ギガレンジャーが住んでるんだよー」

千鶴は自転車の前にしゃがみこんだまま、思わず冷や汗をかいた。母親は「はいはい」と聞き流しているが、やはりあの修行は危険が伴う。今度から慎重に行おうと誓いながら、自転車をこぎ出した。無意識のうちに先程聞いたギガレンジャーのテーマを鼻歌でうたいかけている自分に気づき、慌てて首を振った。

自宅近くの本郷館は、相変わらず閑古鳥が鳴いていた。はがれかけた「生徒募集中！」のチラシが風にはためいているのが物悲しい。

勝手知ったる我が家のように、挨拶もなしに引き戸を開ける。生徒などいないのに道着姿の本郷が、地蔵のように定位置に収まりながら足の爪を切っていた。入り込んできた野良猫でも見つけたような声を上げる。

「なんだ千鶴、最近来ねえと思ってたが、ついにテニスサークルに入ってキャッキャウフフし始めたか？　で、合コンってのはどんな感じなんだ？」

キャンパスライフどころか、戦隊ヒーローになるべく、グレーゾーンのおっさんにしごかれて生傷をこさえる羽目になっているのだが。なんだかんだ言いながら、千鶴が顔を見せなくなって寂しかったらしい。少し嬉しそうな口調で続ける。

「それより、あの一子相伝の古武術を受け継いだ姉ちゃんはどうした。まさかお前、俺を裏切って、あの男前に弟子入りしたりしてねえだろうな」

「まあ……色々ありまして」

当たらずとも遠からずなので、肯定も否定もできない。千鶴は曖昧な返事をし、一礼してから道場に上がった。

「師匠、久しぶりに棒術の稽古つけてほしいんですけど」

「どうした突然……けどまあ、確かに棒術は最近やってなかったな。そろそろ有賀親子も来るだろうし、雑巾掛けしてくれや」

千鶴の申し出にも、本郷は深く追求することなく頷いた。と、何かを思い出したように財布から千円札を取り出す。

「そうだ千鶴、掃除の前にコンビニでギガレンジャーソーセージ買ってこい。優斗にやる分を買ってくるの忘れちまってな。ちゃんと、ギガレッドのカードが入ってそうな箱を探してくるんだぞ。百円までなら、お釣りで好きな菓子買っていいからよ」

「私、もう二十歳なんですけど」

十歳の頃から、自分に対する扱いは全く進歩していない。かといって拒否する理由もないので、千鶴はもう一度スニーカーに足を突っ込んだ。

一本先の通りにあるコンビニでソーセージを買って戻ると、道場前には子供用の椅子が搭載された有賀のママチャリが停められていた。中からは、朝から元気な優斗の声が響いている。日曜この時間は、いつも彼のテンションが高いとは思っていたが……もしかしたら、大好きなギガレンジャーの番組を見た後だからかもしれない。

彼にとってこの道場に通うことは、ギガレンジャーになるための修行なのだ。つまり、最大限にモチベーションが上がった状態なのだから、元気にもなるだろう。引き戸を開けると、優斗の着替えを手伝っていた有賀が驚いたように視線を向ける。

「あれ、何だか久しぶりだね千鶴ちゃん。師匠も寂しがってたんだよ、あんなこと言ったから、本当にテニスサークルにでも入っちゃったんじゃないかって」

「誰が寂しいもんか。口うるさいのがいなくなって清々してたわ」

バレバレの強がりを吐き捨てる本郷を生温かい視線で見つめ、千鶴はコンビニの袋を渡した。本郷は早速ソーセージの箱を開け、おまけのカードを取り出す。

「ほら、優斗」

着替えの途中だったが、その声に優斗は父親の手をすりぬけて本郷の元へと駆け寄る。だが、優斗はがっかりした顔で本郷の手にカードを返した。

「なんだ、ピンクじゃん。ピンクいらない」

「どうしてだ？　じいちゃんには区別がつかんな」

「だって、ピンクは女だもん。女は弱いからだめなの。俺はレッドになるから」

そう言って、優斗は習ったばかりの構えのポーズを取った。小さい手で拳を繰り出す彼の言葉に、千鶴は帯を締めて立ち上がる。本郷の手からカードを奪うと、そこにはいつの間にか見慣れてしまった、ピンク色のスーツを着たヒーローがポーズを取っていた。

「優斗、今日はギガピンク頑張ってたじゃん。最後は一人で怪人倒してたよ？」

「でもレッドが戦ってる時に泣いてたし、レッドの方が強いもん」

そう言って、父親の方へ戻っていく。有賀は千鶴を見ながら首を傾げる。

「え……なんで千鶴ちゃん、ギガレンジャーなんか見てるの？」

「朝起きたら、偶然やってたんで」

数週間後にギガピンクになるとは言えない。道場の真ん中でレッドの必殺技を繰り出している優斗を見つめながら、千鶴は大熊を思い出した。女レンジャー役に大いなる誇りを持ち、自分にその役を託そうとしている男の姿を。

カードを持ったまま突っ立っている千鶴の前に、本郷が野良猫にでも与えるようにソーセージを差し出す。千鶴はそれを受け取り、無言でオレンジのフィルムを噛みちぎった。カードを懐にしまいながら、有賀に向かって口を開く。

「有賀さん、オリオンモールって行くことあります？」

「国道沿いにある大型ショッピングモール？　たまの休みには、家族で行くこともあるよ。それがどうしたの？」

千鶴は鞄から、四つ折りにしたチラシを取り出した。『なつやすみ！　ギガレンジャーがやってくる！』というコピーと共に、カラフルなヒーローがポーズを取っている。

千鶴はそれを有賀に差し出した。

「お盆にやってるそうですよ。優斗君連れて行ってあげたら喜ぶんじゃないですか？」

「へえ、そうなんだ……って、千鶴ちゃんいきなりギガレンジャーに詳しくなってるけど、どうかした？　今流行《はや》りの特撮女子にでもなったの？」

当然の疑問だったが、千鶴は曖昧な態度でかわした。走り回る優斗を追いかけ、意外と鋭い蹴りを受けながら口を開く。

「優斗、絶対にピンクも格好いいよ。だって、一生懸命仲間のために戦ってるもん」

「えー、そうかな？」

子供相手に何を言っているのかと、自分でも思う。しかし、このたった数週間で、いつの間にか自分にもギガピンクの矜持《きょうじ》が芽生え始めていたのかもしれない。大熊に話したら鼻で笑われそうだが。千鶴は「そうだよ」と深く頷く。

誰もが誰かのヒーローになることは出来ない。それでも戦い続ける人はいる。そうだよな、愛原メグ……千鶴は心の中で呟き、壁に掛けられた稽古用の六尺棒を手に取った。

『あたしは逃げない……信じてくれる人がいる限り！』

先程見た番組のラスト近く、バトンを振り上げながら放たれたギガピンクの声が、何故か脳裏に響き渡った。

＊　＊　＊

八月に入り、日本の各所で「例年を上回る暑さ」が記録され始める頃。BULLET のスタジオでは、いよいよ本番を想定したショーの練習が始まっていた。

とはいえ、千鶴以外の面々は何度も繰り返している立ち回りのようだ。番組が変われど基本の動きは同じで、スーツと怪人の着ぐるみ、そして武器が変わるだけらしい。

要するに今回のショーで一番のイレギュラーは、千鶴の存在ということだ。ピンク役が十五年のベテランから、一か月しか練習期間のない新人バイトに入れ替わるのである。当然、今までと同じというわけには行かないだろう。レッド役の那須は二十代後半の男で、役どころと同じくリーダーとしてチームをまとめてくれていた。

「ピンクの動きを最低限のものにして、立ち回りの構成を組み直した。千鶴ちゃんは、この動きを覚えることに集中して。周りはみんな慣れてる奴らばっかりだから」

「ありがとうございます」

ブルー役の鹿島は那須と同年代ぐらいの男だが、無口らしくあまり喋らない。そしてグリーン役の橋爪はというと、どんな状況下だろうが休み時間の小学生のように跳ね回っている。イエローは言わずもがな美作だ。仕事のピークは過ぎたようで、今月に入ってからはスタジオでも見かけるようになった。実際の番組を見た後だと絶妙な配役というか、これも蒲生の采配なのだろうかと感心する。

「とりあえず、Vコン渡すからよく見ておいて」

「Vコン……って、なんでしたっけ」

那須からUSBメモリを渡され、千鶴は聞き返す。すると、横で柔軟をしていた美作が立ち上がって説明してくれた。

「ビデオコンテのこと。映画やドラマのアクションシーンで、衣裳をつけていない俳優が立ち回りを演じた映像。今回はショーだから、厳密にいうとVコンとは呼ばないけど。まあ、お手本とか下書きみたいなもんね」

「千鶴ちゃんの動きは、加茂《かも》が代わりに演じてるから。身長差はあるけど、動きをなぞるのに支障はないはずだよ。とりあえず、実際に一度見てみようか」

那須はそう言って、加茂という坊主頭《ぼうずあたま》の男を呼んだ。身長が那須と同じぐらいあるので、彼がピンクを演じることは出来ないのだろう。

那須の合図と共に、悪役デビルギャラクシーの登場シーンから入る。もちろんマスクをつけたままでは声が響かないので、台詞は全て裏手から音響担当によるアテレコでの進行だ。高笑いと共にデビルギャラクシーとその手下が現れて客席で暴れ回る中、『そうはさせないぞ！』というレッドの声と共にヒーローが登場。敵役と立ち回りを演じるがピンチに陥る。そこを客席からの応援で立ち上がり、見事に勝利するという、ショーを見たことのない千鶴でも概ね想像の付くストーリーだ。

スピーカーに繋いだパソコンから音声を再生し、それに合わせてマスクをつけていない悪役が下手の方から登場する。悪の口上を並べ立てた後、登場したヒーローによる立ち回りが開始される。

千鶴はとりあえず、自分の動きを演じている加茂を注視した。立ち回りはダンスと同じで、組む相手が上手ければそれなりに形になって見える。それを考慮してか、ピンクの相手となる斬られ役は、チームの中でもベテランの男が当てられていた。バトンを振り下ろすタイミングで斬られ役が吹き飛び、蹴りに合わせて転ぶ。

一通り動きをさらい、那須がストップの声をかけた。スタントマンには、一度見た動きをすぐに覚えられる能力が必要不可欠だ。記憶力だけではなく、アクション監督による演出をトレースできるだけの身体能力。更に、正確なだけではプロとは言えない。そこに自分の演技力を乗せなければならない……そんなことを美作は言っていた。

素人の自分にそこまで求められているとは思っていないが、舞台に上がる以上はその基本を念頭に置かねばならない。那須に呼ばれ、千鶴は加茂が演じていた位置に入った。

受け手の俳優に一礼し、号令と共に構える。

左フックから一度後方に退き、敵役から振り下ろされる槍の柄を左側面からバトンで弾く。その反動で相手の背に回り、振り向いた敵役に向かって正面蹴り、仰け反る相手に向かって上段からバトンを振り下ろす……

だが、一手間違えて飛ばしてしまった。敵役の動きとこちらのアクションがずれる。思わず手を止めると、横から美作の鋭い声が飛んできた。

「アクション間違えても途中で止めない！」

「はい！」

立ち回りの動きは相手に対して何の前触れもなく止めると、思わぬ事故につながる。敵役はベテランだったため、振り下ろされた小道具の槍はギリギリの位置で寸止めされた。

まだ、一旦、全ての立ち回りにストップがかかる。千鶴は周囲に頭を下げた。

練習は続く。スーツをつけていない状況でこれだ。先が思いやられるが、反省する間もなく練習は続く。ようやく通しのさらいが終わり、千鶴は思わず座り込んだ。那須が練習場の隅にあるモニターを示し、練習の様子を撮影していたメンバーからカメラを受け取る。

「じゃあ、今の確認してみようか」

モニターの前に集まるメンバーと共に、千鶴も映像を見つめた。さすがに那須や鹿島のアクションはキレがあって格好いい。橋爪はどこかコミカルな動きだったが、お調子者のグリーンらしい立ち回りだ。美作の演技は言わずもがなだし、敵役の斬られ方も堂に入っている。そんな中、自分の動きを目の当たりにして思わずぼやく。

「……なんか格好悪いですね、私」

「ほとんど初めてにしては、上出来だよ。でも、上半身の動きに集中しすぎてる感じがするな。空手もそうだろうけど、動きの根幹はやっぱり下半身だからね。今度は足さばきの方に気を配ってやってごらんよ」

那須が優しい言葉をかけてくれる。さすがレッド、頼れるリーダーだ。周りがプロだからということもあるが、やはり自分だけ様になっていないことは明白である。

その後も練習は続き、夕方には満身創痍だ。だが、那須や美作のアドバイスは的確だった。最後の立ち回りの映像は、それでも最初よりはマシになった気がする。

「じゃあ、今日はこれまでにしておこうか。映像は各自に渡しておくから、復習をしっかりしておいてな」

那須の号令で、今日の練習は終わった。今更ながら掌が痛むことに気づいてバトンを握っていた手を開くと、掌の皮が剝けていた。どうしたと聞いてくる美作に千鶴は慌てて首を振るが、彼女は当然のように言ってきた。

「ああ、マメか。グローブ白いから、汚さないようにな」

別に心配してほしかったわけではないのだが、小道具の方に気を使われてしまった。しかしこの年になって、おもちゃのバトンを振り回してマメができるとは思わなかった。

すると、美作が汗を拭きながら呟く。

「特撮とかヒーローショーとか、子供だましだって馬鹿にする大人もいるけどさ。子供だまし上等だよな。子供をだますのに、大人がどれだけ苦労してるかって話だわ」

千鶴は頷いた。正直、自分もそう思っていたし。大人になってから見た戦隊ヒーローの番組は、このCG全盛期の時代に何だか安っぽく見えた。しかし、あれが子供目線でのリアリティなのだ。子供相手の仕事だと思っていた自分に対して反省する。

「なんだかすみません……皆さんの足を引っ張っちゃって」

掌を握りしめながら、深々と頭を下げる。だが、その言葉に対して返ってきたのは、橋爪の素っ頓狂な声だった。

「あっ、それ！　さてはツルちゃん、前回のギガレンジャーやっと見ただろ！」

何の脈絡もない突っ込みにぽかんとするが、周囲は何かに思い当たったように笑った。そこでようやく、千鶴も気づく。確かに前回のギガレンジャーで、ピンクの愛原メグが言っていた。敵と戦う時に皆の足を引っ張ってしまい、謝罪するシーンが。

「千鶴ちゃんも、ギガピンクの自覚が出てきたってことだな」

那須も感心したようにそんなことを言っている。ここにいるいい年した大人たちは、どうやら全員あの子供向け特撮番組を見ているらしい。自分もその仲間入りを果たしてしまったかと思いながら、謝罪をしたつもりなのに拍子抜けしてしまう。

「それなら、メグが戦いの最後に言ってた台詞も覚えてるだろ？」

絆創膏《ばんそうこう》を持ってきてくれた美作もまた、視聴者のようだ。子供向けだからこそ、てらいのない台詞が頭の中に反響し、千鶴は掌を握りしめた。

「……『あたしは逃げない……信じてくれる人がいる限り！』」

＊　＊　＊

国道沿いにあるオリオンモールは、イベント会場を備えた大型のショッピングモールだ。フロアの五階はこの地域で最も面積の大きいおもちゃ屋が入っており、ギガレンジャーショーは一階にある特設ステージで行われる。

お盆休みということもあり、客の入りは上々だ。もともとショーをやる前提で設計されているらしく、ステージの裏手から客の目に触れずに控室に入ることができる。

「こういう会場は助かるな。野外ショーも大変だけど、一度オフィスビルのホールでやった時なんか、控室もなくてさ。上のフロアから大量のパーテーション借りて、控室代わりのテントまで目隠し用通路作って、その即席通路を這いながら退場したからね」

百戦錬磨のヒーローの風格で、美作が黄色いスーツを着こんでいる。千鶴はその声を耳に、狭い控室の端でもそもそとピンクのスーツに着替えていた。美作が怪訝そうな声をかけてくる。

「女同士なのに、何遠慮してるの。現場によっては控室がなくて、男連中と着替えることもあるんだから、恥ずかしがってちゃやっていけないよ」

「そんなもんなんですか……」

「そんなもんさ。そんな世界だから、女が少ないんだよ」

美作は平然と言って、時計を確認した。ショーは一時半からだ。着替えた千鶴は、マスクを抱えながら深い息をついた。その様子を見ながら、美作が聞いてくる。

「なんかあんた、映画の撮影現場よりも緊張してるわねえ」

「撮影は撮り直しができますけど、ショーはぶっつけ本番じゃないですか……目の前にお客さんもいますし」

この一か月、練習はみっちりやってきた。お墨付きとは言えないまでも、大熊からも「まあ、及第点ってところかしらね」というお言葉も頂いている。本番直前に行ったスーツを着用してのアクションも、映像で見ればどうにか形になっていた。しかし、そもそもたった一か月で立つことが無謀な世界だということも分かっている。

「大丈夫よ、例えトチったとしても、ドジなピンク役なんだから客も許してくれるって。レッドが転んだら大変だけど、ピンクなら問題ないって気楽に考えなさいよ」

それは、大熊からも言われていることだ。失敗しても気にするな、と。しかし、千鶴は首を振った。再び内臓ごと吐き出しそうな息をつき、喉の奥で呻く。

「でも、大熊さんが今まで一生懸命守ってきた役だと思うと、変なことできませんし……子供の夢を壊すこともできませんし……」

「だとしたら、顔を上げな」

うだうだと呟く千鶴に業を煮やしたように、美作はこちらの頭を掴んだ。彼女のヘリウム並みの沸点の低さを思い出し、苛々させてしまったのかと一瞬だけ身を固くする。

しかし、美作の顔に浮かんでいたのは、怒りでも苛立ちでもなかった。あの撮影現場で見せた、どこか覚悟を決めたような静かな顔だった。

「プレッシャー感じるのも結構だけど、ステージに立ったらそんなことは全部忘れるんだ……いいか、逃げるな」

その視線に、千鶴は共に舞台に立つBULLETの俳優たちを思い出す。大人は子供だましと笑うだろう。しかしその中には、かつてヒーローに夢中になった人だっているはずだ。そしてまた、そんな子供の時の思いを忘れていない人もいる。きっとそういう人間たちが、こうして真剣に舞台を創りだそうとしているのだ。

「この三十分間、あんたはヒーローだ。前だけ向いて戦いな」

差し出されたバトンに既視感を覚え、千鶴は口を開けた。そしてようやく思い出す。

初めて見たギガレンジャーで、ヒーローを続けていくことに自信をなくしたメグが、リンに発破をかけられるシーンだ。

そうだ。自分は愛原メグだ……優しくて泣き虫で、それでも懸命に戦おうとしている女の子だ。千鶴は頷き、美作の手から小道具のバトンを受け取った。控室の扉が叩かれ、

「本番です、スタンバってください！」というスタッフの言葉が届いた。

『みんなー！　こーんにーちはー！』と、司会役のハイテンションな女性の声がフロアに響き渡った。彼女は蒲生が懇意にしているタレント事務所から派遣されてきた娘で、業界内ではヒーローショーの司会をさせたら右に出る者はいないという噂《うわさ》らしい。どんなニッチな世界にも、プロフェッショナルはいるものだ。

裏手の音響ブース周りでは、ヒーローと怪人たちが顔を突き合わせて表の様子を窺っている。傍から見たらシュールな光景だが、もちろんみんな真剣だ。グリーンのスーツを着た橋爪が、千鶴に向かって親指を立てる。

「とうとうツルちゃんの初舞台だな！　今日は楽しんでいこうぜ！」

「おい日々輝、静かにしろ。もうお客さん入ってるんだぞ」

何度も繰り返したやり取りなのか、うんざりした那須に頭を叩かれている。すると、客席を覗いていた鹿島がぼそりと呟いた。

「……さすがに盛況だな」

「夏休み、しかもお盆期間だからね。この機に孫におもちゃを買ってあげようという、おじいちゃんおばあちゃんがいっぱいだわ」

美作が声を潜めながらも大袈裟に両手を広げる。千鶴もステージを覗くと、ステージの前は騒がしい子供と、彼らを連れた大人たちで溢れていた。もう司会の女性にスマホのカメラを向けている人もいれば、ヒーローの登場を待ち兼ね、肩車をしてくれている父親の頭を太鼓のように叩いている子もいる。

ステージがある一階部分は吹き抜けになっているので、二階や三階のテラス部分からもこちらを見下ろしている客がいた。どう見ても子供の付添いではない、ごついカメラを構えた男もいる。

想像以上の客入りに、軽い眩暈《めまい》がした。だが、美作の言葉を思い出す。顔を上げろ、逃げるな。気合を入れ直すように自分の頬を叩くと、後ろから視線を感じて振り向いた。

そこには、いつものアイマスクの代わりに首からスタッフ証をかけた蒲生がいた。やはり眠そうな顔だったが、見定めるようにこちらを凝視している。目が合ったが、千鶴は顔を逸らさなかった。浅く頷くが、蒲生は表情を変えない。それでも頷き返してくれたように見えたのは、千鶴の気のせいだっただろうか。

「よーし、今日もいっちょ悪を倒しに行くか。いつものやるぞ、いつもの」

言葉の割には間延びした那須の声と共に、鹿島と橋爪、そして美作が円陣を組む。千鶴も慌ててその輪に加わるが、いつものとは一体何なのだ。と、ステージに聞こえないような小声だったが、那須が張りのある声でいきなり口を開く。

「猛《たけ》ろ！　熱き炎のギガレッド！」

「……迸《ほとばし》れ、蒼《あお》き波濤《はとう》のギガブルー」

「唸れ！　迅《はや》き嵐のギガグリーン！」

「輝け！　眩しき光のギガイエロー！」

ブルーの鹿島だけは嫌々といった様子だったが、ヒーローたちはそう言って、促すように千鶴を見た。要求されていることは分かる。これはあれだ、ギガレンジャーたちが変身する時に叫ぶ、名乗りのシーンだ。一人一人にキャッチコピー的な何かが付いている、ちびっこたちが胸を熱くするお決まりの文句だ。

「ええと……」

だが、台詞は後ろの音響が担当してくれるので、いきなり名乗りを上げろと言われてもぱっと出てこない。必死に記憶をさらっていると、橋爪が小声で教えてくれる。

「ほら、舞え、貴き愛の、だよ」

「そっか……舞え！　貴き……愛のギガピンク！」

しどろもどろにそう言うと、目の前の那須が親指を立てた。少し前ならば、いい年した大人がと思っていたかもしれないが、今なら分かる。彼らとて、舞台に立つのに緊張しないはずがない。それでも堂々とアクションを演じられるのは、自分が子供たちのヒーローだと信じているからだ。彼らはここで変身し、悪を倒しに行かねばならないのだ。

『正義のパワーが悪を撃つ！　電雷戦隊ギガレンジャー！』

最後に五人で声を揃え、マスクの留め金をかける。その瞬間、スタントマンたちはヒーローになる。舞台上では、デビルギャラクシーにとらわれた司会の女性が助けを求める声を上げている。「助けてー!」「ギガレンジャー!」という子供の金切声が、マスクの通音孔から届いてきた。千鶴はメットの中でうるさく鳴る心臓音を振り切るように首を振り、美作の背中に続いてステージ上へと駆け出した。

下半身に重心をかけろ、足さばきが重要だ。そんな那須のアドバイスと、もっと女の子らしくしろと言う大熊の声が、交互に頭に響く。相反するようなその助言を胸に、しかし千鶴が結論としてたどり着いたのは「愛原メグを演じる」ことだった。

臆病だが、懸命に戦う女の子。怪人の槍《やり》をバトンで受け止める。もちろん相手はバトンに触れる程度の力で寸止めをしてくるが、微かにふらつく演技をすることを忘れない。マスクの視界が狭くて助かった……本番の舞台上でその事実に救われるとは思っていなかった。死角が多いので、逆に客席が見えにくい。練習と同じく、相手役の挙動だけに意識を集中していられる。また、音が聞こえにくいことも功を奏した。こちらも歓声が聞こえづらいので、自分の呼吸音を聞いていればいい。

何事も反復だ、という師の言葉を思い出す。立ち回りは、相手役と何度も練習してきた。周囲の状況がマスクによって遮断されていることに気づいた今、後は普段通りの動きを繰り返すだけだ。冷静になり始めた頭の中で、大丈夫だと繰り返す。このまま、練習と同じように進めて行けば問題ないはず……

と、回し蹴りの動きで顔を客席に向けた時だった。見覚えのある親子の姿が見えた。

有賀と優斗だった。最前列という一番いい位置で、優斗が口を半開きにしてステージに釘付けになっている。このショーが行われていることを教えたのは自分だ、見に来ていてもおかしくはないし、よもやピンクが自分だとは気づくまい。しかしそのことで、意識が一気に現実に、佐久間千鶴に引き戻された。

相手役の槍が振り下ろされる。バトンで受け止めねばならないのに、腕を上げるのが遅れた。もちろん当たることはないだろうが、反射的に後退し、バランスを失う。マスクの重心が急に意識され、足元が崩れた。

ああ、やっぱり一か月程度で、プロのスタントマンたちと同じ舞台に立つなど無謀な話だったのだ……

スローモーションのように感じる意識の中で思う。最後のあがきで横向きに女の子らしく倒れる演技だけは死守したが、立ち回り的には完全なアクシデントだ。頭の中がパニックになる。だがその時、美作の叱咤《しった》が頭の中に響き渡った。

――アクション間違えても途中で止めない！

そうだ、顔を上げろ。千鶴は奥歯を噛みしめた。ドジなギガピンクなら、転ぶことだってある。立ち回りの相手も百戦錬磨のBULLETのアクターだ。すぐに立ち上がり、ステージを再開するのだ。その時だった。倒れた自分の前に、蛍光イエローの背中が飛び込んでくるのが見えた。思わず、そのままの体勢で固まる。

美作だった。美作は倒れたピンクを庇うように、顔の前で刀を交差させ……イエローの武器は一対の短刀だ……怪人の槍を受け止める演技をしていた。

これは、完全なアドリブだ。自分が台詞を言える立場だったら「リ、リンさーん！」と叫んだに違いない。美作は相手の槍をはじくと、大袈裟な動作で千鶴を助け起こす。百戦錬磨のスタントマンが見せた咄嗟《とっさ》の判断。そう言ってしまえばそうかもしれない。だが、それだけではない。おそらく美作は今、完璧に月原リンを演じている。妹のようにメグを可愛がっているリンであれば、必ずそうするだろうという行動を取っただけだ。そして美作……いや、ギガイエローは、目の前の怪人を指差した。胸の前で拳を握りしめ、背中を叩いてくる。もちろん、台詞はない。表情も窺えない。だが、その動作だけで何を言っているかは分かった。

『やったれ』

……何をやったれと言うんだ。

胸中で思わずそう叫ぶが、怪人役も美作のアドリブに合わせ、こちらを警戒するように後ずさる演技を見せた。こんな立ち回り、台本にない。一体どうしろと？

しかし、客席からは相変わらず子供の声援が届いている。「やっつけろー！」「負けるなー！」という必死の声援が届き、千鶴は真っ白になりかけた頭の中で叫んだ。そうだ、戦え！　本能的に構えを取る、腰を落とす、摺《す》り足で踏み込み、足を振り上げる。

本郷の言っていたことは、確かに正しかった……人間、実戦に立たされた時は、反復練習し続けてきた基本の動きがものを言う、と。

実戦って一体どんな状況だよ……と思っていたが、この窮地に立たされて、千鶴が反射的に繰り出したのは、本郷仕込みの前蹴りだった。足先は、怪人役の眼前で寸止めされる。そしてまた、相手もプロだった。突然放たれた前蹴りにもかかわらず、彼は頭を跳ねながら、派手に後方へと吹き飛んだ。

千鶴は青くなった。今のは明らかに、ギガピンクの動きではない。慌てて足を閉じる。だが、今更恥じらっても遅い。司会の女性も一瞬だけぽかんと口を開けたが、そこもプロだ。すぐに客席に向かって、大きな声を張り上げる。

『ギ、ギガピンクの強烈なキックだー！　格好いいぞ、ギガピンクー！』

いいんだろうか、こんなんで。千鶴は胸中で泣きそうになったが、会場は沸いている気配なので結果オーライにしておく。しかし、絶対に後で大熊には怒られる。隣のイエロー……美作も突然の出来事に動きを止めていたが、すぐにこちらに向かってガッツポーズをし、立ち回りは台本通りの位置に戻った。

もう、マスクの中は冷や汗で酷いことになっている。拭いたいのに、そういうわけにもいかない。千鶴は荒く息をつき、必死に体勢を立て直した。そうだ、立ち回りはまだ残っている。奥歯を噛みしめ、アクションに集中する。一度失敗したからか、逆に緊張はもう振りきれてしまった。もはや、なるようになれだ。

デビルギャラクシーのデスフォース注入によりパワーアップした怪人たちに、ヒーローたちは全員倒されてしまう。千鶴も今度は台本通りにステージに伏せながら、司会の女性に煽られて飛んでくる応援の声に耳を澄ませる。

ああ、このまま倒れていたい。だが、子供たちがあんなに応援してくれているのだ、立ち上がって悪を倒さねば、地球の平和とみんなの笑顔が危うい……もはや現実なのか演技なのかよく分からなくなってきた思考の中で、ふらふらと立ち上がる。そしてレッドの号令と共に、力を振り絞ってデビルギャラクシーにとどめを刺した。

勇ましいテーマソングが流れる。初めて直視した客席で、子供たちが手を振って喜んでいた。『ありがとう、ありがとうっ！　ギガレンジャーっ！』感極まったように、司会の女性が天に拳を突き上げて吼《ほ》えている。マスク越しの不明瞭な世界の中で、千鶴は最後まで姿勢を伸ばし、歓声に送られながら舞台袖にはけた。

そして千鶴は、客席から見えない位置のギリギリで壁に手をついた。想像以上にしんどかった。早くマスクを取りたいと留め金に手を掛ける。

だが、その腕を摑んだ人間がいた。振り向くと、立っていたのは蒲生だった。無慈悲にこちらの姿勢を正させ、もう一度舞台の方へ背中を押した。

「グリーティング行って」

「……グ、グリーティングってなんでしたっけ？」

「お客様サービスだよ、ちゃんと握手して、可愛く手振ってなさい。注意事項は一つ、子供の夢を壊さない。以上」

まだショーは終わっていなかった。ヒーローの名を呼ぶ司会の女性の声と共に、レッドを先頭にして再び舞台に駆け出していく。千鶴はふらつきながらも足を踏み出した。舞台に出たからには、姿勢を伸ばして前を向かねばならない。

ショーを見ていた子供たちが列をなし、舞台に上がってくる。那須は慣れたように、次々と差し出される小さな手と握手し、母親に抱かれた子供の頭を撫で、キックを繰り出してくる暴れん坊に対しておどけて構えを取っていた。

こういう時、愛原メグはどうするのだろうか……

これは、完全に台本にない世界だった。しかし、ピンクの元にも次々と子供たちがやってくる。レッドにだけ興味を示す子もいたが、大熊の言う通りに数少ない女の子が恥ずかしそうにやってきた。戸惑うものの、多分心優しいメグは子供が好きなはずだ。千鶴はまだ上がっている息を必死に殺しながら、一人一人と丁寧に握手をしていった。

すると、客席一番前にいた親子の姿が見えた。有賀に手を引かれた優斗は、他の子供たちと同じく顔を輝かせながら列に並んでいる。レッドに頭を撫でられて、興奮したように飛び跳ねていた。

すると、スルーされると思っていた自分の元にも優斗がやってきた。一瞬、正体がバレたかと思って青くなる。しかし、彼は少しだけもじもじと照れながらも、こちらに向かって手を差し出してきた。千鶴はその手をしっかりと握り返す。

どういうわけか、先程まで感じていた急激な疲労は忘れてしまっていた。子供たちの列はいつまでも途切れなかったが、千鶴は最後の子供が名残惜《なごりお》しそうに手を振るのを見送るまで、ステージに立ち続けた。

ようやく舞台袖にはけ、千鶴は今度こそしゃがみこんだ。那須たちが慌てて駆け寄ってくるが、その体を支えたのはイエローのスーツを着た美作だった。

「ああまあ、最初はこうなるよな……ちょっと道開けて、水持ってきて、早く！」

彼女に引きずられるようにして、女性用の控室に放り込まれる。乱暴にマスクを外され、ようやく流れ込んできた新鮮な空気を吸い込んだ。蛍光灯の光に目がくらむ。

私は誰だ。そうだ、あたしは愛原メグ。悪と戦い勝ったのだ……イエローのスーツを着た女がペットボトルを持ってくる様子が霞んだ視界に映り、千鶴は声を絞り出す。

「リ、リンさん、みんな……あたし、やったよ……」

「あ、こりゃ駄目だ。おーい千鶴、戻って来い。スーツ脱がすぞ？」

平手で顔を叩かれ、満身創痍の体をごろりと雑にひっくり返される。駄目だ、背中を見られてはいけないのに……と思ったが、千鶴の口からは意味をなさない呻き声が漏れただけだ。美作がファスナーを下げ、汗まみれの背中に冷たい空気が当たる。

彼女が一瞬だけ手を止める気配が届いたが、何も言わずにタオルで汗を拭いてくれた。千鶴もしばらく伏せったまま息を整える。

すると、ノックの音が響いた。美作が立ち上がり、訪問者に向かってうんざりした声を上げているのが聞こえた。

「ボス、まだ着替え中だよ。多感な年頃の女性に、デリカシーのない行動するなって言ったのはボスだろ？　着替えが終わったら呼ぶから」

千鶴は自分の着替えが置いてある所まで這って行き、スーツを脱いでシャツを着こむ。ドアを閉めた美作は「もう少し休んだら？」と言ってくれたが、首を振った。蒲生が自分と話したいなら、すぐに行かねばなるまい。身支度を整えてドアを開ける。

「お疲れ、千鶴ちゃん。初めてにしては上出来だと思うよ。明らかに首里手の前蹴りを怪人に繰り出したことはまあ、水に流そう」

廊下で待っていた蒲生は、いつも通りに飄々とした口調でそう言った。美作が着替え中かどうかも確認せず、控室に入ってくる。美作は気にした様子もなかったが。

「いえ……すいません。美作さんにも助けて貰っちゃって」

「そんなことはいいんだよ。戦隊ヒーローが五人いるのは、ピンチの時に助け合うためなんだからね」

腕を組みながらなかなかいいことを言ってくるが、口調が平坦なので本気なのか冗談なのか分からない。すると蒲生は、懐から封筒を取り出した。

「はい、これはバイト代。今日で見学期間は終わりね。更に仕事をやりたいなら、ちゃんと親御さんの許可貰ってきて。未成年じゃないけど、君は学生でしょ?」

千鶴が封筒を受け取ると、蒲生はいつもと同じく相手が口を挟む余地を与えない調子でそう言った。千鶴の鼻先で扉が閉められる。封筒を覗くと、バイト代と一緒に三つ折りの紙が入っていた。広げてみるとBULLETに所属するための承諾書のようなもので、保護者名の記載欄がある。

「……美作さん」

ここから先は、自分で決めなければならない。美作は何も答えず、静かに頷いただけだ。千鶴は封筒を握りしめた。この一か月の成果であるバイト代よりも、もう一枚の承諾書の方が、なぜか重たく感じられた。

ショーは終わっても、スタッフたちは後始末のために一度スタジオに戻る。千鶴も疲れてはいたものの、片づけを手伝った。スタジオではショーに参加しなかったメンバーたちが、夕日の中でハイフォールの練習を行っていた。

片づけが終わって一息つきながら、千鶴は階段に座ってその様子を見上げていた。美しい軌道を描いて落下する人々には、迷いがない。その原動力は何なのだろうか。

「疲れた?」

後方から声をかけられて、千鶴は振り向いた。BULLETのロゴが入ったシャツを着た美作が、タバコをくわえながら立っていた。

「……蒲生さんに怒られるんじゃないんですか?」

「いい仕事した後は、一本だけ吸っていいって言われてるのさ」

そう言って、悪びれもせずに火をつける。隣に腰を下ろす美作に向かって呟く。

「美作さん、言ってましたよね……高所落下はスタントマンの基本だって」

「まあ、一般的にはそう言われてるってだけさ。立ち回り一本だけでやってるスタントマンもいるし、絶対に必要って訳じゃない」

千鶴はそびえ立つ櫓を見上げる。しばらくの沈黙があった。美作はタバコを一本吸い終わり、物足りなさそうに携帯灰皿に吸い殻を押し付けている。

「今回、大変だったけど楽しかったです……どうしてなのかは、分かりませんけど」

思わず口を突いて出た言葉は、前後の会話からは何の脈絡もないものだった。美作は「そりゃよかった」と、そっけなくも聞こえる返事をしてきた。

「あんたは自分を引っ込み思案で泣き虫って言ってたけど、全然そうだとは思わないよ。根性もあるし、肝《きも》も据わってる。それに、舞台に立っている時は楽しそうだった」

美作の言葉に、微かにこめかみが痛んだ。だが千鶴はそれを振り切るように首を振る。

「私は……美作さんのようになりたいのかもしれません」

思わず漏れた言葉は、千鶴の本心に他ならなかった。おそらく『NAYUTA』の現場で偶然出会ってから、自分はそう思っていた。だからこそ理由をつけてこのスタジオまで通い続け、蒲生の無理難題とも思える話を受けたのだ。

しかし、当の美作はぽかんと口を開け、趣味の悪い冗談でも耳にしてしまったように笑い出した。日の落ちかけたスタジオに、その声が大きく反響する。

「そんな志の低いこと言うもんじゃないよ。私なんか、ろくでもないもんだよ」

千鶴は首を振った。影の中の光に、自分は憧れた。彼女という道標《みちしるべ》があれば、その場所までたどり着けるのではないかという、淡い幻想を抱いた。

「だから、やってみたいんです。この仕事を」

「自分で薦めておきながら、厳しい世界さ。でも、あんたなら出来ると思ってる」

美作の言葉は、静かだが力強かった。甲高い声でヒグラシが鳴いている。その雑音に紛れさせるようにして、千鶴は小さな声で呟いた。

「……私の背中、見ました？」

美作が、言葉を選ぶような間を置いた。彼女にも一応、デリカシーというものはあるのだろう。あー、と曖昧な声で呻いてから告げる。

「服着てれば目立たない場所だし、気にするほど酷い痕には見えなかったけどな」

自分で自分の背中をはっきりと見ることは出来ない。確かに彼女の言う通り、単なる小さなコンプレックスに過ぎないのかもしれない。しかし千鶴にとって、この火傷痕は長いこと自分を押さえつけてきた烙印《らくいん》のようなものだった。自嘲するように笑う。

「十年前、住んでいたマンションが火事になったんです。不始末なのか放火なのかは分かりませんでしたけど……」

「……家族は無事だったのか？」

「家にいたのは、私と嗣美と、母でした」

こんな話を他人にするのは初めてだった。しかし、口にしてしまえばそれは、過去に起きた単なる事実に過ぎなかった。

「母は私を置いて、嗣美だけを抱えて逃げました」

美作が、視線だけをこちらに向ける気配が伝わった。蒸し暑い真夏の夕刻は、いつかの記憶を思い出させる。しかし千鶴は、話すことを止めなかった。

「私は窓から助けを求めました。私たちの部屋は三階でした。既に消防車は到着していて、会社から戻ってきた父が、助けに行こうとするのを消防士に止められているのは見えました。下にはマットがあって、消防士がそこに飛び降りるように叫んでいたのは覚えています。父が『飛べ、千鶴！』と言っているのも聞こえました。でも私は足がすくんで、そこから飛び降りることができなかった」

目の前では、橋爪が櫓の頂上からダイブしている。まるで自分には翼が生えているのだと信じ込んでいるような、迷いのない落下だった。

「次に気がついた時は病院でした。煙を吸って意識を失っていたんですが、何とか消防士に救出されたんです。本能的に背中を丸めて顔を庇っていたんで、火傷は背中の一部分だけで済みました」

千鶴は肩の辺りを押さえた。おそらく傷は、この辺りにまで及んでいたはずだ。以来、学校のプールの授業は全て見学していた。着替えはロッカーの端に隠れて行い、修学旅行の大浴場は生理だと嘘《うそ》をついて内風呂で済ませた。顔をしかめられるほどひどい傷ではないことは分かっていたが、理由を聞かれたり、同情されるのが嫌だった。

「母の真意は分かりません。その後、両親はすぐに離婚してしまったので。でも、一方的に母を責めるのも変だと思います。母の力では、一人を抱えるのが精一杯だったかもしれない。嗣美を助けてから私を迎えに行こうとしたのを、誰かに止められたのかもしれない」

母のことを話すたび、言葉が詰まる。しかし美作は、黙ってこちらの話を聞いてくれた。その事故以降、友人も作らずに内向的になっていく千鶴を心配して、父親は自分が世話になっていた本郷の道場に通わせてくれたのだ。一方的にそう吐露《とろ》して、千鶴は口をつぐんだ。再び僅かな沈黙が流れ、美作が静かに呟く。

「あんたも辛《つら》かったのね」

そうか、自分は辛かったのか。美作に言われて初めて、千鶴は自分の感情に気づいた。そうなのかもしれない。あの頃から自分は、影のような生き方をすることを決めていた。それでも、ここから走り出さなければならない瞬間はやってくる。光の中に飛び出すことは出来なくても、影の中の光になることは出来る。

千鶴は立ち上がった。疲労はまだ残っていたが、緊張が解けたおかげか体は動いた。櫓に近づくと、エアマットを押さえていた那須が首を傾げる。

「どうした、まさか千鶴ちゃんもやってみたいのか？」

「ツルちゃん、高い所駄目なんだろ？　無理しない方がいいぜ」

「……下手に怖いと思いながら飛ぶと、着地に失敗して余計に危ない」

橋爪と鹿島が交互に言ってくるが、千鶴は黙って櫓を見上げた。沈みかけた夕日が、銀色の骨組みを赤々と染め上げている。隣に立った美作が、掠れた声で聞く。

「どういうつもり？」

「飛べなければスタントマンになれないなら、私は飛びます」

美作はそれを咎めることはなかった。当然だ……彼女がここで「やめておけ」と言うような女性なら、千鶴がこの場所にいることはなかっただろう。

「初めての女の子なら、二段目からだ。この高さなら足から着地しても怪我はないし、風で煽られる高さでもない」

千鶴は、美作が示した櫓の二段目を見上げた。そして、昇り梯子《ばしご》に手を掛ける。美作の言う通り、女性だとしてもそれほど無謀な高さではないのか、周りのメンバーも止めようとはしなかった。

「両手を広げて、背中全体で着地するんだ。飛び降りるタイミングを計るために、自分で胸の前で手を叩くといい」

美作がアドバイスをくれる。千鶴は櫓の二段目に立ち、眼下を見下ろした。下から見るとそれほどの高さではないように思えたが、実際に立ってみると地面が遠くに見えた。

夕日が反射し、周囲は赤々と染め上げられている。熱い夏の大気、広げられた白いエアマット。立ちくらみのような感覚にとらわれる。

一度目を閉じ、ゆっくりと開く。自分の心臓音が、やけに大きく聞こえた。落ち着け、何も考えるな。手を鳴らし、背中から落ちる。脳裏で何度もその映像を繰り返すが、うまい具合に踏ん切りがつかない。

眼下には、仁王立ちの美作が見えた。彼女は真っ直ぐにこちらを見ている。刹那、その口から、いつもの大きく鋭い声が響き渡った。

「飛べ、千鶴！」

それが合図だった。千鶴は足場を踏み切った。一瞬の浮遊感、咄嗟に体は防御体勢を取る。だが、両手を広げるのは忘れなかった。視界を、赤々とした蛍光色の夕日が焼く。

落下は一瞬だった。すぐに背中はマットに叩きつけられ、その瞬間だけ息が止まった。思わず咳き込み、しばらく手足を投げ出した体勢のままでいた。

周囲から拍手が聞こえてくる。まだ立ち上がることができない千鶴の顔を、美作が覗き込む。千鶴は彼女の顔を見返しながら、静かに笑った。どこかで止まっていた時間が、ようやく動き出した気がした。


父が帰ってきたのは、零時を回った頃だった。疲れた表情の父は居間に入ってくるなり、ソファに座っていた千鶴を見て驚いたような声を上げた。

「どうした千鶴……もう寝てるかと思ってたよ」

お帰りなさいと言って、千鶴は息を吐いた。帰ってきていきなりこんな話を切り出すのも悪いと思ったが、タイミングを計っていたら延び延びになるだけだ。娘の様子を見て、父は千鶴の正面に座った。

父はいつでも、自分の思いを汲《く》んでくれている。そんな彼を裏切るようなことを言わなければならないのだという自覚はあった。ごめん、父さん。胸中でそう呟いて、千鶴は蒲生から受け取った書類を差し出した。

スタント・チームという単語から、大体の予測はついたのだろう。それほど危険なことはない、一般人が想像する、車で火の輪くぐりをしたりだとか、バイクで爆発の中に突っ込んだりとかはカースタントというもので、全く別種のものだ。基本的には俳優業と同じだ……千鶴の説明を、父は黙って聞いていた。

危険だから止めなさい。

千鶴が決めたことならやりなさい。

言葉は違えど、答えはどちらかだと思っていた。しかし父はたっぷりとした沈黙を置いた後、千鶴が全く予想もしていなかった言葉を吐き出した。

「……やっぱりお前も、百合絵《ゆりえ》の娘だったんだな」

何の前触れもなく母の名が口にされ、千鶴は息を止めた。動悸《どうき》が速くなるのが分かる。深夜の静寂に満ちた居間が、別世界のように冷え切っていく錯覚に陥る。

違う、あの人は必要以上に自らを光で飾り立てたがる人だった。自分にそれが無理だと分かると、今度は子供たちを、自分を飾る宝石にしようと躍起になった。

そのことを否定はしない。光をまとい、煌《きら》びやかに生きている人も存在する。嗣美もきっと、そうして周囲を照らす光になろうとしている。

だが、自分はそうではない。自分は影で構わない。ただ、影の中の光になりたいだけだ。だが、それをどう父に伝えればいいのか分からない。言葉は喉元で絡まり、上手いこと形になってくれない。

「違う……私は」

膝の上で拳を握りしめる。体中に残る内出血の痕も、おもちゃのバトンを握って出来たマメも、いずれは消える。その傷痕と同じように、名前も顔も残らないのに戦い続ける人が、決して逃げない人たちがいる。

渋面の父を前に浮かんだのは、美作の顔だった。短気で不躾《ぶしつけ》で乱暴な女性だけれども、あの人のようになりたい。馬鹿みたいに真っ直ぐで強い、影の中の光に。

「……誰かの、ヒーローになりたいだけ」

父は驚いたように目を見開き、何かを言おうと喉元を上下させた後、しかし何も言葉にはしなかった。千鶴は恐る恐る窺ったその表情を見て、息を止めた。

父は笑っていた。それは馬鹿にしているのでも、呆れているのでもない。幼い頃に運動会の徒競走で一位を取った自分を称《たた》えてくれた時と、同じ笑いだった。

父のこんな表情を見るのは、久しぶりだと思った。不意に昔を思い出した。それはまだこの家で、自分と父と、そして嗣美が笑って暮らしていた頃の記憶だった。

「千鶴なら、何にでもなれるさ」

その言葉に、千鶴は声を詰まらせた。あれから、色々なことが変わってしまった。それでも父はやはり、いつでも自分を理解し、心配してくれた父だった。彼は机の上の書類を手に取り、静かに頷いた。

第三章　レジェンド・オブ・ヒーロー

プロ野球オープン戦の東京ドームは、ファンたちの熱気に溢れていた。

ユニフォームとキャップで揃えた応援団たちで、周囲は祭りのように騒がしい。試合開始前だというのに既にビールで酔っ払っているような親父の応援歌独唱が耳に届き、千鶴は売り子から買ったちくわを齧りながら身を小さくした。

「なあツルちゃん、今月公開されたトキ姉さんの『NAYUTA』すげえ好調みたいだぜ！　なんたって公開館数十二館からのスタートなのに、異例のヒットを受けて三十館に拡大が決定、興行収入も一億突破間近だってさ！」

この騒音の中でも、橋爪の巨大な声は明瞭に届く。すると、彼の隣に座っていた大熊が金切声を上げた。彼だけ周囲と同じ球団カラーのユニフォームとキャップ、更にタオルを首に掛けてメガホンを手にした完全武装状態だ。

「ちょっと、日々輝君と千鶴ちゃん！　あんたたち、ちゃんと試合見る気あるの？」

「え？　全然ないっすよ。俺、歴代仮面ファイターの名前は全部分かるけど、野球選手の名前なんて数人しか知らねえし。ツルちゃんだってそうだろ？」

「私なんか、ルールもあまり分かんないんですけど……打ったボールが転がってる間に一周走れば一点入ることぐらいしか」

「……ってことでクマゴーさん、トキ姐さん出てきたら教えてくれればいいっすから」

橋爪が片手を上げると、大熊は盛大な溜息と共にメガホンを下げた。

「それってつまり、イニング間しか見る気がないってことじゃない……こんなことなら頑張ってチケット取るんじゃなかったわ。そこの熟睡中のボスも！　オープン戦のチケット四枚を確保するの、どれだけ大変だったと思ってるのよ！」

千鶴の隣では、蒲生がアイマスクとエアピローの装備で熟睡している始末だ。今更ながら、この騒ぎの中でよく眠れるものだと感心していると、橋爪が口を尖《とが》らせる。

「『トキちゃんがボクの贔屓《ひいき》してる球団のマスコットに入るなんて感激！　みんな、はりきって見に行くわよ！』って誘ってきたのはクマゴーさんじゃないっすか」

「あんたたちが、こんなにも野球に興味ないとは思ってなかったのよ！」

自分の声真似をする橋爪に対して、大熊は両脇を締めながら青筋を立てた。すると橋爪は、何かを悟ったかのような自嘲の笑みを浮かべる。

「駄目っすね、クマゴーさん……自分が興味あるものは、他人も興味があるだろうというその思い込みは、いずれ己の首を絞めますぜ……何なら俺が高校時代に熱く特撮を語って、同級生から『園児』って不名誉なあだ名で馬鹿にされ続けた話、聞きます？」

「ええ……なによその黒歴史……悲しくなるから遠慮しておくわ……」

高校時代もそんな調子だったのか。橋爪のことだから、全くめげなかったのだろうが。捉えようによっては、園児から小二に成長したと言えなくもない。と、ひっくり返っていた蒲生がもぞもぞと動き出した。アイマスクをずり上げて、大熊を睨みつける。

「うるさいな大熊……はしゃいでると、またヘルニアが悪化するよ」

「この騒音の中で、どうしてボクだけにうるさいって言うのよ……あんたたち、本当にアクション映画と特撮にしか興味のない人種なのね……」

独り、アウェーなのかホームなのか分からない状況で、大熊は肩を落とした。どうやら蒲生が起き出したのは、試合開始前に出てくる球団マスコット……美作の様子を確認するためらしかった。と、橋爪が大熊に中断された話を再開する。

「ええと、何の話してたんだっけ……そうそう『NAYUTA』のヒットだよ。最初は一部のオタクが騒いでただけらしいんだけど、土方歳三《ひじかたとしぞう》役のイケメン俳優、遠山礼央《とおやまれお》目当てで来た女性客の口コミで火がついたんだ。ストーリーは面白いし、なんたってアクションが評価されてる。こりゃ雛森つかさじゃなくて、トキ姉さんの功績だぜ」

その話に、千鶴は曖昧に頷いた。映画『NAYUTA』に関しては、複雑な思いしかない。何といっても自分とBULLETを繋いだ……美作と出会ったきっかけとなった作品である。しかしその一方で、あの映画のラスト近くには自分が「雛森つかさ」として映っているカットがあるのだ。もちろん、千鶴は映画を見ていない。確認するのが怖い。千鶴は喋り続ける橋爪と、逆鱗りの野球ファンと話が盛り上がり始めている大熊を見た。BULLETのメンバーは、蒲生と美作以外、自分が雛森つかさと双子であることを知らない。似ていると思っている人はいるかもしれないが、髪型も変えているし、まさかそんな人間がスタント・チームに所属しているとは思ってもいないだろう。だからこそ、橋爪は無邪気にこんな話をしているのだ。事情を知っている蒲生は何も言わない。

「ところでツルちゃん、俺が貸した『NAYUTA』の原作読んだ?」

一方的に喋っていた橋爪がいきなり話を振ってきて、千鶴はちくわをくわえたまま目を白黒させた。『NAYUTA』のヒットにチームが沸いていた時、映画も原作も知らないと話から逃げようとした千鶴に、橋爪がコミックスを無理やり貸してくれたのだ。

最初は読む気がなかったが、映画とは別物だと思って試しに読んでみると、想像以上に面白かった。そしてようやく、あの撮影現場で自分と美作が血塗れで日本刀をぶらさげたセーラー服の女性という、謎の扮装《ふんそう》をさせられていたのかを理解したのだった。

「ストーリーは確かに面白かったよ、続きが気になって一気に読んじゃったし……最初は登場人物の顔の区別がつかなくて大変だったけど」

「そうそう、ぶっちゃけ絵は下手だから、あの作家。那由も土方歳三も織田信長も、みんな顔同じだから！　だからこそ実写化で『原作とイメージが違う！』って意見も出づらかったんだよ。これがアニメ化の方が先だったら話は別だったかもしれねえけど。ストーリーや設定は原作に忠実だし、そこが功を奏したんだろうな」

漫画業界もなかなか難しい世界だ。橋爪の批評は続く。

「あのマンガ、セリフ回しも独特だし、原作の変なコマとかがクソコラ画像にされやすいんだよ。逆にそれがＳＮＳで拡散されて、オタクと一般女性客の双方向から火が付いて、更に歴史好きの一般客にも波及したってところだろうな。漫画の実写映画化としては、久しぶりの成功例だよ。ボスも嬉しいっすよね？」

今度は蒲生に話を振ると、彼は寝ぼけ眼ながらもちゃんと聞いていたようだった。首を挟んでいたエアピローを外し、体勢を立て直す。

「……オタクらしい分析ご苦労。原作コミックスの売り上げにも跳ね返ってきてるみたいだし、円盤の売れ行き次第……いや、それより先に続編のオファーが来るかもな。原作のストックはまだあるんだよね？」

「今回の映画は、原作で一番人気の〈幕末編〉でしたからね。次やるなら〈戦国編〉じゃないっすか？　チャンバラあり、銃撃戦あり、ラストでは燃え盛る本能寺の屋根から那由が飛び降りたり、久保寺監督が好きそうなアクションてんこ盛りですし。そうだボス、続編の話が来たら、今度は俺も起用して下さいよ」

ここぞとばかりに自分を売り込む橋爪に、蒲生は腕を組みながら首を振った。

「お前、時代殺陣は大の苦手じゃないか。一回現場で、刀の刃を逆に差して堂々と登場したことあるよね……『BULLET』は、現代殺陣専門の俳優さんしかいないんですかねえ?』とか、監督に嫌味言われた俺の身にもなってよ」

「『NAYUTA』には現代殺陣もあるじゃないですか。本命はスーツアクターとはいえ、そろそろヤクザの下っ端とか、不良高校の下っ端生徒以外もやってみたいっすよ」

「仕方ないんだよ、お前は天性の下っ端チンピラ顔なんだから」

「ひでえやボス、こんな人畜無害なオタクを捕まえて」

「ちょっと、トキちゃん出てきたわよ!」

大熊が苛立ったように叫び、グラウンドを指差す。大熊の示す方向に視線を投じた橋爪は身を乗り出し、大笑いした。

「なんだあのマスコット、超ブサイク! クマゴーさん、あれ狸《たぬき》っすか? 熊?」

「猫よ! アイアンキャットちゃんよ!」

確かに、球団チアと一緒に愛想よく手を振りながら現れたのは、よく分からない生き物の着ぐるみだった。被り物は頭だけで、下はユニフォーム姿だ。

周囲のファンは興奮して手を振り返しているが、千鶴はあまりにもバランスが悪そうな頭部が気になって仕方ない。踊るミニスカートのチアの後ろで、しかし美作は助走をつけ、華麗に側転からバック宙のコンボを決めた。客席が沸く。

あの巨大な頭をどうやって固定しているのだろうか……という裏事情は気になれど、千鶴は息を呑んだ。自分には、どんなに長い期間練習してもこなせないスタントな気がする。彼女にはきっと、いつまで経っても追いつけないだろう。

やがてマスコットとチアは引っ込み、選手たちが登場する。ようやく始まると臨戦態勢に入る周りとは全く逆の動きで、千鶴たち三人は息をついた。

「やっぱり、トキ姐さんはすげえなあ」

ぽつりと呟く橋爪に、千鶴は頷いた。結局、千鶴と橋爪は試合中に雑談し、マスコットの登場するイニング間だけ興奮して立ち上がっては、周囲の野球ファンたちから奇異の目で見られることとなった。

美作は相変わらず顔も名前も一切出ない舞台上で、陽気な影を演じ続けていた。

＊　＊　＊

千鶴がスタント・チームBULLETに正式参加してから、八か月が過ぎた。

大学は無事に三年に進級し、淡々とガイダンスを受け、午前中の授業だけを集中的に履修することにした。午後はスタジオへ練習に行きたいし、午前中の授業は人気がないので人が少ないというのも利点だ。

しかし不思議なもので、BULLETに入って忙しくなってからの方が、千鶴はサボりがちだった大学の授業に足を運ぶようになっていた。父に申し訳ないというのもあるし、危険と隣り合わせの仕事に片足を突っ込むことを許してくれた後ろめたさもある。

何よりも美作に「あんた、大学の授業は絶対にちゃんと出て、卒業しなさいよ。親父さんのお金で勉強させてもらってるんだから」と、珍しく真剣な表情で言われたことが大きかった。彼女は時折、絶妙な核心を突いてくる。

サークルには所属していないし……大体そんな時間はない……学内行事にも相変わらず顔は出さなかったが、ノートの貸し借りぐらいは頼める知り合いも出来た。充実したキャンパスライフとはほど遠いが、BULLETの活動が千鶴を僅かながら良い方向に導いていることは事実だった。

「佐久間さんって、雛森つかさと双子だって本当?」

何よりも変わったと自覚したのは、そんな質問をされた時、普通に受け流せるようになったことだった。

「そうだけど、向こうの活動に支障が出ることもあるから、あんまり言わないでね」

愛想笑いと共にそう言えば、それほど親しくない彼女らはそれ以上追及して来なかった。たまに「雛森さんが映画で共演してた、遠山礼央のサインもらってきてよ」などという不届き者のミーハーもいたが、これも笑って聞き流せばそれでいい。

　更に、家でテレビを見ている時に嗣美が映っても、前のようにチャンネルを変えることはなくなった。父も自分の変化には気づいているらしく、スタジオから帰ると「頑張ってるな」と声をかけてくれる。今度、千鶴がピンク役で出演しているヒーローショーを見にいくとまで言ってくれたが、さすがにそれはやんわりと拒否した。

　とはいえキャリア八か月のスタントマンなど、まだ卵以前の存在だ。千鶴の主な仕事は撮影準備の手伝いで、現場に連れて行ってもらうことがあっても雑用要員である。今は大熊のヘルニアが悪化した時のヒーローショー出演が、一番スタントマンらしい仕事だ。現場経験を積めという指示のもと、何本か映画のエキストラには参加したが、スタントマンとエキストラでは立場が雲泥の差である。

「そもそも、初っ端《しょぱな》が映画の代役だったもんな。今更エキストラかって感じだろ？」

『NAYUTA』の現場に引きずられてきた時のことを思い出したのか、スタジオの隅で柔軟をしながら美作が笑った。スタントマンは柔軟性が重要だ、それで命を救われることもある。千鶴は美作に倣って股割りをしながら首を振る。

「まあ、あの状況は特殊でしたから……素人ってことは事実ですし、現場は嫌いじゃないので。別にエキストラでも楽しいですよ」

　今日は自主練習の日だが、撮影のないメンバーは大体集まっている。と、外で現代殺陣の稽古をしていた那須がスタジオに上がってきた。

「美作、ボスはまた昼寝か？」

「いや、客が来てて応接室だよ」

先程、この場所では珍しいスーツ姿の男が事務所を訪ねて来ていた。那須は木刀を用具入れに片づけ始める。

「俺たち、次のヒーローショー現場の下見してくるから。お客さん帰ったら、ボスにそう言っておいてくれないか？」

「あいよ、いってらっしゃい」

柔軟姿勢のまま、美作は手を振った。それにしても、随分と長い来客だ。午前の授業が終わって千鶴がやってきたのが午後一時。時刻はもう四時近い。

「今いるお客さん、どなたなんですか？」

美作も、スーツ姿の来客の顔を見ているはずだ。そう聞くと、彼女は上体を反らしながら聞きとり辛い声で答えてくる。

「多分、番組プロデューサーだな。一度、テレビ局で見たことがある」

「もしかして、大きい仕事ですかね？」

もちろんチームに大きい仕事が舞い込んだところで、自分が出られる訳ではない。それでも期待するようにそう問うと、美作はにやりと口の端を持ち上げた。

「そうかもな。こういう来客の後は、少しだけ緊張しておきな。客が帰った後に『ちょっと来て』ってボスから事務所に呼ばれると、でかい役が貰えることが多いんだ」

千鶴は閉ざされた事務所の扉を見つめた。まだ自分が呼ばれることはないだろうが、いつかそんな時が来るのだろうか。

「ちーっす！　あれ、今日はトキ姐さんとツルちゃんだけ？」

と、聞き慣れた陽気な声が入口から届いた。少ない荷物を振りまわしながら、橋爪がこちらを覗きこんでいる。

「さっきまで那須たちがいたけど、次の現場の下見に行っちゃったよ」

「何だ、俺も行きたかったのにタッチの差かよ……今日の引越し現場、いきなり一人ばっくれやがって、大変だったんすよ」

橋爪はそう言って肩を落とした。スタントマンは急に長期の撮影が入ることが多いので、短期バイトを掛け持ちしている人間が多い。体力づくりにもなるので、時給のいい力仕事を選んでいるようだ。美作ぐらいの売れっ子になるとスタント一本で食べていけるらしいが、新人の生活はそんなものである。

自分は恵まれているのだと、千鶴は再確認する。腹が減ったと騒ぐ橋爪の頭を美作が叩き、事務所を示した。

「今来客中だから、大声出すなよ。ここ、壁薄いんだから」

「来客っすか……あーあ、なんかでっかい仕事来ねえかな」

橋爪はぼやきながら天井を仰ぐ。すると、閉ざされていた事務所の扉が開いた。スーツ姿の男が出てきて、スタジオの外に停めてあった黒塗りの車に乗り込む。それを見送ると、事務所から蒲生が顔だけを出した。橋爪を見つけて手招きする。

「橋爪、ちょっと来て」

千鶴は思わず、美作と顔を突き合わせた。橋爪もその意味が分かっているのか、自分の顔を指差しながら「……俺っすか?」と再確認している。彼は半信半疑の表情で事務所に入って行った。

「うおお! まじっすか! やったー!」

ほどなくして、奇声のような橋爪の声がスタジオにまで轟《とどろ》いた。全く事務所に呼んだ意味がない。壁が薄いというのは本当のようだ。美作は面白いことが起きたと言わんばかりに顔を輝かせる。

「なんかいい話っぽいな。行ってみるか」

「いや、内緒の話だから、ボスも事務所に呼んだんじゃないですか?」

筒抜けなのであまり意味はないが。美作はそんなことなど意に介さず、ノックもせずに事務所を開ける。中ではデスクに広げられた資料に橋爪が齧りついていた。蒲生は千鶴を盾にして入ってきた美作を見つめ、うんざりした声を上げる。

「えー……またお前は、本当にデリカシーがないね。まだ非公開の情報だから橋爪だけ事務所に呼んだ、俺の意図を汲んでくれよ」

「何が非公開だよ。日々輝の声が丸聞こえだったわ」

「お前の性格に関しては、もう今更のことだからいいんだけどさ……ちょうど次は千鶴ちゃんも呼ぼうと思ってたし」

その言葉に、千鶴は先程の橋爪と同じように自分の顔を指差した。机に広げられている資料を見つめる。そこには登録されているスタントマン達のプロフィールファイルがあった。顔のアップと全身の写真、そして細かい体格の情報。千鶴もスリーサイズから足のサイズまで、細かく聞かれたことを思い出す。

「トキ姐さん、やりましたよ！　ドラマ『ウォンテッド』の吹き替えです！」

橋爪はそう言って、企画書を美作の顔の前に差し出した。機密資料らしいのにいいのかと思うが、蒲生はもう諦めたのか何も言わなかった。美作はそのタイトルにピンと来たかのように、資料を手に取る。

「『ウォンテッド』って……あの刑事ドラマシリーズよね。シーズンごとに、主人公のバディ役が変わるやつ」

「夏クールのバディ役が、今売出し中の若手俳優、井之原《いのはら》淳《じゅん》に決まったんだよ。彼の吹き替えを、全編通して橋爪に任せることになった」

「それって、準主役級の吹き替えってことじゃない。すごいよ日々輝！」

そのドラマは、千鶴も見たことがある。ベテラン俳優の各務龍之介《かがみりゅうのすけ》演じるエリート刑事が、若手と共に事件を解決していく一話完結形式の刑事ドラマだ。劇場版も制作されたことのある人気作である。

「橋爪と井之原淳だけど、身長、体重、スリーサイズ、偶然にもほぼ同じなんだ。それに加えて、橋爪が前に出演したヤクザ映画の立ち回りが監督の目にとまったらしい。今回のバディ役が、チンピラ上がりの若手刑事って設定らしくてさ」

結局はチンピラなのか……と思ったが、かなり大きい仕事だ。喜んでいる橋爪を見ていると、こちらも嬉しくなってくる。一人冷静な蒲生は、淡々と続ける。

「お前、撮影が終わるまで、太ったり痩せたりするんじゃないよ。下手に筋肉も付けるな。あと、その派手な髪、黒に戻して伸ばして。かつらじゃ動きにくいだろ？」

「もちろんっす！　今から床屋行ってきます！」

「あー、慌てるな。それは別に後でいいよ」

すぐに踵を返そうとする橋爪を呆れたように引きとめると、蒲生はついでのように千鶴に視線を合わせて言った。

「千鶴、君にも役が来てる。同じ『ウォンテッド』で、西條文乃の吹き替えだ」

いきなり話を振られ、予想だにしていなかった言葉に思わず固まる。反応は美作の方が早かった。蒲生のデスクに身を乗り出し、唾を飛ばす勢いで叫ぶ。

「西條文乃って、あの実力派女優？　ちょっ……どうしたのボス、こんな立て続けに大役が来るなんて、BULLETに何があった！　逆に不安なんだけど！」

「すげえ！　ついに俺たちの時代がやって来たんっすね！　やっぱりBULLETに入って良かった、俺の判断は正しかったんだ！　ありがとうスタントの神様！」

橋爪にも同じテンションで迫られ、蒲生は二人の顔を両手で邪険に押し返した。動きを止めたままの千鶴に視線を移す。

「落ち着け……有名女優の吹き替えとはいえ、千鶴の方はワンカットだけだ。『ウォンテッド』第三話のゲスト出演で、西條文乃が組織を裏切った女刑事役をやるそうでな。ラスト、追い詰められた彼女がビルから身を投げるシーンがある。つまり……」

「ハイフォール、ですか」

千鶴は眉間に皺を刻む。はしゃいでいた美作と橋爪も、その言葉に黙り込んだ。二人とも、千鶴が高所落下を苦手にしていることは知っている。そのきっかけとなった出来事を知っているのは、美作だけだが。蒲生は探るように千鶴の表情を見つめた。

「……美作に代わってもらうか？」

「いえ、やります」

いつかと同じように、千鶴は即答した。この八か月で、五メートルからの高所落下は出来るようになっていた。しかし、演技として行うのは初めてだ。度胸だめしのジャンプではない。単に落ちるだけではなく、画面上でどう見えるかを考えながら行う。

「西條文乃は小柄な女優だから、美作だとでかすぎるんだよ。遠景から撮るから、いざとなったら無理な話じゃないけどもね」

蒲生は逃げ道を作ってくれるようにそう言った。千鶴は口を引き結ぶ。万が一にも土壇場で尻込みしてしまったら、多くの人に迷惑がかかる。危険なスタントをこなしてこそ、プロなのだ。

もしかしたら蒲生はまた、自分を試しているのかもしれない。そろそろ八か月、次の段階に進んでもいいと判断したのだろう。一見飄々としているが、そういうところがスタント・チーム代表者たる所以《ゆえん》だろう。千鶴の内心を知ってか知らずか、蒲生は散らばった資料をまとめながら告げた。

「これから『ウォンテッド』の松田監督と打合せをして、早急にアクション構成を練る。その後にVコン撮影、役トレに入るぞ。二か月後のクランクインまでに、橋爪は体調を万全にしておくように。千鶴は美作の指導でハイフォールの練習ね」

橋爪が軍隊式の返事をしたので、千鶴も慌ててそれに倣った。と、橋爪が不思議そうな表情で首を傾げた。

「大きい仕事が来た割には浮かない顔っすね、ボス……なにかあったんですか?」

その言葉に、千鶴は蒲生の顔を見つめた。確かに自分たちと違って淡々としているが、冷静さの表れだろうと思っていた。もしくは、単に眠いだけか。橋爪は妙なところで鋭い。蒲生はじっと橋爪の目を見つめ、観念したように声を絞り出した。

「……この現場、ジャイロの奴らも入る」

聞いたことのない単語が出てきたが、橋爪はあからさまに顔をしかめた。そしてまた、横の美作も表情を硬くする。蒲生は嘆息と共に続けた。

「今までなるべくかち合わないようにしてきたけど、今回はかなり大規模な現場だからな。うちのスタントマンだけじゃ数が足らないんだ。だが、橋爪。お前にとっては次に繋がる大きな仕事だ、あまり気にするんじゃない」

千鶴は皆の顔を交互に見つめるが、誰も何も言おうとしなかった。蒲生が何かを考えるような仕草を見せ、ぽつりと呟く。

「斗貴子……お前は今回、現場に来なくていい」

「私も行くわよ、雑用要員は必要でしょう?」

まるで蒲生がそう言うことを予期していたかのように、美作は即答した。彼女はスタントに臨む時と同じ、双眸だけを炯々《けいけい》と光らせた、静かな表情だった。蒲生が呻く。

「……でもなあ」

「なによ、役もないスタントマンがいると邪魔なの?」

美作が苛立ったような声を上げる。こうなると、自分の手に負えないことは知っているのだろう。蒲生は諦めたように立ち上がった。

「好きにしなさい。ただし、変なことしたら、風船に詰めて飛ばすよ」

　鉄板のヘリウムネタで締め、蒲生は欠伸をしながら事務所を出て行った。扉の閉まる音が響き、事務所には三人だけが残される。先程までの興奮が嘘だったように黙り込んでいる美作と橋爪の顔を窺うが、千鶴が口火を切れるような雰囲気ではなかった。

「ボスの言った通り、あんたはいつものスタントをやりな」

　美作は静かにそう呟き、橋爪の肩を叩いて事務所を出て行った。後に取り残された千鶴は、事務机の前に突っ立ったままの橋爪の横顔を見る。

「橋爪君……ジャイロって、なに？」

　答えてくれないならそれでもいいと思った。そもそもこの単語が誰かの名前なのか、何かの符丁なのかすら分からない。すると橋爪は珍しく小さな声で答えてくる。

「ＪＳＰ……ジャイロ・スタント・プロダクション。日本最大のスタントマン事務所」

　つまりはBULLETのライバルということか？　だから渋い顔をしていたのだろうか……それにしては、皆の様子がおかしい。ライバルとはいえ同業者のスタントマンなのだから、蒲生や美作が嫌悪に近い表情を見せるのは変だろう。

　しかし、それ以上追及する空気でもなかったので、千鶴は事務所を出る橋爪の後に続いた。スタジオには、蒲生も美作の姿もない。橋爪が「今日は帰って床屋行くわ」と気の抜けた声と共に踵を返したので、千鶴はその後ろ姿を見送ることしか出来なかった。

と、観音扉を開けたところで橋爪がこちらを振り向き、親指を立ててくる。

「ツルちゃん、初めてのドラマ出演だな。一緒に頑張ろうぜ」

そういう橋爪の表情はいつも通りだったので、千鶴は大きく頷いた。外ではショーの下見に行かなかった数人のメンバーが、ハイフォール練習用の櫓を解体していた。その頂を見上げながら、先程の蒲生と美作が放った言葉を胸中で繰り返す。

……何があっても、いつものスタントをするだけ。

それでも胸中にわだかまる不穏な思いを振り切るように、千鶴は解体を手伝うべく櫓の元に駆け出した。まだ恐怖の対象としてそびえたつ鉄塔が、自分をあざ笑うようにこちらを見下ろしている気がした。


帰宅した千鶴はパソコンを立ち上げ、ジャイロ・スタント・プロダクションを検索した。ヒットしたホームページはちゃんと作りこまれた印象で、カースタントやアクションのフラッシュ映像が流れた後、ＪＳＰというロゴが大きく現れる。

上部には「四十年の歴史を持つ、業界トップのスタントプロダクション」というコピーが書かれていた。BULLET は設立して六年だと聞いているので、歴史の上でもかなり大きなチームだ。BULLETにはないカースタントやバイクスタントも行っており、更には「養成部」というスタントマンになるためのカリキュラムがあるようだ。ちゃんと授業料を取り、専門家の指導の下で訓練してくれるらしい。

画面をスクロールしながら、千鶴は唸った。もしかしたら一般的なスタントマンは、こういった手順を踏んでなるのが普通なのだろうか。自分は実にイレギュラーな過程を経てスタント・チームに所属してしまったものだから、世の常識がまるで分からない。

実績のページをクリックすると、千鶴でも聞いたことがあるようなドラマや映画、有名ミュージシャンのミュージッククリップなどのタイトルが書き連ねてあった。

試しに別のタブで検索ページを開き「スタントマン」と打ち込むと、今まで見ていたジャイロのページが一番上に表示された。おそらく千鶴のような特殊なルートではなく、普通にスタントマンという職業に従事したいと思っている人は、まずこのプロダクションの門戸を叩くだろう。というよりも、一応はスタントマンの卵である千鶴が、今までこの大手プロの存在を知らなかったこと自体がおかしいのかもしれない。

まあ、仕方ない。いきなり撮影現場に代役として拉致され、偶然そこにいたスタントウーマンにスカウトされてこの世界に入った人間など、自分以外には存在しないだろう。

そう言い訳をしながら元のタブに戻り、輝かしい実績をスクロールする。

と、最下部にプロダクション出身者の欄があり、千鶴は手を止めた。

出身者といっても、スタントは顔も名前も出ない影の世界だ。知っている人の名などあるはずがない……そう思っていた。しかし、そこには予想外の名前があった。思わず画面に顔を近づける。

「美作紳一郎……って」

間違いない、BULLETのスタントマンたちの間で繰り返し話題に上がる、伝説のスーツアクター……美作の父だ。表舞台の職業ではないからなのか、顔写真はない。ただ、プロフィールの出演作欄には、橋爪が繰り返し語っていた『仮面ファイターシリーズ』のタイトルがずらりと並んでいた。

美作の父のことは、その存在を知った時にもちろん調べてみた。最後の出演は七年前に放映していた仮面ファイターのスーツアクターで、それ以降は活動していないようだ。年齢も五十を過ぎているようだし、普通に現役を引退したのだと思っていた。

出身者ということは、彼はもうジャイロには所属していないのかもしれない。しかしいずれにしても、美作の父がこのプロダクションで活動していたことは事実なのだろう。

そこで、以前橋爪から聞いた情報を思い出す。

……トキ姐さんはそれこそ十五、六の頃から、親父さんと同じスタントプロダクションに入ってたらしいけど……

確か、美作は今年で二十六歳だ。さすがに直接聞く勇気はなかったが、スタントマンのプロフィールは生年月日も公開されているので丸わかりである。その時は疑問に思っていなかったが、BULLETが設立六年だとすれば、彼女はそれ以前に別のチームで活動していたということだ。これらの事実を総合すると。

……美作は、一時期ジャイロに所属していたのだ。

しかし、ジャイロの名前を聞いた美作の表情は、明らかに世話になった古巣に対するものではなかった。まさかジャイロを追い出された？　いや、日本では稀有《けう》なスタントウーマンという存在。そしてあの実力、加えて美作紳一郎の娘という肩書を欲しがらないスタントプロダクションはいないだろう。

もう一つ気になるのは、橋爪のことだった。橋爪は高校を卒業してすぐにBULLETに所属したと言っていた。自分と同じ年なのだから、それが三年前。しかし千鶴と違って普通にスタントマンを志して養成所を探していたなら、まずはジャイロの養成部に入ろうと考えるのではないか。

橋爪は美作紳一郎に憧れてこの世界に飛び込んだのだから、まずは彼が所属していたプロダクションに興味を持つはずだろう。だが、橋爪もまたジャイロの名前に対する反応は芳《かんば》しくないものだった。

なにか、因縁めいた関係があることは明白だった。パソコンを凝視したまま目を細めるが、もちろんここで自分が考えていても答えが出るはずはない。

と、傍らに置いたスマホが突然震えた。鳴らない期間が長すぎて、未だに着信や通知に慣れていないのが我ながら悲しい。

ＳＮＳに届いていたのは、美作からのメッセージだった。夕刻の深刻な調子など忘れてしまったかのような調子で、『大学の時間割共有しろ！』『明日からハイフォールのスパルタ特訓開始！』と、仮面ファイターのスタンプと共に命令が飛んでくる。

大学の時間割共有は、BULLETへの所属を決めた二年生の頃から言われていたことだ。千鶴が履修している授業の時間帯にスタジオに行くと、烈火のごとく叱られる。授業をサボらなくなったのは、そんな美作の監視の賜物でもあった。

千鶴は急いで鞄をひっくり返し、履修表を写真に撮って送信した。美作は気が短いのだ。すぐに『ＯＫ』のスタンプが飛んできたのを確認し、再びパソコンの前に座る。

顔を突き合わせてだと躊躇《ちゅうちょ》するが、メッセージでなら聞けるかもしれない。ジャイロとBULLETに、どういう関係があるのか。だがスマホを凝視し、文字にすることの方が更に難しいという結論に至った。あの事務所で目の当たりにした三人の表情を思い出す限り、簡単に自分が首を突っ込んではいけない領域のような気がしたのだ。

そのことを少し寂しいと思っている自分に気づき、千鶴は苦笑した。知らず知らずのうちに自分はBULLETの一員だと思い込んでいた。だが、違うのだ。まだ自分は知らないことの方が多すぎる。スタントの技術的な面でも、メンバーのことに関しても。

千鶴は気を取り直すように首を振り、美作に対して『明日、授業終わったらスタジオに行きます』とだけ返しておいた。今、自分が出来るのはそれだけだ。

すると、BULLET のグループに立て続けに通知が入ってくる。何かと思ったら橋爪が『大役のために床屋行ってきました！』と、黒髪になった自撮りを公開していた。

『なんか役もらったん？』『あのヒヨコ頭が見れなくなるのか……』『アホ度は減少したな』『いや、アホはなにしてもアホ』と、メンバーからは辛辣《しんらつ》なコメントが続いている。

橋爪もとりあえずいつも通りになっていることに安心し、千鶴も『頑張れ』とだけ送り、スマホを置いて階下に降りた。自分がやるべきことに邁進《まいしん》していれば、いずれ彼らも事情を教えてくれるだろうと信じながら。

＊　＊　＊

二か月後、連続ドラマ『ウォンテッド』クランクイン。

その前に主要キャストたちはプロデューサーをはじめとする制作部の人間と共に顔合わせ会と脚本《ホン》読みを行っているが、アクション部所属のスタントマンたちは完全に蚊帳《かや》の外。別途渡された撮影稿のアクション部分は「囲まれた陣内《じんない》が敵を倒す」「追い詰められた佐伯《さえき》が身を投げる」といった、最低限のことしか指定されていない。

ここに細かい立ち回りの構成をつけるのはアクション監督の仕事で、総監督とは別の作業になる。今回はスタントコーディネーターとして、蒲生が細かい動きを制作し、Vコンを撮影。各スタントマンたちを指導する立場であるらしい。

千鶴がハイフォールを行うのは第三話、一話と二話に出番はない。しかし、雑務などの手伝いのため現場に入ることになった。もちろんタダ働きだが、現場には一つでも多く参加し、空気に慣れておくのが一番なのだろう。それに千鶴はワンカットとはいえ第三話で撮影に加わるのだから、スタッフたちに挨拶は済ませておいた方がいい。

それにしても……と、千鶴は美作が運転する撮影車両の中を見回した。雑用とはいえ、普段は現場に慣れているベテランの人間を連れて行くのに、今回はやけに若いメンバーが多い。他のメンバーは他に仕事が入っているのかと思ったが、那須も鹿島も、スタジオでは普通に練習を行っていた。

蒲生と橋爪は、一足先に撮影現場に向かっていた。今回は都内の外れにある河川敷での野外ロケらしい。橋爪は第一話から、井之原淳扮するチンピラ刑事、陣内遼介《りょうすけ》の格闘シーンを演じる予定になっていた。

アクションに関してだけは勉強家の橋爪は、『ウォンテッド』の第一、第二シーズンを全て三回見たと言っていた。立ち回りの順序に関しても夜遅くまで稽古していたし、普段通りに演じることができれば問題ないはずだ。

「ただ、立ち回りの相手役がジャイロだからな……」

しかし、美作が漏らした言葉が気になった。俳優と同じく、声のかかるスタントマンが、全員同じプロダクションに所属しているわけではない。別チームのスタントマンが立ち回りで絡むことは、特別珍しいことではないはずだ。

助手席に座った千鶴は運転席に座る美作の顔を窺うが、彼女は珍しくお喋り一つしない。撮影は昼からだが、準備のために出発は朝早かった。眠いだけかもしれないと思い直し、窓外の景色に視線を投じる。

撮影現場の河川敷は、スタジオからそう遠い場所ではなかった。すぐに、ロケバスや美術トラックが停められた一角が見えてくる。美作は、後部座席のメンバーに荷物を下ろすよう指示した。

「千鶴は挨拶に行くよ、第三話でお世話になるからね。撮影前だから、様子見て忙しそうなら後回しにしよう。撮影前のスタッフ連中は、三日間餌にありつけてない野良犬みたいな苛立ちっぷりの時があるから」

さらりと酷いことを言いながら、河川敷に降りていく。駆け寄ってくる制作部らしき女性に名刺を渡すと、彼女はいくつかある簡易テントの一つを示した。どうやらそこが、アクション部の控室らしい。

芝居場となる川沿いに近づくと、美作の言った通り、飢えた犬のように目を血走らせたスタッフたちが右に左に駆けずり回っていた。低予算映画の現場と同じぐらい、連続ドラマの撮影現場も地獄に近い。とにかく、映画よりも撮影期間が短い。不測の事態が起きれば、スケジュールはたちまち総崩れになる。その様子を傍観しながら、美作は風に乱された髪を押さえた。

「あー、思ったよりバタバタしてんな。挨拶は撮影終わってからの方がいいかも。今話しかけたら嚙みついてくるぞ、奴ら。とりあえずボスのところに行くか」

美作が顔をしかめ、制作部に示されたテントへ向かう。その時、止められた撮影車両の中から機材を下ろしていたひげ面の男がこちらに視線を向け、声をかけてきた。

「あれ、もしかしてあんた『NAYUTA』の現場で久保寺に啖呵《たんか》切ってたスタントマンじゃない？」

千鶴も立ち止まった。見たことのある男のような気がしたが、どこで会ったのかが思い出せない。すると、美作が一礼しながら口を開いた。

「ああ……久保寺組の撮影技師さんじゃないですか。その節はどうも」

「その呼び方は止めてほしいな……別に俺たち、チーム組んでるわけじゃないし。こっちも有名監督に指名してもらうのに、色々と必死なんだよ」

肩を落とす男を見て、ようやく千鶴は思い出した。『NAYUTA』の現場にいた撮影技師だ。男はかぶっていたキャップを取り、薄くなった髪を撫でつける。

「久保寺はいい監督だよ。けど、拘《こだわ》りが強すぎて業界内で反感かってるのも事実だからな。『NAYUTA』の現場で、あんたが啖呵切ったのは爽快《そうかい》だったね。それより、今日は誰の吹き替えやるの？」

「私は雑用要員ですよ。この現場は、野郎の絡みしかないですからね」

「男装すれば十分だよ、タッパもあるし。ああ、そういや『NAYUTA』、続編の話が持ち上がってるみたいだ。その時はまた、顔を合わせることもあるかもな……」

と、そこで撮影技師は、美作の後ろに隠れるようにしていた千鶴に目を留めた。首を傾げ、先程の千鶴と同じように記憶をひっくり返しているようだ。

「あれ……どっかで見た顔だな？」

「うちの新人スタントマンです。第三話でお世話になるんで、よろしくお願いします」

千鶴は頭を下げた。そのまま美作が踵を返したので、慌てて後に続く。ファインダー越しにずっと見ていたのだから覚えがあって当然なのだが、説明するのも面倒だ。

と、テントの中からいつもの欠伸と共に蒲生が出てきた。こちらの姿を見つけ、のろのろと近寄ってくる。美作は周囲を見回すと、彼に向かって小声で聞いた。

「……他のスタントマンは？」

「重役出勤じゃない？　まだ来てないよ。余裕だね、大物俳優かって話だ」

ぼりぼりと顔をかく蒲生の目が、いつも以上に据わっている。他のスタントマンというのは、ジャイロ所属の人々のことだろう。すると、テントの中から見慣れないスーツ姿の男が出てきた。だが、彼が顔を上げてすぐに気づく。美作も同じ心境だったようで、驚いたような声を上げた。

「誰かと思ったら日々輝か。そういう格好してると、少しはまともに見えるな。小二から中二ぐらいにはランクアップした感じ」

スーツの男は、衣裳に着替えた橋爪だった。第一話の陣内は新たに配属された新人警官という設定のため、スーツ姿らしい。髪色を黒に戻したのはここ一か月でようやく見慣れたが、役に合わせて後ろに流しているので全く印象が違う。だが、当たり前だが中身は橋爪だ。飛び跳ねながら嬉しそうに聞いてくる。

「まじっすか？　どうよツルちゃん、俺カッコイイ？」

「うん。黙ってればね」

否定してもしょげそうなので頷くが、だからといって調子に乗ると困るので、一応釘を刺しておく。段々と橋爪の扱いにも慣れてきた。

その時、土手に続く階段から、荷物を抱えて降りてくる男の集団が見えた。全員、妙に目立つ蛍光色のシャツを着ている。胸元にプリントされたロゴには、見覚えがあった。

ＪＳＰ……ジャイロ・スタント・プロダクション。思わず蒲生と美作の顔色を窺う。彼らもジャイロの存在に気づいたか、微かに目を細めていた。蒲生はもともと表情が読み取りづらいし、美作は演技前と同じように冷たい顔をしている。

「ご無沙汰してます、蒲生さん」

ジャイロの一人、一番年長らしき男がこちらに気づき、挨拶してきた。年配とはいえ、三十後半ぐらいだろうか。蒲生より頭一つ分近く背が高い。蒲生はいつもと同じく、飄々とした口調でその言葉に頷いた。

「久しぶりだね、金城《かねしろ》。そっちの調子はどう？」

「相変わらずですよ……ああ、斗貴子さん。お父さんはお元気ですか？」

その様子に、千鶴は拍子抜けする。随分といがみ合っているように聞こえたが、こうしてみると普通だ。しかし美作は金城と呼ばれた男の質問に、眉を跳ね上げた。

「……それ聞いて、どうするんだ？」

千鶴はぞっとした。沸点が低いとからかわれては、いつも相手に当たり散らす印象があった女性だが、あれは彼女にとって怒りではなかったのかもしれない。美作が本当に怒る時は、不気味なほど静かになるのだ……今のように。

金城も、それに気づかなかったということはないだろう。しかし、彼は苦笑しただけで、すぐに橋爪の方に視線を移した。

「君が今回の、井之原さんのボディ・ダブルかい？」

「……はい、橋爪日々輝です。新人ですが、よろしくお願いします」

橋爪は幾分警戒した様子で頭を下げる。金城は後方のメンバーを示しながら言った。

「第一話はそれほど大きな立ち回りはないが、二話からは君が中心になるアクションが多くなる。まあ、頑張ってくれよ」

そう言って差し出された手を、橋爪は一瞬躊躇してから握り返した。金城はどこか含みのある笑みを浮かべ、メンバーと共にアクション部の控えテントに入っていった。その後ろ姿が消えたのを確認してから、美作は盛大な舌打ちをする。

「あの野郎……ふざけやがって」

「怒るな斗貴子、穏便に済ますぞ」

千鶴の目からすると、特に彼らが不躾な行動を取ったわけではなかったが……美作の表情がおかしかったのは、父親のことを聞かれた時だった。だが、もちろん追及する勇気はないし、そんな立場でもない。

「今回の立ち回り、橋爪君以外は全員ジャイロのスタントマンなんですか？」

その代わりとでもいうように、千鶴は気になっていたことを問うた。もちろん、橋爪としてはBULLETの面々の方がやりやすいに違いない。Vコンを参考に、那須や鹿島に受け手を演じてもらいながらの練習は行っていたようだが。すると、蒲生がテントの入口を見つめたまま頷く。

「ああ。松田監督は若くて俊敏な陣内のキャラクターを印象付けるために、一八〇センチ以上の長身スタントマンを相手役にしたいと提案してきたんだ。でも、うちで条件に当てはまる奴は、他の仕事に取られちゃってたから」

なるほど。業界最大と言われるジャイロならば、どんな条件のスタントマンでも揃えられるのだろう。そこまで言って、蒲生は橋爪に向き直る。

「そんな中で、監督はジャイロ所属のスタントマンじゃなく、わざわざお前を指名してきたんだ。アウェー感はあるだろうけど、自信をもってやってきなさい」

「……はい、ボス！」

少し緊張していたように見えた橋爪だったが、蒲生の言葉に勇気づけられたか、いつも通りの調子に戻ったので安心する。これも蒲生の作戦なのかもしれないが。

「井之原淳さん入りまーす！」

と、制作部の声が聞こえた。ロケバスから、橋爪と似たような体格の男性が下りてくる。彼が今回、陣内役を演じる新人男優だ。現場が俄かにざわつき、千鶴は美作に腕を引っ張られた。

「ほら、ぼうっとしてないで。とりあえず、資材降ろすよ」

そうだ、ここには見学でなく雑用で来たのだった。井之原はこの現場での主役級俳優とはいえ、新人らしく周囲に丁寧に挨拶をしている。

後ろを振り向くと、ジャイロのスタントマンたちが出てきたところだった。顔を突き合わせて何かを話している様子を見て、嫌な予感に捕らわれる。撮影現場には魔物がいる、全てを疑っていても仕方ない……そう思い直し、千鶴は美作に続いて駆け出した。

「＃23《シーン》！」

僅かに苛立ったような、松田監督のコールが飛んだ。

既に時刻は午後を回っている。レールカメラが元の位置に戻り、録音技師がマイクブームをかつぎ直した。掲げられたレフ版が陽光を反射させ、千鶴は思わず目を細める。

監督はモニターブースの前で渋い顔をしながら、蒲生を呼んでいる。

テイク3……千鶴は美作の後ろで奥歯を噛みしめた。＃23《シーン》は、四人のチンピラ役を追い詰めた陣内が、高架下でアクションを演じるシーンだ。直前の、河原を走るシーンまでは井之原のアップで撮られている。

千鶴は蒲生と共にモニターを覗く橋爪の横顔を見つめた。明らかに疲労している。スタントマンのシーンは台詞をトチってテイク何十ということはない。問題は、体力勝負という点だ。『NAYUTA』の現場でも、美作が階段落ちのシーンに二回失敗した時、周囲の空気が一気に厳しくなった。スタントマンの体力面を考えれば、何度もやり直しが出来ないと分かっているからだ。

それでもNGが出続けているのは、当然アクションに何らかの問題があるからだ……

千鶴は横目で美作を見るが、彼女は腕を組んだままじっと前を向いている。監督が蒲生や橋爪と何を話しているのかは分からない。再び橋爪が撮影場所に戻る。

「アクション！」

カチンコが打たれた後、コールが飛ぶ。橋爪の動きは、決して悪くはなかった。千鶴もVコンや、那須たちと練習していた姿をスタジオで見ていたが、ほとんど寝ずにさらっていたと豪語していただけある。向かってくる一人目の男の右ストレートを押さえ、左フックを屈んで避け、右手を捻り上げて倒す。一人目の男が転倒しているその後ろから二人目の男が蹴りかかるのを横転して避け、受け身を取って立ち上がり、間髪いれずに後ろから抑え込む……

橋爪の動き自体は完璧だった。だが、合わないのだ。もちろん、撮影前にもアクション構成を考えた蒲生の下、五人で立ち回りの動きをさらっていた。千鶴も横目でそれを見ていたが、ここまでちぐはぐな印象は受けなかった。

目の前の立ち回りには、明らかなずれが生じていた。確かに新人の橋爪は緊張しているかもしれない。体格が大きい相手との立ち回り、連続NGの焦りもあるだろう。しかし、それよりも根本的なところで、このアクションはおかしい。

「美作さん……私が言えることじゃないですけど、何か変じゃありません？」

千鶴は小声でそう聞いた。美作は前を向いたまま、吐き捨てるように呟く。

「私からは何も言えないな。ジャイロの奴らが日々輝に対してわざと当てるとか、危険行為でもしてるならともかく。あれは単に、アクションをやり辛くしているだけだ」

「……やり辛くしている？」

思わず聞き返す。このスタントシーンは長回しで撮るため、まだカットはかかっていない。美作は頷くが、やはりこちらを見ようとはしなかった。

「受け手が真《しん》に対して協力的じゃないだけで、キャリアの浅い日々輝には酷だ。千鶴もヒーローショーの時、思っただろ？」

真とは、立ち回りの中心になる役のことだ。確かに受けてくれる怪人役が上手く演技してくれたからこそ、千鶴の未熟な立ち回りでもどうにか見られるものになったのだ。もしも受け手がこちらのタイミングに合わせてくれなかったら、目も当てられないことになっただろう。

「でも、そんなことして何になるんですか？　この立ち回りを失敗させたからといって、彼らには何のメリットもない。むしろ、上手く受け手として立ち回れなかったと思われて、評価を下げるだけじゃないですか」

仮にジャイロが嫌がらせのために橋爪の動きを外していたとしても、監督とてプロだ。それは受け手の技術不足だと判断されるだけではないか。現に、既にNGは二回も出ている。だが、美作は皮肉げに口の端を持ち上げた。

「奴らは……日々輝の降板を狙っているのかもしれないね」

「カット!」と監督の声がかかる。助監督たちがモニターに群がり、何事かを囁《ささや》き合う。

美作は千鶴だけに聞こえるような声で続ける。

「『ウォンテッド』前シーズンのバディ役は、ジャイロ所属のスタントマンが吹き替えていたんだ。奴らにとっては、橋爪に大きな仕事を取られたとしか思ってないだろう」

「でも、前シーズンのバディ役は、そこそこ体格のいい男優さんでしたよね? 監督は、俳優に合わせてスタントマンを起用しただけでしょう? そんなこと、向こうもプロなんだから分かってるはずじゃ……」

「普通ならな。問題は、BULLETの橋爪日々輝だったからだ」

「……オーケー、休憩入れ」

監督の声は、どこか不服そうだった。ドラマ撮影は撮影期間が限られている場合が多く、映画よりも妥協が必要な場面がある。

おそらく今の＃23《シーン》は、松田監督の基準ではギリギリ許容範囲内のラインだったのだろう。高架下から橋爪もこちらに歩いてくるが、やはり納得のいっていない表情だ。その後ろから距離を置くようにして、ジャイロの面々も歩いてくる。配役がチンピラなのでそういう衣裳や髪型なのだが、それもあって妙に柄が悪く見えた。

「千鶴ちゃん、水と冷やしたタオル持ってきて」

蒲生の声に、千鶴は慌てて踵を返した。クーラーボックスは、アクション部のテントの中だ。美作は腕を組んだまま、ジャイロの面々に厳しい視線を向けていた。

一体、ジャイロとBULLETの間には何の因縁があるのだろうか。腐っても業界最大手のプロダクションが、単に小さなチームの新人に大役が移ったからといって嫌がらせをしてくるとは思えない。それに、自分が目指しているスタントマンという職業の人間が、そんなことを考える人々だとは信じたくなかった。

嫌な気分を引きずりながらテントに戻り、クーラーボックスから氷嚢と水を取り出す。もしかしたら橋爪は、どこか痛めたのかもしれない。あんなにずれた立ち回りをしていたら、相手の拳や足が間違って掠ったとしてもおかしくはない状況だ。

千鶴が身を屈めて戻ろうとすると、制作部のテントの一角……ロケ弁を配っている辺りで、チンピラ姿をしたジャイロのメンバーの姿が見えた。自分もBULLETのメンバーだと知られているのだから、何を言われるか分からない。思わず身を隠す。

彼らはどうやら、誰かを囲んで話しているようだった。千鶴はその様子を覗き込み、眉根を寄せる。間違いない、ジャイロが話しているのは、主演の井之原だった。千鶴はロケ弁を配る制作部に紛れるようにして、テントの隅で耳を澄ます。

「……ですからあの男は、井之原さんと体格が似ているだけで指名された、新人スタントマンなんです。俺たちもやりにくいったらないですよ」

話しているのは、先程蒲生に挨拶をしてきた金城というリーダー格の男だった。途切れ途切れに聞こえてくる内容に、千鶴は生唾を呑み込む。おそらくは、橋爪のことだ。

「うちには、もっと優秀なスタントマンがいるんですけどねえ。チームも同じ方が、俺たちも立ち回りがやり易い。監督には、何度もそう言っているんですが」

「俺はスタントのことに関しては素人だから、口は出せませんよ。全てアクション監督に一任することにしていますので」

井之原は、困ったようにそう返している。しかし金城は何かを言い含めるように、ゆっくりと口を開いた。

「でもね、全国の視聴者はあの演技を、井之原さんだと思って見るんですよ？」

そう来るかと、千鶴は胸中で歯嚙みした。

日本においてスタントマンは、必要以上に隠される存在だ。たとえスタントを使っていても「あの有名俳優がノースタントで挑んだ！」というコピーが使われ、完全に存在が殺されることもある。

つまりスタントマンの演技はイコール、その俳優の実績に直結するのだ。

「……井之原さんだって、せっかくの大役を台無しにされたら困るでしょう？　あなたの背中を演じるのにふさわしいスタントマンが他にいないか、松田監督に相談してみてもいい。それもまた良い作品を作るための、役者の務めだと思いますよ」

そう言ってジャイロの面々は一礼し、井之原の前から立ち去った。取り残された井之原の元に、マネージャーらしきスーツの若い男が駆け寄ってくる。

その様子を見ながら、千鶴は立ちすくんでいた。いい加減、制作部の人間が不審な視線を向けてくる。しかし千鶴は動けないまま、手にしたペットボトルを握りしめた。

美作の言う通りだ……ジャイロは、橋爪の降板を狙っている。

よほどの大御所でもない限り、主演俳優にスタントの交代を訴える権限はないはずだ。だが、もしも監督が迷っているのであれば、俳優の意見が一押しになることも確かだ。

ジャイロは、それを狙って根回ししているのか？　だとすれば、彼らは絶対にスタントに対して協力する気はない。橋爪に対して非協力的な立場を貫くとすれば、不利になるのはこちらだ。BULLETに大柄な体格のアクターの交代要員は四人もいないが、ジャイロは井之原に似たスタントマンを一人見繕うぐらい造作もないだろう。

「なにしてんの、千鶴」

声をかけられて振り向くと、訝《いぶか》しげな顔をした美作が立っていた。戻ってくるのが遅すぎて、心配したのだろう。とにかく、今見たことを彼女にも伝えなければ。

そう思った時だった。美作が視線を険しくする。その先には、金城が立っていた。彼は無表情でスタッフの間を縫いながら近づいてきた。しかし立ち止まろうとはせず、すれ違いざま、こちらにだけ聞こえるような声で吐き捨てる。

「……小さな事務所が、こんな大きい現場に顔を出すな。邪魔になるだけだ」

美作は、何も言わなかった。ただ、両目を微かに細めただけだった。振り向いて、去っていく男の姿を確認することすらしなかった。

千鶴は呆然とした。今のは、完璧な宣戦布告だった。だが、現場の最高責任者である監督にさえ平気で突っかかっていくヘリウム女こと美作が、ここまで言われて憤慨《ふんがい》しないことが不気味だった。訴えるように美作を見るが、彼女は何も言わずに首を振る。

蒲生と橋爪がこちらに向かってくるのに気づき、千鶴は我に返って二人に近寄る。水も調達できない雑用係だと思われただろう。やはり橋爪は足を軽く引きずっている。

「ちょっと、何なんですかあの人たち!」

橋爪の様子を見て、さすがの千鶴も声を荒らげた。蒲生に向かって訴える。

「大手プロダクションとか言ってましたけど、あの態度はプロとしてどうなんですか?

いやまあ、私が言えることじゃないですけど!」

いつもと逆だ。千鶴だけ憤慨していて、他の三人は何も言わない。橋爪は制作部が用意してくれた椅子に座り、憮然とした表情で足を冷やし始めた。蒲生は千鶴を諫《いさ》めるように、溜息と共に漏らす。

「俺たちは、奴らに何かを言える立場じゃないんだよ」

「それって事務所規模の問題ってことですか? この業界、小さいプロダクションは何も言えないんですか？　そんなのおかしいです！」

「ボス、千鶴も今回の現場に入る。黙っていても仕方ない」

後ろから聞こえてきたのは、諦めたような美作の声だった。その声は現場に飛びかうざわめきとは、別の世界から届いてくるようだった。

「私たちBULLETはな……六年前、ジャイロを離反したスタントマンたちなんだよ」


現場が解散したのは、夕刻だった。国道を走る帰りの車内は、妙な静けさに満ちていた。千鶴の座る後部座席からは、バックミラーに映った蒲生の目元だけが窺えた。

「……BULLETメンバーのほとんどは、元々はジャイロに所属していたスタントマンなんだ。BULLETを設立してから新しく入ってきたメンバーは、日々輝を含めて四、五人しかいない。つまり、奴らにとっては裏切者の集団ってわけだ」

助手席に座った美作が、起伏のない声で語り始める。確かに、設立六年目にしてはベテランのメンバーが多いと思っていた。大熊など十五年前から女レンジャー一筋でやってきたと豪語していたのだから、六年前までは別のチームに所属していたはずだ。

「内部分裂……でもしたんですか？」

「まあ、発端というか、諸悪の根源は俺だね」

遠慮がちに問う千鶴に、蒲生が返してくる。いつもと同じ、感情の読み取れない声だ。

「クマゴーを筆頭に、那須も、鹿島も……もちろん美作も、当時はジャイロのエース級アクターだった。そいつらを、俺がまとめてごっそりと連れてっちゃったからね。監督やプロデューサーは、もちろんプロダクションじゃなくスタントマンを指名してくる。自然、俺たちは向こうの仕事も大量に奪って行ったわけだ」

「私たちは皆、ボスを信じてついて来ただけだ。スタントマンとして仕事を続けたいならジャイロに残った方がいいって言ってくれたのはボスだろ」

美作がその言葉を否定する。だが、蒲生が理由もなくそんなことをするとは思えない。

と、蒲生が静かに口を開く。

「ジャイロに残った中で一番の実力者だった金城に迷惑をかけたことは確かだ。こちらを敵視するのも分かる……橋爪には、悪いことをしたと思ってるよ。お前は俺たちのくだらない事情に巻き込まれただけだ。せっかくの大役なのに、あんなことになって」

「そんなこと言わないでくださいよ、ボス……」

隣で窓に頭を預けていた橋爪が呟く。車内に響くエンジン音にかき消されそうな声量で、全く彼らしくないと思った。蒲生はその空気を切り替えるように首を振り、明るさを装った声を上げる。それもまた、蒲生らしくない。

「とはいえ仕事は仕事だ。俺の方からジャイロに対して、状況を改善するように掛け合ってみよう。橋爪は何も心配しなくていい」

そうはいっても、ジャイロ側が知らぬ存ぜぬを通せば、こちらに糾弾する術はない。橋爪の技術が足りないだけと言われればそれまでだ……千鶴はどんどん悪い方に向かっていく考えを止めることが出来ない。

「千鶴のハイフォールは、単独演技だから問題ないはずだ。君はジャイロのことは気にせず、自分の演技をしなさい」

「……はい」

いきなり話を自分に振られ、千鶴は呻くような返事をすることしか出来なかった。なぜ、蒲生はジャイロを裏切ったのか？　唯一事情を知らない自分がそう聞くことは出来たかもしれないが、この空気では口を開くことすら困難だった。

「今日は疲れただろ、橋爪。最寄駅まで送ってあげるから、帰って休みなさい」

そう言って蒲生は国道から一本逸れた道に入った。千鶴は運転席に身を乗り出す。

「……なんか私も疲れたんで、同じところで降ろしてくれませんか？　資材の片づけは、明日早く行って手伝うんで」

「それなら、千鶴も最寄駅まで送っていくよ」

「橋爪君と同じ沿線なんで、大丈夫です」

その言葉に橋爪がちらりとこちらを見たが、それ以上は何も言わなかった。蒲生も特に追及することなく、車は駅に入る。サラリーマンや制服姿の学生が行き交うターミナルに停車し、橋爪は後部座席の扉を開けた。

「……お疲れ様っす」

「二人とも、気を付けて帰るんだよ」

千鶴も車を降り、蒲生に向かって頭を下げた。美作は何かを考え込んでいるように前を向いたままだ。橋爪とロータリーに並び、車が見えなくなるまで見送る。と、橋爪が深い息をついてこちらを一瞥した。

「……ていうかツルちゃん、家こっちじゃないだろ?」

「全然沿線じゃない、全く逆方向だよ。疲れてるとは思うけど、当事者っぽいあの二人に事情を聞けるほど、私も大胆じゃないし」

「まあ、そんなことだろうと思ったけど」

橋爪は荷物を抱え直し、諦めたように呟いた。一番疲労しているのは彼なのだから申し訳ないのだが、一番事情を聞きやすいのも彼なのだ。そもそも橋爪は三年前にBULLETに入ったのだから、蒲生たちがジャイロの時代とはかち合っていない。それでも事情を知っている素振りを見せている以上、彼を追及するしかない。

「……ジャイロのホームページ見たんだけど。あそこ、美作さんのお父さんも所属してたんだよね? 橋爪君がずっと目標にしてたっていう」

実は、そこが一番気になっていたところだった。今、美作の父はどこで何をしているのだ？　まさかジャイロに所属したまま、娘と敵対する立場にいるのか。もしくは蒲生と共にBULLETの立ち上げに関わったのか。だとしたら、このチームに入って八か月も経つ千鶴が一度も会っていないのはおかしい。指導者になることもなく、なぜこの世界から引退してしまったのか……。

その言葉に、橋爪は視線を泳がせた。彼に色々と聞こうと思ったのは、全く嘘の付けない人間だからだ。橋爪はのろのろと歩みを進め、ロータリーの隅にあるベンチに座った。確かに立ち話で済ませる用件でもないし、かといってその辺でお茶でもという気分ではない。千鶴も微妙な距離を置き、隣に座る。

「……ツルちゃんは女の子だから分からないだろうけどさ。男には必ず、ヒーローを卒業する時ってのが来るんだよ。それがいつだか分かるか？」

しばらく目の前を過ぎていく通行人を眺めやった後、橋爪はそんなことを聞いてきた。唐突な問いかけに戸惑っていると、橋爪は自嘲するように口の端を持ち上げた。

「ヒーローに、『中の人』がいるって知った時だ」

思い出したのは、本郷の道場で懸命に稽古をしている、小さな優斗の姿だった。ギガレッドになるために強くあろうとしている彼も、いずれは夢から覚める。そんなことは誰もが分かっていた。だが、橋爪はゆっくりと首を振る。

「でも俺はそこで、今度は『中の人』に憧れちまったんだよな……だから、六歳児で頭の中が止まってんの」

自覚はあったのか……そう思うが、そんなことを突っ込む空気でもない。千鶴は強く吹いた春の風に髪を押さえながら、橋爪の言葉を反芻する。

「ヒーローの『中の人』ってつまり……」

「スーツアクターさ。俺の場合はトキ姐さんの父親、美作紳一郎だった」

伝説のスーツアクターという言葉が蘇る。確かに、考えようによってはスーツアクターこそが、ヒーローの正体だ。橋爪の気持ちも、分からないでもない。彼はその時のことを思い出したかのように両手を広げる。

「その存在を知った時、少年橋爪は落胆するどころか、喜んだわけよ。だって、スーツアクターになれれば、ずっと憧れてたヒーローになれるんだぜ？　小学校の卒業文集で将来なりたい職業の欄に『戦隊ヒーロー』って書いた時、お袋は『もう中学生なんだから、恥ずかしいこと書かないで』って俺を怒ったけどよ、なれるんだ……スーツアクターにさえなれれば、ヒーローにさ」

そう語る橋爪の横顔は、本当に少年のようだった。千鶴は深く頷く。たった一年前まで、戦隊ヒーローなどとは全く無関係な生活を送っていた自分が言うのもおかしいが、橋爪の気持ちはよく分かった。

「だから俺は高校を単位ギリギリで卒業してすぐに、ジャイロの養成部を見学しに行ったんだ。美作さんが所属していた事務所で、なんといっても業界最大規模のプロダクションだからな。養成部もあったし、ここなら間違いないと思ったんだ」

「やっぱりそうだったんだ……おかしいと思ったんだよ。橋爪君なら、まずはジャイロに入ることを考えるはずだって」

ジャイロのホームページを見た時に疑問に感じたのは、そこだったのだ。すると橋爪は、一瞬だけ黙り込んだ。再び、周囲の雑踏が耳に入ってくる。

「ああ……でもな、上手く言えねえんだけど、何か雰囲気が違うって思ったんだよ。周りに美作さんのことを聞いても、何も教えてくれねえし。そんな時にトキ姐さんの名前を知って、姐さんが所属していたBULLETに行ったんだ。美作って珍しい名字だし、きっと親戚だろうって。後は見ての通りだよ。俺は結局BULLETに所属を決めた」

勘で生きている橋爪がそう言うのなら、やはりジャイロはその頃から何かしらの問題があったのだろうか。そこで一旦橋爪は言葉を切り、遠くを見つめる。

「俺が色々と知ったのは、所属してから一年以上経ってからだ。トキ姐さんにしつこく美作さんのことを聞き続けてたから、姐さんも観念したんだろうな。さっきツルちゃんが聞いた通り、BULLETは数年前にジャイロを離反したスタントマンたちの集まりだってことを教えてくれた」

「……原因は何だったの？」

遠慮がちにそう千鶴が問うと、橋爪は唇を湿した後、喉の奥から声を絞り出した。

「原因は、七年前に起きた美作さんの事故だった……美作さんはハイフォールの撮影中、着地に失敗したんだ。一命は取り留めたけど、半身不随の障害が残った」

その言葉に、千鶴は息を止めた。

ロータリーのざわめきが、どこか遠くから聞こえてくるような錯覚に陥る。確かに美作紳一郎が出演した最後の作品は、七年前のものだった。そして、その後は引退とも事故とも書かれていなかった。

橋爪の声は続く。

「スタントマンなんて危険と隣り合わせ、それはこの世界に飛び込もうとする全員が分かってる。ただ、俺も聞いた話だから断定はできないけど、その事故はジャイロ側にも問題があった。ジャイロの代表は、その一年前に二代目に交代したばかりだった。新しい代表は、とにかく利益最優先の経営にシフトしたらしいんだ」

一昔前の特撮全盛期と違い、CG技術が発展した今、スタントマン業界が厳しくなっている現状は分かる。橋爪も同じことを考えていたのか、静かに呟く。

「それ自体は納得できる。けど新しい代表は一番削っちゃいけない部分、安全対策費も切り詰めはじめたんだ。美作さんの事故の時も、強風なんかでスタントには適さない条件だったかもしれない。マットも十分な大きさじゃなかったかもしれない。撮り直しや備品の費用を削減したせいで、起きた事故だった可能性が高い」

「ネットにも、美作さんのお父さんの事故のことなんか書いてなかった……更にジャイロは、その事故を隠蔽《いんぺい》したってこと？」

橋爪は、黙って頷いた。つまり美作紳一郎は、存在自体を消されたのか……それこそ、影《シャドウ》のように。

「当時、美作さんと同年代のスタントマンとして活動していたのが、うちのボスだ。ボスはその事故を受けて、新しい代表に経営方針を変えるよう進言したらしいけど、受け入れられなかった。ボスが裏切ったのは、そのせいさ。トキ姐さんはもちろん、クマゴーさんも那須さんも鹿島さんも……みんな、ボスの考えに同意してジャイロを離れた」

そこで橋爪は、話を区切るように深々とした息を吐き出した。千鶴はようやく、蒲生や美作のジャイロに対する態度の理由が分かった気がした。

蒲生とてあの年なのだから、前代表のジャイロには随分と長いこと世話になっていたはずだ。スタントマンたちを守るためとはいえ、その恩を裏切ることになった以上、彼らに対しては常に後ろめたさを感じているに違いない。美作の感情は、更に複雑だろう。

「でもよ、俺が一番許せないのは自分なんだ」

と、橋爪が告解でもするように、ぽつりと呟いた。千鶴がその顔を覗き込むと、彼は自嘲するように口の端を歪めて言った。

「トキ姐さんがそのことを話してくれた時、最後に『親父の見舞いに来る?』って言ってくれたんだよ。でも俺は……俺は、行けなかったんだ」

彼の声は、こんなに小さかっただろうかと思った。耳を澄ませていなければ、聞き取れないほどの声量。橋爪は湿布を貼った拳を握りしめながら、力なく首を振る。

「怖かったんだ。ガキの頃から憧れて、ずっと目標にしてた人が、そんな状態になってるのを目の当たりにするのが……俺にとって美作さんは無敵のヒーローで、誰よりも強い人だったからさ。でもな、馬鹿な俺だって分かってる。それは、スタントマンって職業の影の部分から目を逸らしてるだけだ」

千鶴は、何も言えなかった。「ヒーローはファンの前で、正体を明かしちゃ駄目なのさ」という、美作の言葉が蘇る。ヒーローとて普通の脆《もろ》い人間なのだと、知られてはならない。その壁に、大きくぶち当たってしまった永遠の少年は、年相応の諦めを滲《にじ》ませながら日の落ちた空を仰ぐ。

「でもさ……そんなことがあってもトキ姐さんがこの仕事を続けているのは、親父さんがやってきたことを継ぎたいからなんだと思う。まあ、単純なお金の問題もあると思うけど。スタントマンはろくな保険にも入れないし、美作さんの治療だって大変なはずだ。多分トキ姐さん、出演料で弟の学費も払ってるんじゃないかな。ちょうど俺らと同じ年の弟がいるらしいんだ。結構いい国立大学に通ってるんだってさ」

大学には行けよ、親父さんのお金で通わせてもらってるんだから……口うるさく繰り返してきた彼女の真意に、ようやく気づく。彼女のスタントに賭ける情熱は、ひどく複雑なところから来ていたのだ。

「ボスが今日の現場に若手ばかり連れて行ったのは、そのせいだ。クマゴーさんだって那須さんたちだって、顔を合わせたい相手じゃないんだろうな」

確かに、今日の現場は雑用要員も若手ばかりだった。もしかしたら事情を知っていたのは橋爪だけなのかもしれない。そして橋爪は、話の終わりを告げるように膝を叩く。

「……今の話、俺から聞いたとか言わないでくれよ。ボスもトキ姐さんも、まだツルちゃんには知られたくないことだったはずだからさ」

「まあ、言わないけど……橋爪君はどうするの？　今回の現場」

千鶴が探るように問いかけると、橋爪は口をつぐんだ。彼も、今回のスタントには満足していないはずだ。それが自分の力量不足というより、相手側のジャイロに起因していることも勘づいている。すると彼は、諦めたように肩を落とした。

「どうもこうも、俺は穏便にことを進めるしかないよ。確かに連中とはやりにくいけど、下手に突っかかっても波風立てるだけだし……」

「私はね、そうは思わない」

しかし、千鶴は橋爪の言葉を遮るように、きっぱりと言った。驚いたように目をしばたたかせる橋爪に、千鶴は拳を握りしめながら力説する。

「考えてみてよ。今回の現場に参加するのは、BULLETになってからメンバーになった、私たち二人なんだよ?」

「まあ、確かにそうだけど……」

「だとしたら、逆にチャンスじゃない? 私たちが完璧な演技をすれば、きっとボスや美作さんも自分の判断が正しかったって思ってくれる。ジャイロのメンバーのことだって、見返すことができるじゃない。BULLETの新世代として、突っかかるくらいのスタントをやっていかなきゃ駄目なんだよ」

思わず立ち上がってまくしたてる千鶴を、橋爪は初めて見る生き物のように見つめていた。半ば口を開けながら、ぼそりと呟く。

「……ツルちゃん、たまに別人のようにアグレッシブになることあるよな。初めは、どうしてこんな大人しい子がスタントやろうと思ったのか不思議だったんだけど」

そうだろうか……不意にこめかみが痛んだ気がしたが、今はそんなことに構っている暇はなかった。それに、今までいつだって自分を鼓舞してくれた蒲生や美作、そして橋爪たちが、諦めたような表情ばかりを見せているのには耐えられなかった。

「そりゃ、私はまだスタントマンの卵ともいえないような立場だけどさ。スタントマンは無茶なことをやってなんぼな仕事だってことは分かる。諦めたり、穏便に済ませようとしたら、その時点で負けなんだよ、きっと」

自分でも無茶苦茶なことを言っている気がしたが、少なくとも橋爪の心には届いたようだった。彼が単純な男で良かったと内心で感謝しながら頷くと、橋爪も立ち上がる。

「いや、そうだよな……ツルちゃんの言う通りだ、なんだか目が覚めた」

そして、気合を入れ直すように自分の両頬を叩く。いつの間にか日は落ち、周囲の外灯がともりはじめる頃だ。橋爪が遠くを見つめる。

「美作さんも言ってた……ヒーローは、決して負けない」

千鶴は大きく頷いた。過去に何があったとしても、自分たちの立ち位置は変わらない。壊れてしまった憧れは取り戻すことは出来ないが、それを背負って走り続けることは出来る。少なくとも美作たちは、そうやって生きてきた。橋爪はようやく取り戻したいつもの自信を表情に滲ませながら、決意するように呟いた。

「俺たちは、BULLETのスタントマンだ」


櫓の上から見下ろすマットは、いつだって頼りない点のように見える。

千鶴の立っている高さは六メートル、最初に比べれば格段の進歩だ。踏み切りのタイミングもつかめてきた。胸の前で手を打ち鳴らし、両腕を広げて背中から着地する。落下中も呼吸は止めない。衝撃を全身で受け止め、不安定なマットの上で立ち上がる。

「大分慣れてきたな」

マットの横に立った美作が頷く。確かに、最初の頃は眼下に広げられたマットを目の当たりにした瞬間、過去の映像がフラッシュバックすることがあった。周囲が炎に巻かれ、体温が上昇していくような感覚。そのたびに座り込む自分に対して、蒲生や他のメンバーは無理をするなと言ってくれた。

しかし、唯一事情を知っている美作は、逆に千鶴を止めようとしなかった。自分が櫓の上で動けなくなるたびに「飛べ、千鶴！」と叫んでくれた。不思議なことに、その声が踏み切りの合図であるように、千鶴は眼下に身を躍らせることができた。美作が地上で待っていると思うと、不思議と不安感が薄れた。

マットの上から転がるように地面に降りる。『ウォンテッド』第三話の撮影は、翌日に迫っていた。既に千鶴の手元にも脚本《ホン》は届いている。千鶴が吹き替える役は、西條文乃演じる女刑事、佐伯志麻子《しまこ》役だ。

佐伯は夫と子供を凶悪犯罪者に殺された過去を持つが、証拠不十分で犯人は不起訴となった。彼女は刑事という立場を利用して犯人の動向を探り、裏社会と繋がりを持って犯人への復讐《ふくしゅう》を遂げる。その事実を知った陣内に追い詰められた佐伯は、夫と子供の元へ行くと言い残してビルの上から身を投げる……

と、いうのが第三話のハイライトだ。西條文乃は影のある雰囲気の演技派女優で、この難しい役もこなしてくるだろう。遠景から落ちる一瞬のシーンだとしても、千鶴にとっては大きな役である。

「まあ、今のはこんな感じだな」

歩み寄ってきた美作が、ムービーをスマホで見せてくれる。千鶴は一度その映像を見て、二回目は手でマットを隠して確認した。渋い顔をしながら、美作を見つめる。

「……私は夫も子供も殺されたことがないんで、ピンとこないんです」

真剣な表情で呟く千鶴に、美作が不思議そうな顔を向けてくる。その顔を見返しながら、千鶴は首を傾げた。

「佐伯刑事は、こんな落ち方しますかね？」

もちろん、編集でマット着地の直前はカットされる。問題は滞空時間の体勢だ。そこをコントロールできるようにするのがスタントマンであり、単なる落下では海外旅行に行ったノリでバンジージャンプのアクティビティに参加する観光客と大差ない。美作は感心したような表情を見せた。

「あんたもそろそろ、スタントマンとしての自覚が出てきたか。結構なことだが、思いつめても仕方ないよ。とりあえず、過去の落下シーンが編集された映像見てイメージトレーニングしな……って時間もあんまりないけどな」

明日の現場には、美作も同行すると言っていた。おそらく蒲生も松田監督も、千鶴でNGが続くようなら、美作を使うという保険をかけているのだろう。

だが、それでは駄目なのだ。千鶴は櫓を見上げ、先日交わした橋爪との会話を思い出した。今回の現場は、自分と橋爪が成功させなければ意味がない。ペットボトルの水を飲んで一息ついてから、美作に向かって問いかける。

「橋爪君は?」

「あいつなら、那須や鹿島に頼み込んで特訓してるよ。無理するなとは言ってるけど」

その言葉を聞いて、千鶴は確信した。おそらく橋爪も、自分と同じことを思っているだろう。無理をしなければ、あの現場は切り抜けられない。橋爪の降板という最悪の事態が避けられたとしても、妥協で終わったアクションなど、決して視聴者の心に届くことはない。千鶴は己に向かってそういい聞かせ、立ち上がった。

「もう一回飛びます」

美作は、それを止めることはなかった。鉄骨の梯子を上り、太陽に近い場所に立つと、逆に頭が冷えていくような感覚に陥る。眼下を見下ろすと、美作がこちらを振り仰いでいる。千鶴は様々な思いを振り切るように、再度足を踏み切った。

＊　＊　＊

『ウォンテッド』第三話ラストシーンの撮影は、東亜東京撮影所内で行われた。

橋爪演じる陣内が中心となる倉庫内の格闘シーンと、野外セットからの千鶴演じる佐伯刑事落下シーンだ。落下シーンは後ほど背景が合成されるようで、落下場所となる足場の周囲には緑色のシートがぐるりと張り巡らされていた。

スタジオから離れた控室でメイクを済ませ、千鶴は鏡の中の自分をじっと見つめた。元々ショートカットだが佐伯役としては長さが足りないため、かつらをかぶっている。衣裳は細身のダークスーツ。遠景から撮るとはいえメイクもしっかり施されている。プロはさすがというか、遠目に見れば西條文乃に似ていないこともない。僅かばかり老けた造作にされているところも感心してしまう。

メイク担当に礼を言って控室を出る。と、奥から歩いてきた男の姿に思わず立ち止まった。一瞬橋爪かと思ったが、すぐに間違いだと分かる。やはり新進気鋭の俳優はオーラが違う。それは橋爪と同じ格好をしている、井之原淳だった。

千鶴は慌てて廊下の端に寄り、大名行列に出くわした平民のように頭を下げた。だが井之原はこちらに気づき、わざわざ立ち止まって挨拶してくれる。

「びっくりした、西條さんかと思いましたよ。今日は現場にいないはずなのに。スタントの方ですよね？」

八割方お世辞だろうが、こちらにまで丁寧に頭を下げてくれる。逆に申し訳ない。千鶴は半ば体を折り曲げるようにして、何度も頷く。

「はい、よろしくお願いします。うちの橋爪もご迷惑をおかけしてまして」

前回の撮影の時、彼がジャイロの面々に囲まれていたことを思い出し、そんな言葉が口をついて出た。もしかしたら井之原の中でも、橋爪に対する不信感は根付いたままかもしれない。だが、今回こそ橋爪は上手くやってくれる。そう言おうとした時だった。

「いや、彼はいい演技をしてくれていると思いますよ。俺にも、ちゃんと聞きに来ましたからね……どうやって陣内という役を演じているのかを」

その言葉に、千鶴は思わず井之原の顔を見た。彼は続けてくる。

「一週間ぐらい前、彼を現場で見かけましてね。スタントの出番はないはずなのにと思っていたら、陣内になりきるために僕の演技をわざわざ見に来たと言ってました」

スタジオにいない日が多いと思ったら、そんなことをやっていたのか。それならば大丈夫だ、今日の橋爪は上手くやれる。ジャイロの人間に屈したりなどしない。ありがとうございますと頭を下げると、井之原は笑って言った。

「新人だからって色々言われこともあるでしょうけど、僕も同じく新人ですからね。彼の気持ちはよく分かります。一緒にいいものが作れればいいと思っていますよ」

そう爽《さわ》やかに言って、井之原は早足で現場に戻っていった。なんていい俳優なんだ。イケメンなのに驕《おご》り高ぶらず、スタントマンにも優しい言葉をかけてくれる。男優に興味はなかったが、今日から彼のファンになろう。そう固く決意し、千鶴も現場に戻った。

井之原がそう言ってくれるなら、ジャイロが画策している橋爪の降板は失敗に終わったのだろう。こちらに追い風が吹いてきた。足取りも軽く、美作と蒲生の元に戻る。撮影は、橋爪のアクションシーンに入ろうとしているようだった。

「おっ、なかなか西條文乃っぽいな」

振り向いた美作が、感心したように頷く。千鶴は調子に乗って一回転した後、芝居場に視線を向けた。橋爪とジャイロのメンバー、そしてアクション監督である蒲生が、撮影前の最後の確認を行っている。

千鶴は美作の隣に立ち、固唾《かたず》を呑んでその様子を見守った。両手を握りしめ、蒲生が手を上げる様子を見つめる。監督がシーンナンバーを告げ、助監督がカチンコをかざす。アクションの号令がかかった。定められた構成通りに、橋爪が動く。前蹴りから身を捻っての受け身。カメラ位置を確認し、相手の正拳を払い……

その時、相手の拳が橋爪の頬を掠った。今のはニアミスか、それともわざとなのか？徐々に上がっていくアクションの速度に、判断がつかない。立ち回りを途中で止めることは出来ない。橋爪は何事もなかったように体勢を立て直して演技を続けるが、明らかに動作に迷いが生じている。隣の美作が、吐き捨てるように呻くのが聞こえた。

「駄目だ……日々輝の奴、萎縮《いしゅく》してる。あれじゃ、猪突猛進の陣内には見えないぞ」

「ていうか今の、危険行為じゃないですか？　わざと当てようとしてませんでした？」

カメラワークの関係で、監督の位置からは見えなかったかもしれない。しかし、橋爪の降板が無理だと判断したジャイロが強硬手段に出たとすれば？　だが、美作は首を振る。アクションに危険はつきものだ。せめぎ合い中の偶然と判断されればそれまでだ。

やはり無理だったのか？　そんな言葉が脳裏を過るが、千鶴はその考えを振り払った。橋爪は諦めてなどいない。約束したではないか、ヒーローは決して負けないのだと。

「——カット！」

監督のコールがかかり、俳優たちが肩を落とす。だが、モニター前に集まった演出家は首を傾げている。千鶴でも分かる、今のカットはNGだろう。少なくとも先程の橋爪は、陣内の動きではない。

美作が耐えかねたように、橋爪と蒲生に駆け寄る。千鶴も反射的にその後に続いた。

橋爪は一シーンを演じただけだが、額に汗をかいていた。蒲生はワンラウンド終えたボクサーを迎えるトレーナーのようにタオルを渡しながら、静かに言い聞かせる。

「焦るな橋爪、委縮するのもよくない。落ち着いて相手を見ろ」

橋爪は黙って頷く。その時だった。金城が音もなく蒲生の前に歩み寄ってくる。彼は前回の慇懃《いんぎん》無礼《ぶれい》な様子とはうって変わって、不躾な口調で言い放ってきた。

「言っただろう、小さなスタント・チームがこんな現場に来ても、恥を晒すだけだ」

周囲には聞こえないほどの声量だったが、その言葉に橋爪は顔を跳ね上げた。蒲生は何も言わない。だが、今日は美作が動いた。金城の胸倉を摑まんばかりに顔を近づけ、虫でも追い払うような口調で吐き捨てる。

「立ち回りの受け手も満足にできないスタントマンが、そんなこと言える立場か？」

「……ロクな映画にも出ないで、ジャリ向け番組で有名になった男の娘に言われたくないね」

瞬間だった。座っていた橋爪が、パイプ椅子を蹴り倒す勢いで立ち上がった。駄目だと、千鶴は本能的に思う。ここで問題を起こしては、ジャイロの思うつぼだ。

だが、動いたのは美作だった。ほとんど脊髄《せきずい》反射か、或いは橋爪の行動を予測していたかのようなタイミングで、橋爪の頭を押さえつけた。そのまま、護身術の要領で腕を捻る。橋爪がバランスを崩し、スタッフたちが一斉にこちらに注目した。

「すみませーん、立ち回りの練習でーす」

美作が橋爪を抑え込んだままの体勢で、間延びした声を上げた。一瞬不審そうな顔をしたスタッフたちだったが、アクション部ならそういうこともあるだろうと思ったのか、めいめい自分の作業に戻っていく。

その様子を見ていた金城は、小馬鹿にしたような笑みを浮かべ、セットの方に戻っていった。男を追おうと立ち上がろうとする橋爪に向かって、美作が耳打ちする。

「日々輝。その気迫は、演技で返しな」

その言葉に橋爪は固まり、倒したパイプ椅子をのろのろとした動作で直した。無言のまま腰かける彼に、どう声をかけていいか分からず、千鶴は美作に視線を移す。その瞬間、思わずぎょっとした。

「……あいつら、墓穴掘りやがった」

美作は、笑っていた。それは父親と後輩を馬鹿にされた女の表情だとは、到底思えなかった。罠《わな》にかかった大きな獣を見下ろしているような顔だ。

「この単純馬鹿には、絶好のカンフル剤だ」

パイプ椅子に座った橋爪は、微動だにしなかった。周囲の雑音など全く聞こえていないかのように、セットの方向を見つめている。こちらから表情は窺えない。隣の蒲生が目を細め、声をかける。

「橋爪」

だが、蒲生は橋爪の顔を覗き込むなり、そっとその場を離れた。そして、あろうことかあの馬鹿でかい欠伸をし始めたのだ。首にかかったアイマスクを、今にも上げそうな勢いである。あっけに取られる千鶴の前で、蒲生はぼそりと呟いた。

「入ったね。もう平気だろう」

そう言って、さっきまで心配していたとは思えないほどあっさりとした様子で、橋爪に背を向ける。そのまま監督の方へ向かって行く蒲生と橋爪の背を交互に見つめながら、千鶴は助けを求めるように美作に視線を向けた。

「日々輝はな、頭がカラの分、役が入りやすいんだ。個人的には、スーツアクターよりもアクション俳優の方が向いてると思う。監督もボスも、単なる体格の一致だけで、準主役のボディ・ダブルを決めるほど馬鹿じゃない」

すると、美作は不敵な笑みを隠そうとしないまま、橋爪を示した。そして傍らの長机に置かれていた誰かの台本を持ち上げる。

「脚本《ホン》を読んだか？　この場面の陣内は、どんな状況だ？」

もちろん、千鶴も台本は読んでいた。映画やドラマは、シーン順に撮影を行うわけではない。この場面は今から千鶴が演じる、佐伯が自殺したシーンの後の場面だ。

作中で、陣内と佐伯は後輩と先輩の関係だ。佐伯の復讐が表沙汰になったのは、彼女が協力を仰いでいた裏社会の人間の裏切りによるものだった。彼らは身を投げた佐伯を、馬鹿な女だと笑う。慕っていた先輩の死を笑われた陣内が怒る。今から撮るのは、そんなシーンだ。

だが、いくら猪突猛進で向う見ずな若手刑事というキャラクターでも、この場面の陣内は、決して怒りを露《あら》わにはしない。そんな気がした。

そうだ……この場面の陣内は、静かに怒っている。

そして椅子に座った橋爪も、不気味なほど大人しかった。ただじっと、セットを見つめていた。千鶴にも分かる。彼もまた、静かに怒っている。自分のヒーローを馬鹿にされ、それでもその憤りを決して表に出せない立場の中、胸中で熱を燻《くすぶ》らせている。

役に入るという言葉が、千鶴の脳裏を過った。だとすれば今、橋爪は陣内だ。

美作はこうなることを予測して、金城をけしかけたのか？　千鶴は掠れた声で呟く。

「でも、いくら橋爪君が陣内としてうまく立ち回っても、受け手が非協力的である以上、いつまで経ってもいいアクションは撮れません……」

「千鶴、あんたもいずれ分かる」

だが、美作は千鶴の言葉を遮るように、あの自信に満ちた口調で断言する。

「本当のアクションは――周囲を否応なく巻き込む」

思い出したのは、初めて目の当たりにした美作の立ち回り……『NAYUTA』の現場で、彼女を中心に世界が動いていたように見えた、あの剣戟だった。

「まあ見てな……今の日々輝は、いい演技をするよ」

千鶴は顔を上げ、芝居場に視線を投じた。この場所から、橋爪の表情は窺えない。ただ、彼が僅かに腰を落とす動作だけが見えた。

「――アクション！」

監督の声が飛んだ。テイク2、周囲の空気が張りつめる。先手は確か、橋爪の右上段裏拳を、相手が受ける動きだ。そのまま左中段カーブ、それを払ったところで二人目の相手が登場する。

瞬間、橋爪が動いた。もちろんこれは、実際の喧嘩ではない。スピードも勢いも、あらかじめ定められたタイミングだ。しかし、先程までずれの生じていた受け手のリズムが、そこでぴたりと合った。勢いを殺さないまま、橋爪が右回転の力を利用して次の動作へ。再び、受け手がその腕を振り払う。その瞬間を見計らっていたように次の相手が芝居場に現れ、次の攻防に移る……

アクションが、回っていた。千鶴は口を開けたまま、その様を凝視した。ちぐはぐだった動きが、徐々に嚙み合ってくる。もちろん、このシーンからいきなりジャイロが協力的になったはずがない。変わったのは、橋爪だ。彼が、相手側の呼吸に合わせ始めたのだ。

「アクションはチームプレイ。相手が協力的ではないなら、自分から向こうに合わせる。自分の動きを正確に演じるだけが、スタントじゃない」

横で、美作が勝ち誇ったように顎を上げた。カメラが橋爪の背後に回る、不意に向けられたその顔は、確かに橋爪日々輝のものではなかった。顔も表情も写らないシャドウに過ぎないが、確かに今の彼は、静かな怒りに満ちた、若手刑事の陣内だった。

間違いなく、このシーンは橋爪を中心に回っていた。美作の言っていたことは真実だった。本当のアクションは、共演者を引きずり込む。

ジャイロのスタントマンとてプロだ。あからさまに演技に対して非協力的な態度を取れば、監督に気づかれることは分かっている。相手役のジャイロは明らかに焦燥していたが、構わない……なぜならこのシーンの中で、彼らは役としても焦燥している。ある意味、完璧な演技だ。

「呼吸が止められないのと同じように、人の動きも簡単には止められない。こっちはそれに合わせてやればいい。今まで協力的な同じチームの人間としか立ち回りを演じてこなかった日々輝にしては上出来さ」

次々と舞台場に倒れていく相手役たちを前に、橋爪が実際の武道や試合では絶対に見られない、大きなカーブスイングを放った。いかに画面上で派手に見えるか。フォロースルーの後も肘を伸ばしたまま、腰を落とす。最後の受け手が倒れ、セット上に立っているのは橋爪だけとなる。

カットがかかるまで、時が止まってしまったかのようだった。実際は数秒のことだったかもしれないが、カチンコの二拍が打ち鳴らされるまで、ひどく長い時間だったように思えた。監督が手を振り上げる。

「カット――オーケー、ナイススタント！」

スタジオ内の時が動き出す。千鶴もまた、止めていた息を吐き出した。橋爪が一気に緊張から解き放たれたように頭を落とし、倒れていたジャイロの面々がのろのろと起き上がる。蒲生が欠伸をしながら、橋爪に歩み寄って肩を叩いているのが見えた。

「ありがとうな、日々輝」

こちらに戻ってきた橋爪に、美作が小声でそう言った。橋爪が驚いたように視線を上げると、美作は静かに呟く。

「……あんたは親父のために、怒ってくれただろ」

その言葉に橋爪は顔を歪め、力なく首を振った。千鶴は唇を引き結ぶ。と、橋爪が渡されたタオルで顔を拭い、ジャイロのメンバーが待機している方向にまっすぐ歩いていく。千鶴は驚いて止めようとしたが、美作がこちらの肩を掴み、それを遮った。

橋爪は金城の前で、深々と一礼した。彼は僅かに眉を跳ね上げるが何も言わず、頭一つ分下にある橋爪の顔を見下ろした。橋爪が差し出した手を、怪訝そうに凝視する。

こちらまでは聞こえなかったが、おそらく橋爪は「ありがとうございます」とでも言ったのだろう。メンバーたちは顔を見合わせたが、金城は邪険に握手に応えた。その様子を見て、千鶴は安堵する。と、不意に目が合った蒲生がこちらに向かってくる。

「安心している暇はないよ、千鶴。次は、君の番だ」

その言葉に、千鶴は我に返って着慣れないスーツの裾を直した。満足のいくカットが撮れて上機嫌の監督が、口調を引き締めながらスタッフに叫ぶ。

「＃48《シーン》、入るぞ！」

そうだ、肝心の自分の出番が残っていた。橋爪の事ばかり心配していられる立場ではない。俄かに緊張が蘇ってくる。

スタッフたちはスタジオの外に移動し、千鶴の元にスタイリストが近づいてきた。衣裳を整え、かつらを直される。外は梅雨らしい曇天だった。組み立てられた鉄骨の櫓を見上げ、千鶴は深呼吸する。今までやってきたことをやればいいだけだ。隣に立った美作が同じように視線を上げ、わずかに頷く。

言葉はなかったが、それはこちらを信じているからだろう。千鶴も頷き、今度は演技を終えた橋爪を見た。彼も黙って親指を立てる。彼は演技を全うした、今度は自分がBULLETの第一世代として、佐伯刑事を演じねばならない。そう約束した。

美術部に促され、千鶴は櫓の階段を上って行った。合成用のグリーンシートが、この空間を余計に現実味がない風景に見せている。履きなれていない黒のハイヒールに打ち鳴らされ、階段を上るたびに耳障りな金属音を上げる。しかし、それらが逆に自分を佐久間千鶴から引きはがしていくような気がしていた。

もちろん、脚本《ホン》は読んできた。たった一カット、顔すら見えない遠景のシーンだとしても、この姿は佐伯刑事として視聴者に見られることになるのだ。

佐伯は悲しい人間だ。家族を殺され、復讐のためだけに生きてきた。自分が所属する警察を裏切り、最終的には協力を要請していた裏社会の人間たちにも見放され、後輩の陣内に追い詰められてビルから飛び降りる。

頂上まで上がると、頭上の曇天が今にも落ちてきそうだった。高さは六メートルといったところか……後はカメラワークと合成処理で、高所から落下したように編集する。今まで飛んできた距離と同じだ、そして眼下にはエアマット。

しかし千鶴は、眼前に広がる景色を見つめ、自分に言い聞かせる。ここは十五階建てビルの最上階、眼下にマットはない。普通の人間ならば、恐怖で足がすくむような状況。

だが、佐伯は怯《ひる》まない。彼女は既に死を決意している。佐伯にとって死は恐怖ではない。絶望の中で、失った家族の元へ行けるという悲壮な希望を、この瞬間に託している。

「……佐久間さん、佐久間さん？」

自分を呼ぶ声が耳に入り、千鶴は後ろを振り向いた。演出家が、怪訝そうにこちらを見つめている。同じく櫓に上がってきた蒲生が、非難するようにその肩を叩いた。

「大丈夫だ、集中させてやってくれ」

そう言って、演出家を邪険に追い払う。演出家は腑《ふ》に落ちない表情を見せながらも身を引き、下のスタッフに向かってサインを送った。監督が拡声器をこちらに向けている。

橋爪と美作の姿も小さく見える。

恐怖心はない、自分は佐伯だ。千鶴は背筋を伸ばした。蒲生は何も言わず、後方に下がる。耳元で風が鳴った。拡声器から放たれた「アクション！」というノイズ混じりの声が、その風を切り裂いて届く。

美作の言葉が蘇る。両手を広げて、背中全体で着地するんだ。千鶴は後ずさり、助走の距離を取りながら、自分の呼吸を整える。背中から？ いや、違う……

死のうとする人間は、背中から落ちたりしない。

——飛べ、千鶴！

刹那、脳裏に誰かの声が過った。父の声か、それとも美作の声か？ 後方から襲いくる熱のようなものを感じたが、それを振り切るように足を踏み出した。助走距離としては短すぎる時間の中で、奥歯を喰いしばって胸中で叫ぶ。

今から自分は死ぬ、確実に死ななければならない。

ヒールの音が、頭蓋骨にまで反響する。目は閉じなかった。足を踏み切る。一瞬、重力から解放されたような浮遊感。だが、すぐに全身を襲う自由落下のスピード。その中で千鶴は、必死で重心を頭に傾けた。落下の時間はほぼ数秒、すぐに体はエアマットに叩きつけられる。首に痛みが走った。息が止まる、埃っぽいマットに思わず咳き込む。

「オーケー！」

動かない体に、監督の声だけが確かなものとして響き渡った。一発オーケーだった。

信じられないと思いながらも、両手足を投げ出したまま動くことができない。美作が何かを叫ぶ声が聞こえ、ようやく千鶴はのろのろと体を起こした。

「千鶴！」

聞こえたのは、美作の怒ったような声だった。一発でオーケーが出たのだから、もう少しねぎらってくれてもいいのではないかと漠然と思う。まだぐらぐらと揺れている視界の中で、大股でエアマットの上に乗ってくる美作の姿が見えた。

彼女はこちらの瞼《まぶた》を無理やり押し上げ、正常であることを確認したのか、腕を掴んでマットから引きずりおろす。スタッフたちの拍手に頭を下げたが、美作は悪さをした子供を咎めるような口調で叫んできた。

「千鶴、頭から落ちる奴があるか！　いくらエアマットがあるとはいえ、首に負荷がかかったら死ぬぞ！」

「いや、でも」

青筋を立てた美作の言葉を遮るように、千鶴は反論した。櫓から降りた蒲生も駆け寄ってきた。彼らの顔を交互に見つめながら、当然のように呟く。

「頭から落ちないと……死なないので」

蒲生はぽかんと口を開けた。橋爪は玩具《おもちゃ》のように目を白黒させ、そして美作は息を止め……呆れたような表情を見せ、蒲生を一瞥する。

「……ボス、入りすぎるのも危険ってことだ」

「うん……まあ、よくやったよ。お疲れさま」

「やったなツルちゃん！」

蒲生は額を押さえながらも労《ねぎら》い、橋爪はいつもの調子で大袈裟なガッツポーズを向けてくれた。何にしても、終わったのだ。千鶴は急激に襲ってきた疲労感に座り込みそうになりながらも顔を上げ、鉄骨の櫓を見つめた。かつて恐怖の対象であったその高さが、今は手に届きそうなほど近くに見えた。

＊　＊　＊

数日後、六月にしては珍しい快晴の日。千鶴は橋爪と共に、都内の端にあるリハビリセンターの入口に立っていた。緊張した面持ちの橋爪は、渋い顔で黙り込んだままだ。

橋爪が美作の父……美作紳一郎の見舞いに行きたいと告げたのは、『ウォンテッド』第三話の撮影が終わった直後だった。

彼の中でも、踏ん切りがついたのかもしれない。美作は橋爪の内心など忖度《そんたく》する素振りも見せず、「来れば？　親父も喜ぶよ」と、あっさり了承しただけだったが。

初めは千鶴もついていくことを戸惑った。伝説のスーツアクターと呼ばれる人物には会ってみたいが、橋爪にとって美作紳一郎は特別な存在だ。自分ごときがその決意に便乗する形で、のこのこ顔を出していいものかと思う。だが美作が「千鶴も来る？」と誘ってくれた上、橋爪もそれに同意してくれたので、こうして休みの日に美作の父を訪ねることになったのだ。

橋爪にとってはこの訪問が、色々な現実を直視する出来事になるのだろう。千鶴は行きのバスでもほとんど喋らなかった橋爪の横顔を窺いながら、リハビリセンターの受付に入る。少し歩くと、廊下の向こうから見慣れた美作の姿が見えた。

「なんだ、その葬式に行くような面は。親父は辛気臭《しんきくさ》いのが嫌いだからやめてくれよ」

どうやら彼女は一足先に着いていたらしい。すると、美作は千鶴たちの後方を怪訝そうに見やり、軽く片手を上げた。

「おう、お前も来てたのかモヤシ。相変わらずビン底みたいな眼鏡かけやがって」

橋爪と千鶴が同時に振り向くと、そこには黒縁の眼鏡をかけた、長身痩躯《そうく》の青年が立っていた。美作の知り合いだろうかと思っていると、彼女は青年の細腕を叩きながらこちらに向き直った。

「紹介しよう、このモヤシは弟の貴志《たかし》だ。私が母親の腹に落としてきた脳細胞を律儀に拾ってきた、要領のいい奴だ」

眼鏡の青年は、小さい声で挨拶をしてくれる。千鶴と橋爪は思わず顔を見合わせた。長身であること以外、全く似ていない。姉の方が、逆に筋細胞を勝手に持って行ってしまったのではないか。美作は気にせずこちらに手を向ける。

「貴志、この二人は姉ちゃんの弟子だ。お前とタメだから、仲良くしてやってくれ」
「はあ……どうも、いつも姉がご迷惑をおかけしまして申し訳ありません」
逆に恐縮してしまう。美作は持ってい
た財布で弟の背中を乱暴に叩きながら、
「ちょうどよかった。今、親父に買い物頼まれちまってさ。お前、この二人案内してや
れ。わざわざ親父の見舞いに来てくれんだ、丁重に扱えよ」
「え？　買い物なら僕が行ってくるって……ちょっと姉さん……」
貴志は反論するが、すぐに諦めたように、こちらに向かって「すみません」と再び頭
を下げてきた。おそらく、ずっとこういう関係なのだろう。
「多分、姉も照れくさいんだと思います。みなさんに、父を紹介するのが。まあ、昔か
らああいう人なんです……案内しますよ、行きましょうか」
美作の姿が消えてから、貴志は苦笑しながらそう教えてくれた。姉とは違って、思慮
深い話し方をする青年だ。廊下を歩きながら、ゆっくりした口調で聞いてくる。
「お二人とも、美作さん、スタント・チームの方なんですよね」
「あ、はい。美作さん……お姉さんには、お世話になっていますよね」
緊張して先程から喋らない橋爪に代わって、千鶴はそう答えた。しかし、この聡明そ
うな青年が、自分の父の自由を奪った職業のことを、どう思っているのかが全く分から

ない。もしかしたら、姉にも危険な仕事はやめてほしいと願っているのではないか……と、余計なことを考えてしまう。だが、貴志は前を向いたまま微かに笑った。

「いいな。僕も昔は、父に憧れていたんですよ」

その言葉に、千鶴は男の細い背中を見つめた。そうだ。戦隊ヒーローは男の誰もが通る道。決して明かされないその正体が父だと知った時、彼が橋爪のように憧れを抱いたとしてもおかしいことではない。千鶴は遠慮がちに問いかける。

「貴志さんは……スタントマンになろうとは思わなかったんですか？」

「うーん、うまく言えないんですけどね。僕にとってヒーローは自分がなるものじゃなく、自分を守ってくれる存在だったんです……男としては、情けない話ですけど」

まあ、この貧弱さは生まれつきですしね。と自嘲し、彼は扉の前で立ち止まる。そして美作が消えて行った方向を、目を細めて見つめた。

「残念ながら父は一線を退きましたが、今では姉が俺のヒーローですよ……調子に乗るので、本人には言いませんけど」

そう言って、貴志はリハビリ室の引き戸を開けた。陽光が差し込む内部に目がくらむ。

室内は昇降台やトレーニング器具が整然と並べられた広い空間で、白衣の理学療法士や車椅子の患者たちが行き交っている。貴志は車椅子に座ったままトレーニングを行っている一人の男に近づき、声をかけた。

「父さん。姉さんの会社の方が、お見舞いに来て下さったよ」

振り向いたのは、日焼けした顔の男だった。ネットのプロフィールを見る限りでは五十代に差し掛かっているとのことだったが、それよりも大分若く見える。娘と同じ熱さと、息子と同じ思慮深さを同時に湛えた、不思議な目の男性だった。彼は入口近くに立ちつくす千鶴と橋爪に笑いかけ、車椅子を進める。

「わざわざ来てくれてありがとう。斗貴子からは聞いているよ。次世代を担う、スタントマンの卵だってね」

張りのある声でそう言い、橋爪の方に手を差し出す。橋爪は幻でも前にしたような顔で、そろそろとその手を取った。千鶴も握手する。かつてヒーローショーにやってきた子供たちに対して、こうやって手を握り返していたのだろうと思わせる、無条件に勇気を与えてくれるような力強い腕だった。

「きっと、毎日蒲生の奴からしごかれてるんだろ？　あいつは何も考えていないように見えて、スパルタだからな。そうだ、大熊の腰は大丈夫なのか？　奴の腰が悪化した時、新人の女の子がピンクに入ったと聞いたけど、君のことかな？」

まるで旧知の仲のように、彼は笑いながら話しかけてくれた。確かに半身に後遺症は残っているようだが、その姿はかつてヒーローの中に入っていた時と変わらないであろう、溌剌《はつらつ》とした輝きを放っている。と、隣の橋爪が掠れた声を上げる。

「……俺、美作さんに憧れて、スーツアクターになろうって……」

まさかいい年して泣いてはいないだろうが、感極まったように橋爪が声を詰まらせた。すると美作は僅かに困ったような表情を見せ、顎を撫でた。

「ありがとう、少しがっかりさせたかな。でも引退はしたけど、まだまだこの世界でやっていきたいとは思っている。いずれは指導者として復帰できたらと考えてるんだ」

「それは……BULLETに来て頂けるかもしれないということですか?」

その言葉に、千鶴は思わずそう聞き返す。すると彼はおどけたように肩をすくめた。

「まあ、蒲生の奴が雇ってくれればの話だけどね」

「是非お願いします! なんなら俺がボスを説得します!」

身を乗り出すようにして拳を握りしめる橋爪の腕を、千鶴はなだめるように引っ張った。その様子を見ていた貴志が口を開く。

「父さん。二人とも、俺と同じ年なんだって」

「じゃあ、リアルタイムで見ていた仮面ファイターは、ガイアかオーガあたりかな」

「はい! 俺はガイアを見て、この世界に入りたいと思ったんです!」

再び橋爪が前のめりになる。これはもう、好きにさせてやった方がいいだろう。千鶴は飼い犬のリードを離すような心待ちで橋爪の腕を離した。紳一郎は歯切れよく笑いながら、いきなり両腕を頭上に掲げる。

「うん、俺もガイアが一番好きだな。変身ポーズも、ちゃんと覚えてるよ。『ガイアフォース——ロックオン！』」

上げた両手を勢いよく下ろし、顔の前でクロスさせる。向こうでリハビリの補助をしていた理学療法士が笑いながらなだめてくる。

「美作さん、無理しないで下さいよー」

「すみません……ちょっと父さん、張り切りすぎないで」

貴志が慌てて頭を下げるが、紳一郎は飄々と肩をすくめただけだ。その様子を見て、千鶴も笑った。その中で一人、橋爪は口を引き結んでいる。心配になってその顔を覗き込むと、彼は千鶴にだけ聞こえるような声量で、噛みしめるように呟いた。

「やっぱり美作さんは、俺のヒーローだった……永遠のヒーローだよ」

そうだ、この人の魂は、ヒーローのままだった。千鶴も頷いた。テレビの中のヒーローは、子供たちに告げる。勇気を持て、逆境に負けるな。その言葉はきっと、いつしかヒーローから巣立っていく大人たちの心にも、永遠に生き続けるのだ。

不意に視線を移すと、いつのまに帰ってきたのだろうか。部屋の壁に、美作が背を預けていた。紳一郎と橋爪が仮面ファイターの話で盛り上がり始めたので、千鶴は彼女の元に歩み寄る。美作は肩を鳴らしながら父の方を見つめ、呟いた。

「……体を張った仕事である以上、いずれ限界は来る。それが明日か、二十年後なのかは分からないけどな」

それはどこか、悲壮な言葉だった。しかしそんな負の面も含めてスタントマンという職業であることを、千鶴も分かり始めていた。それでも誰かのヒーローになりたい者だけがきっと、己の限界が来るまで戦い続けるのだ。

日の光が当たる室内に、かつてのヒーローの笑い声が響き渡る。その声を耳に、千鶴は美作の隣に立ったまま、無言で頷き続けた。

＊　＊　＊

『ウォンテッド』がクランクアップしたのは、夏も終わりかけた頃だった。全十話通して井之原のシャドウをやり遂げた橋爪は、一皮剝けた表情でスタジオにやってきた。美作は「小二の休み時間から小四の放課後になっただけだ」と、相変わらず辛辣だったが。

「へへー。ツルちゃん、これ見てよ」

橋爪が自慢げにスマホを見せびらかす。そこには肩を組んだ井之原と橋爪が、同じ格好と髪型で写っていた。千鶴の横から覗き込んだ那須がからかいの声を上げる。

「何だこれ。イケメンの飼い主と同じ服着せてもらった、ペットのサルか？」

「ひでえや那須さん。否定できねえけど」

橋爪は悲痛な声を上げるが、顔は笑っていた。スタッフロールの端に名前が小さく載るだけのスタントマンにとって、形として残る勲章はこれぐらいしかない。自分が確かに、誰かの影《シャドウ》を演じたという証だ。

「いいな。その画像、私にもちょうだい」

「仕方ねえな。じゃあ、撮影中の俺のカッコいいショットをセットで送ってやるよ」

「あっ、別に橋爪君はいらない。欲しいのは井之原さんの方だから」

スマホを取り出し、千鶴はぴしゃりと返す。那須が驚いたような声を上げた。

「へえ、千鶴ちゃんって、そういうの興味ないと思ってた」

「井之原さんは本当に良い方だったんですよ。イケメンで才能もあるのに決して驕り高ぶらず！　周囲に気を配り、なおかつストイックで！　いずれあの方はビッグになると思います。今後は応援していこうと思っているんで……」

那須に向かって力説するが、一向に画像は送られてこない。顔を上げると、橋爪がとぼとぼとした足取りでスタジオの外に出ていくところだった。その様子を見ていた美作が千鶴の肩を叩き、憐《あわれ》みの溜息をつく。

「千鶴、あんたさあ……もう少し、男心ってもんを分かっておやりよ」

「仕方ないよ。あれはああいうキャラなんだ」

隣でも、那須が諦めたような息を吐いていた。その時、事務所の扉が開く。先程まで来客の対応をしていたようで、アイマスクを外した蒲生が頭だけを出した。ぐるりと中にいるメンバーたちの顔を眺めやると、美作に向かって手招きする。

「斗貴子、ちょっと来て」

蒲生のちょっと来てコールだ。だが、美作は慣れていることなのだろう。間延びした返事と共に、なんの感慨もない様子で事務所に消えていく。

「最近の美作、ハードワークだな……少し心配だよ」

その背中を見送りながら、那須がぽつりと呟く。確かに最近、美作は痛そうに首を回したり、時折気が抜けたようにぼんやりしていることが多くなった。以前彼女が言った、「いずれ限界は来る」という言葉が不意に蘇るが、すぐに頭を振ってかき消す。

美作に限ってそんなことはあるまい……何の根拠もなくそう信じ、千鶴は柔軟を再開する。すると、ほどなくして美作が事務所から出てきた。メンバーが口々に「今度は何ですか？」と興味本位に聞いてくるが、彼女は邪険に手を振って誤魔化している。彼女は千鶴に近づくと、座りこみながら呟く。

「……『NAYUTAⅡ』の制作が、正式に決まった」

その声は、自分にしか聞こえないぐらいの小ささだった。美作の口から出た名前を、千鶴はまるで初めて聞くもののように耳に入れた。

「私がもう一度、雛森つかさのボディ・ダブルを演《や》る」

第四章　Dive to Fire

——ちーちゃんまって、ちーちゃんおいてかないでよ。

幼い嗣美の泣き声が、鼓膜を揺らしていた。小さな足音が、遠くから聞こえてくる。

そうだ。あの子はいつも泣き虫で、引っ込み思案で、自分の後を追いかけてきて……

——おねえちゃん、おねえちゃん、まってよ。

泣き声が大きくなる。嗚咽《おえつ》に混ざって声が届く。違う、私はお姉ちゃんじゃない。

いつだって前向きで、しっかりしてて、誰とでも仲良くできる。みんなから愛されているのは、私じゃない。そうだ、私は……

……私は誰だ？

喉が詰まるような感覚に、千鶴は飛び起きた。こめかみがひどく痛んだ。全身に汗をかいている。息を整えて時間を確認すると、午前六時だった。動悸が激しい、血の気が引くような感覚に、胸元を押さえる。

見慣れた自室には、既に朝方の光が差し込んでいた。のろのろとベッドから降り、鏡を覗きこむ。寝起きの、情けない自分の顔が映っている。いつもと何ら変わらない、二十二年間見続けた顔だ。

壁に手をつきながら階下に降りると、父はもう起きていた。ネクタイを締めながら、欠伸まじりに声をかけてくる。

「おはよう。昨日もバイトで遅かったんだろ、寝ていていいぞ」

確かに、昨日はミュージックビデオの撮影で長時間拘束されていた。ほとんどインディーズに近い無名バンドの作品だったが、演出家兼バンドのリーダーが妙にこだわりの強い人間で、予定以上に時間がかかってしまったのだ。

変な夢を見たのは、疲労のせいだろう。洗面所で顔を洗うと、寝起きの不快感は大分マシになった。再びまじまじと自分の顔を見つめる。

慌ただしく出ていく父を見送った後、二度寝しようかと自室に上がる。階段から手前が自分の部屋、奥が嗣美の部屋だ。嗣美の部屋は、彼女が出て行った時のまま残してある。たまに掃除で入る以外、覗くことはない。

しかし千鶴は立ち止まり、一瞬だけ躊躇《ためら》ってから嗣美の部屋に入った。

机の前に、コルクボードがかけられている。明るく友達が多かった嗣美らしく、中学や高校時代にクラスメイト達と撮ったらしい写真が飾られている。そんな青春とは無縁だった千鶴は掃除に入る時もいつも目を逸らしていたが、なぜか今日は顔を近づけた。高校は、あえて違う学校を選んだ。見慣れない制服、見慣れない友人たちと笑う嗣美。

写真は、何枚か折り重なっていた。下に行くほど古いものになっている。中学は、学区内の同じ公立校だった。学校側の配慮なのか、三年間同じクラスになったことはない。覚えのある制服を着た嗣美が、記憶にない生徒たちと映っている。

一番最下層になって、ようやく千鶴の姿が登場した。小学校の運動会だろうか。多分、低学年ぐらいだろう。フルネームの書かれた体操服を着て、笑う双子の写真。嗣美ははにかみ、千鶴の後ろに隠れている。幼い自分の顔と、嗣美の顔を見比べる。

……千鶴ちゃんと嗣美ちゃんはね。目の下のほくろで見分けるの。ほくろがある方が千鶴ちゃん、ない方が嗣美ちゃんよ。

母の声が蘇った。千鶴は顔を跳ね上げた。広いとは言えない室内を見回し、姿見を覗き込む。そこには、目元にほくろのある自分の顔が映っていた。

思わず安堵の息を漏らし、千鶴は首を振った。一体、何を不安に思っているのだ。自分は佐久間千鶴、それ以外の何者でもない。

自嘲するように再び鏡を覗き込んだ後、千鶴は自室に戻った。単なる寝不足だ、休めば妙な感覚も消えるだろう。ベッドにもぐりこむと、すぐに睡魔が襲ってきた。もう、夢は見なかった。

『NAYUTA II』は、数週間前にクランクインしていた。

前作と同じスタッフが集結したが、どうやら前回の成功で少しは予算が増えたらしい。久保寺監督は上機嫌だったが、その大半をアクションにつぎ込んだというのだから、彼のアクションに対する情熱は推して知るべしといったところか。

その甲斐《かい》もあって、主演の吹き替えを行う美作は、ほとんどの時間を『NAYUTA II』のロケに費やしていた。「今日は川に飛び込んだ」「今日は百人斬りを達成した」「今日は日本刀で弾丸を両断した」……その報告だけ聞くと、一体どんな映画なのかと思う。

今回の映画は、主人公の時多那由が戦国時代と現代を行き来する〈戦国編〉のエピソードらしい。明智光秀《あけちみつひで》による謀反を阻止し、織田信長の天下布武《てんかふぶ》を完遂させせんと歴史の改変を狙う組織の企みを、那由が食い止めるわけである。その中で数年前に行方知れずになっていた那由の姉が信長の正室、濃姫《のうひめ》となっていたことを知り……！　といった衝撃の展開もありだ。橋爪に借りた原作コミックを読破しているので、今回の千鶴にはそれぐらいの知識はあった。信長役に有名俳優を起用したこともあり、期待の声も高い。

千鶴の仕事も増えている。というのも美作が『NAYUTA II』に拘束されている期間、女性スタントマンの仕事が全て千鶴に振られるようになったからだ。

もちろん蒲生が防波堤となり、あまりにも危険な仕事やキャリアの浅い千鶴に任せられないものは断り、学業に支障のない程度に余裕のあるスケジュールを組んでくれている。拘束時間は、大学生がやっている普通のアルバイトと変わらない。

テーマパークのショーで水中にダイブし続ける仕事を終えた夕刻。報告のためにBULLETのスタジオに帰ると、那須たちが現代殺陣の練習をしていた。「お疲れ」とこちらに声をかけ、事務所の方を示す。

「ボスはまだ現場から帰ってないみたいだけど、珍しく美作がいるよ」

「本当ですか？　久しぶりですね」

何だかんだで、美作とは一か月ほど顔を合わせていなかった。『NAYUTA II』の現場はどうなのだろうか。嗣美の様子も聞きたいが、素知らぬふりを決め込んだ方がいいような気もする。相反する思いを抱きつつも、千鶴は荷物を抱え直してスタジオに上がった。事務所をノックしようとして、中から聞こえてきた声に動きを止める。

「……まあ、ツルちゃんはいい子だと思いますよ？　一生懸命だしね」

聞こえてきたのは、橋爪の声だった。ここは本当に壁が薄い。大きなスタジオの端に無理矢理壁を作って設《しつら》えた事務所なので仕方ないのかもしれない。それに相槌を打っているのは、美作のようだった。

「でも、本当に時々なんですけどね……何だか別人と話してるように感じる時があるんっすよ。特に、最近になって」

しかも中にいるのは、BULLETを代表する声の大きい二人だ。千鶴は身を固くして、その会話に耳を澄ませた。趣味の悪いことをしている自覚はあったが、ここで自分の話をしている中に飛び込んでいく勇気はない。続いて、美作の声が聞こえてくる。

「二重人格ってわけじゃないのよね。上手く言えないんだけど、私もたまに思うのよ。もしかしてあの子、二人いるんじゃないかって」

この場を離れるべきだと、本能が告げている。千鶴は荷物を抱えたまま、そろそろと踵を返した。スタジオの入口に座りこむと、那須たちが心配そうな視線を向けてくる。

「どうした？　美作も千鶴ちゃんのこと心配してたし、話してきなよ」

千鶴は無言で頷く。心配してくれていることは分かる。だが、今の会話を聞いてしまった以上、何を話していいかよく分からない。自分はやはり、変なのだろうか。

「あれっ、ツルちゃん来てたんだ。仕事は終わったの？」

と、事務所の扉が開き、橋爪が上ずった声を出してくる。橋爪は壊滅的に嘘がつけない。本人のいないところで噂話をしていたことを、後ろめたく思っているに違いない。

だが、彼の後ろから出てきた美作の様子を見て、千鶴は思わず声を上げた。

「美作さん……どうしたんですか、頭。怪我ですか？」

美作は、額と首筋に大きなガーゼを留めていた。だが、彼女はどうということもなく

な事でも言ってきたんですか？」
「今の撮影ってことは……『NAYUTAⅡ』ですよね？　まさかまた、あの監督が無理
「ちょっと撮影でしくじってね。大した怪我じゃないよ」
肩をすくめただけだ。

な事でも言ってきたんですか？」

　そもそも千鶴が連行された初めての現場で、美作は「もう二度とあのスカタン監督の作品には出ない」と宣言していたのだ。久保寺監督がアクションシーンに心血を注いでいることは確かだし、美作に無理をさせてもおかしくはない。だが、美作は首を振る。

「いや、安全対策はボスがしっかりやってくれてるし、無理なことをするのがスタントマンだからな。私が前回の現場で監督に怒ったのは、素人の雛森さんや千鶴に、スタントマンと同等の演技を要求したからだ。私はプロだ、その要求に応えなきゃならない」

　しかし、その言葉にいつものような力強さはなかった。橋爪も心配そうな表情を見せていたが、嫌な考えを振り払うように明るい声を上げる。

「大丈夫っすよ、トキ姐さんは不死身だから！　一晩寝れば全回復ですよ！」

　ゲームの主人公のようなことを言われ、美作は苦笑した。と、スタジオの外に蒲生のワゴンが停まる音がした。慌ただしく降りてきた蒲生は明らかに睡眠不足の顔を晒しながら、大股でスタジオに入ってくる。

「おかえり千鶴。急なんだけど、来週土曜の午後空いてる？　急遽ドラマの吹き替えが

入って、来てほしいんだけど」

「土曜なら大丈夫ですけど」

二つ返事で頷くと、蒲生は鞄にねじ込んでいた資料をこちらに渡しながら説明する。

「すぐ終わるよ、箱入り女優の代わりに転ぶだけだから。プロダクションが今更台本チェックして、こんな危険なシーンやらせるなって文句付けてきたみたいでさ」

「ああ……転ぶだけ、ですね」

何も、刀を振り回したり、銃撃戦に参加して泥まみれになるだけがスタントマンではない。過保護なプロダクションに所属している女優の場合、少し転ぶだけでもスタントを使うことがある。こちらとしては少額でも出演料が入るので構わないのだが。

資料にはやけにキラキラしたロゴで『この恋に気付いてよ』というタイトルがある。学園物の少女マンガが原作らしい。多分、ドジっ子の主人公が転んだところをイケメンに助け起こされて恋が芽生えるとか、概ねそんな感じの場面だろう。原作も脚本も全く知らないが、大体の想像はつく。

「で？　斗貴子は病院行ってきたの？」

千鶴に向けた仕事の話はそれだけらしい。蒲生は顔を上げもせず、美作にそう問うた。

すると彼女は一瞬だけ間を置いてから、渋々といった口調で返事する。

「……ああ」

「じゃあ、ちょっと来て」

蒲生はいつになく厳しい面持ちで、事務所に向かって美作を手招いた。美作はジャケットのポケットに手を突っ込みながら、警察に補導される不良少女のような様子で蒲生の後に続く。事務所の扉が音をたてて閉まるまで、千鶴は二人の背を見送っていた。

「美作さんの怪我、あまり良くないの？」

隣に立つ橋爪に聞くが、橋爪も彼女の容態を把握しているわけではないのだろう。困った柴犬のように眉間に皺を寄せる。

「分からねえよ。でも、『NAYUTA II』の撮影はもう佳境に入ってるはずだ。あの役をやり遂げて少し休めば、いつものトキ姐さんに戻ってくれるさ」

橋爪もまた、不安に思っているのだろう。美作は不躾で乱暴だが、その強引さがBULLETの光になっていることも確かだ。彼女の調子が悪いと、チームの士気にも関わる。橋爪は無理に明るい口調で続ける。

「さっきもトキ姐さんと話してたんだ。ツルちゃんはすごい頑張ってるって。今もらった仕事も小さいシーンだけど、そういう積み重ねでもっと仕事がもらえるようになるんだしさ。俺たちもトキ姐さんに続けるよう、頑張ろうぜ」

千鶴は頷いたが、先程二人が事務所内で話していたことが、棘《とげ》のように喉元に引っかかっている。唇を湿し、掠れた声を絞り出す。

「橋爪君、私は……」

「ん？」

だが、あまりにも小さな声は聞き取れなかったらしい。目をしばたたかせる橋爪に、千鶴は苦笑しながら首を振った。

「ううん……何でもない」

千鶴は力なく微笑み、閉ざされたままの事務所の扉を見つめる。しばらく那須たちと殺陣の稽古をしたが、美作と蒲生はいつまで経っても外に出てくることはなかった。

＊　＊　＊

『この恋に気付いてよ』……通称『この恋』の撮影は、都内の私立高校で行われた。

現実にはありえない複雑なデザインの制服を着せられ、やけに若くて甲高い声を上げるエキストラの女の子たちが溢れかえる撮影現場で、千鶴は貴族の家に迷い込んだ庶民のような呻き声を上げる。

「おお……撮影現場という地獄の中にも、こんな世界が……」

「……なにカルチャーショック受けてるの、千鶴」

付添いの蒲生は、間抜けに口を半開きにする千鶴を呆れたように見つめている。茶髪にゆるくウエーブのかかったかつら……これも普通に考えれば絶対に校則違反のような気がするが……を勢いよく振って、千鶴は呟く。

「今まで、血生臭い現場しか来たことなかったんで……眩《まぶ》しくて直視できません」

スタントを使おうなどという撮影現場は、大体血糊と泥が飛び交い、火薬と硝煙の匂いに満ちた薄汚い……もちろん美術部が苦労してそういうセットを作っているのだが……戦場である。そんな現場ばかり経験してきた千鶴にとって、ここは異世界に等しい。

だが、時間が経つにつれ、雰囲気は違えど所詮戦場は戦場であったと思い知る。

ロケバスが到着し、中から相手役らしい俳優……名前は分からない……が出てきて、エキストラの女の子たちが黄色い声を上げる。それを制作部の人間が青筋を立てて静かにしろと怒鳴る。主演女優はずっとへそを曲げているらしく、控室から出てこない。マネージャーが右往左往し、苛立った監督をなだめている。更には教師役らしいベテラン俳優が進まない撮影に業を煮やし、現場は騒然となっていた。

香盤表は既に意味を成さなくなっており、千鶴と蒲生はアクション部の控室で一向に来ない制作部からの呼び出しを待っていた。蒲生はここぞとばかりにアイマスクとネックピローの装備で熟睡モードだ。現場は俳優優先で、スタントマンのことなど後回しである。千鶴も待たされることには慣れているので、締切が近い大学のレポートを書きながら眠気と戦っていた。ただ転ぶだけのために、気の長い話である。

と、控室の扉が叩かれる。ようやく出番かと思い、千鶴は立ち上がってドアを開けた。

だが、そこに立っていたのは大柄な男だった。一瞬息を止め、その顔に見覚えがあることに気づく。思わず血の気が引いた。

……ジャイロの金城！

間違いない。『ウォンテッド』の現場で、橋爪の降板を画策していた大手スタントプロダクションの男だ。一瞬で色々なことを考える。まさか、こんなところまでBULLETの邪魔をしに来たのか？　だとすれば、今回のターゲットは自分しかいない。駄目だ、殺される。飛躍する思考の中で、千鶴は本能的に後ずさる。

「あ、あの……JSPの方ですよね……どういったご用件でしょうか……」

よくよく見ると金城は男子生徒役と同じ制服を着ている。細身のイケメン俳優が着ると様になっていたが、この体格の中年男が着ている姿は実に滑稽だった。だがもちろん、そんなことを笑えるほど千鶴は命知らずではない。じりじりと後退して、寝ている蒲生を必死に揺り起こす。

「ボ、ボス！　起きてください、ジャイロの方が……」

さすがの蒲生も呻きながら目を覚まし、顔をしかめてアイマスクを上げた。まずその視界に入ってきたのは、似合わない衣裳を着た金城の巨体だったらしい。寝ぼけた顔で、珍妙な生物を目の当たりにしてしまったような声を上げる。

「ええー、何なのお前……なんでこんな年季の入ったゴリラが『この恋』の現場にいるの？　どこの動物園から迷い込んできたの？　バナナあげるから森へお帰り」

黙ったまま扉の前に立っていた金城が、さすがに口元を引きつらせた。千鶴は青くなって蒲生の後ろに隠れる。金城は後ろ手に扉を閉めた。

「……俺もこの撮影に呼ばれただけだ。主人公を狙う不良生徒役だとよ。あの主演男優の細腕で倒されるらしい」

「随分フレッシュさのない不良だなあ……一体、何年留年してるって設定なんだよ」

蒲生は椅子から半分ずり落ちていた体勢を立て直しながら、ぶつぶつと呟いている。のらりくらりとした言葉に調子を狂わされたように、金城が溜息をついた。

「顔は映らねえんだから、関係ないだろうが……『ウォンテッド』の現場では大人しかったから態度を改めたかと思ったんだが、相変わらず人を苛つかせることに関しては天下一品だな、蒲生のおっさん」

「あの時は、うちの可愛い橋爪がお前らと絡む撮影だったからね。変なこと言って逆上されても困るしさ。こう見えて俺も、色々と考えてるんだよ」

なるほど。確かにあの現場での蒲生は大人しかった。或いは千鶴や橋爪の思惑通り、新人二人が現場をやり遂げたことにより、BULLETとして対等にジャイロという古巣と渡り合おうとしてくれているのかもしれない……というのは、さすがに自分たちを買いかぶり過ぎだろうが。

金城は盛大な溜息をつき、端にあるパイプ椅子に座りこんだ。お茶でも淹れた方がいいのだろうかと、千鶴は備え付けのポットを一瞥する。だが、油断はできない。相手は自分たちに敵意を抱いてアクションの邪魔をし、美作の父を侮辱したような輩なのだ。

金城はこちらの内心を知ってか知らずか、鷹揚に腕を組む。

「随分と撮影スケジュールが狂ってるようだな。スタントの撮影なんて後回しにされるだろう。お前らが来ていることは知ってたから、話す時間があると思ってな」

話す時間？　停戦交渉のつもりだろうか。千鶴は警戒心を解かないまま金城の顔を見つめるが、彼の口から出てきた名前に目をしばたたかせる。

「美作の娘のことだ」

どうして彼女の名前がと思ったが、蒲生はその話を予期していたかのように、眉一つ動かさなかった。緩慢な動作でネックピローを外して姿勢を戻す。

「あの、私は席を外した方が……？」

「あんたにも関わることだ、いた方がいい」

立ち上がりかけた千鶴を制したのは金城だった。蒲生が何も言わないまま頷いたので、恐る恐る腰を下ろす。それを確認するほどの間を置いてから、金城は口を開いた。

「数日前、うちに美作の娘が訪ねてきた。緊急でスタントウーマンを一人探していると。うちにも一人若い女がいるが、別のスケジュールに取られている。そう言うと、別会社でもいいから手配できないか、何なら香港や海外の人間でもいいと頭を下げてきた」

その言葉に、千鶴は眉根を寄せた。スタントウーマンなら自分に声をかければいい。それとも仕事で、もう一人必要になったのだろうか。いや、そもそも役者を探すのは、監督や蒲生の仕事では？　全く理解できない状況だが、金城は蒲生に向かって聞く。

「覚えは？」

「あるといえばあるね」

蒲生は曖昧な答えを絞り出した。すると、金城は千鶴の方を示す。

「どうして、このお嬢さんを使わない？」

「彼女にはまだ、荷が重い役だ」

「そんなこと言ってる場合か？『NAYUTA II』の撮影が、お前らのせいで何日止まってると思ってる？」

千鶴は、金城と蒲生の顔を交互に見返す。自分が口を挟んで良い状況か分からなかったが、声を絞り出す。

「どういうことですか、ボス。現場が止まってるって……美作さんは？」

そんなことは全く聞いていなかった。確かに数日前に美作に会った時、怪我をしていたが。橋爪の話だと、撮影はクランクアップ間近だと聞いている。そんな状況で、撮影が中断しているなど、芳しい状況ではない。

蒲生は渋い顔を見せたまま沈黙した。しかし千鶴の視線に根負けしたように、魂ごと吐き出してしまいそうな息と共に話し出した。

「斗貴子に、ドクターストップがかかってな……『NAYUTA II』は、降板させた」

目の前が真っ暗になった気がした。無理をすることがスタントマンだと、そう豪語していたあの美作が、クランクアップ直前で現場を離れた？　並大抵の状況ではない、嫌な予感に鼓動が早くなり、蒲生の方に身を乗り出す。

「そんな……そんなに悪い怪我なんですか？　またあの監督が、無茶なアクションをさせたとか？　いつ復帰できるんです、どうして言ってくれなかったんですか？」

「落ち着け、千鶴」

蒲生に肩を叩かれ、ようやく千鶴は我に返った。誰に向けていいか分からない苛立ちが沸き上がってくる。それをなだめるように、蒲生は静かな口調で続ける。

「『NAYUTA II』の撮影が、突出してハードだった訳じゃない。言うなれば、今までの累積だ。だが、その分タチが悪い。知っての通り、体を酷使する仕事だ。どんなに注意していても、腰や背骨、頭には普通の人間よりも付加がかかる。過去には、慢性外傷性脳症になったスタントマンの例もある」

「そう言っても、お嬢さんには分からんだろう。いわゆるパンチドランカーってやつだ。ボクサーやアメフトの選手と同じ、脳震盪を繰り返すことで徐々に発症する」

不穏な単語が混ざる言葉に、千鶴は両手を握りしめた。蒲生の声が、遠くから聞こえてくるような錯覚に陥る。

「今回の怪我で病院に行った時、精密検査を受けるように医師から言われてな。斗貴子はせめて『NAYUTA II』のクランクアップまではと主張したけど、俺がそれを止めた。何かあってからでは遅いんだ」

美作なら、そうするだろうと思った。蒲生や医師の言葉など振り切って、入院中でも現場に駆けつけるのではないかと。だが、実際に彼女が降板を決めたということは、美作自身も自分の体の状態に気づいているのかもしれない。金城がぼそりと聞いてくる。

「美作の娘は幾つだ」

「確か、今年で二十七かな」

「そろそろ引退時だろう……女がいつまでも続けられる仕事じゃない」

金城は横目で千鶴を見た。今の台詞は、自分にも向けられたものだったのだろうか。もしかしたら数日前の自分なら、そのことに反発したかもしれない。男も女も関係ない、美作はスタントという仕事に誇りを持った、プロフェッショナルなのだと。だが、千鶴は何も反論できなかった。金城の非情な言葉は続く。

「このままじゃ、父親の二の舞になるだけだぞ」

「そうならないために、俺はお前たちを捨ててBULLETを立ち上げた」

蒲生が、別人のように厳しい声を上げた。そうだ、蒲生はスタントマンの安全と地位向上のため、ジャイロを離反したのではないか。諸悪の根源たるジャイロの金城に、そんなことを指摘される道理はない。

「だが、結果はどうなんだ、蒲生のおっさんよ……いくらあんたが気を使っても、美作の娘にはひっきりなしに仕事が入ってくる。それを断り続けることは出来ないし、あの性格からしても全てをこなそうとするはずだ。その果てが、この状況だろう？」

「ボスは……蒲生さんは、あなたたちとは違います」

千鶴はそう反論した。金城の顔を直視することは出来なかったが、彼らに糾弾されるいわれはないと思った。そのことを金城も自覚しているのか、口元を歪める。

不意に思った。この男も、プロのスタントマンなのだ。彼には彼の思いがあって、ジャイロに残ったのかもしれない。そのやり方は感心できるものではないが、金城も己の仕事を守ろうと必死なのかもしれない。

「別にいいさ。だが、その保守的な考えで、あんたは美作の娘を犠牲にしてまでこのお嬢さんを守るのか？」

と、金城が蒲生を睨《ね》めつけた。千鶴は混乱する頭の中で蒲生に視線を向ける。だが、彼は何も言わない。金城の言葉だけが続く。

「美作の娘が降板した以上、『NAYUTAⅡ』の残りのシーンを演じるのは、普通に考えてBULLETに所属しているもう一人のスタントウーマンだ……それに」

そこで金城が言葉を切った。嫌な間だった。蛇のような視線に射すくめられ、そして続く言葉の重たさに、胃が縮み上がるような気分に襲われる。

「このお嬢さん……雛森つかさと双子だそうじゃないか」

隠し通せる事実ではなかった。自分は『NAYUTA』の現場で拉致された時に、顔を晒している。その後よもやスタント・チームに所属するというのは想像していなかっただろうが、スタント業界の狭さを考えると、一部の人間に知れ渡っていてもおかしくはない。単なる噂として流布していたとしても、顔を見れば一発で分かる。女優の雛森つかさとスタントマンの佐久間千鶴は、双子だと。

「久保寺監督からは聞いている。『NAYUTA II』の制作話が持ち上がった当初、雛森つかさのスタントとして、美作斗貴子ではなく佐久間千鶴を指名したと」

千鶴は顔を跳ね上げ、説明を求めるように蒲生を見た。彼はしばらく動きを止めていたが、観念したように頷く。

「そりゃそうだろう……主演女優と瓜二つ、双子の女性スタントマンなんて、そうそういるもんじゃない。でも、俺と斗貴子がそれを頑なに断った。千鶴のキャリアはまだ浅すぎる。久保寺監督の激しいアクションシーンの撮影に耐えられる体じゃない」

そんなことがあったのかと、千鶴は驚いた。だが、納得できることではある。最終的に久保寺が美作で手を打ったのも、そちらの方が安全でいいアクションシーンが撮れるという判断を下したからだろう。

「そんな状況下で美作の娘にドクターストップがかかった時、久保寺監督がBULLETに要請するであろうことは、俺にも簡単に想像がつく……佐久間千鶴を出せ、だ」

そう言って、金城は再び千鶴に視線を向ける。今度は千鶴も、目を逸らさなかった。だが、彼は全く応えていない様子で鼻を鳴らしただけだ。

「残りの撮影は数シーンだ。しかも素人じゃなく、ちゃんとスタントマンとして仕事をしている人間……何の問題もない、むしろそれ以外に選択肢はない。だが、あんたはそれも断ったんだな？　そうでなければ美作の娘が、毛嫌いしている俺たちに頭を下げてまで、代わりの女性スタントマンを探してくれなんて頼みに来るはずがない」

「ボス……それは本当なんですか？」

自分は何も聞かされていなかった。橋爪の言葉を信じ、『NAYUTA II』の撮影が終わって少し休めば、いつものように乱暴だけど明るい美作に戻ってくれると思っていた。自分の知らないところで、そんなやり取りが行われていたとは想像もしていなかった。

「千鶴の起用を頑なに拒んだのは、斗貴子だ」

そして蒲生は、観念したように声を絞り出した。

「俺は、その話を受けようとした。『NAYUTA II』のスタントは、それほど残っていない。千鶴もうちに所属してもう一年以上経つし、いくつも現場をこなしてきた。だが斗貴子は、千鶴を使うぐらいなら自分が出る、精密検査も受けないと、自分の体を盾にしてきた。おそらく自ら代役を探したのも、千鶴に役を回さないためだろう」

美作は自分を心配して断った？　いや、彼女はいつでも千鶴を一人のスタントマンとして扱ってくれた。そんな軟弱な気を回す女性ではない。つまり、結論は一つだ。

自分は、美作に信用されていないのだ。

代役を任せられるスタントマンではないと、美作に判断されたのだ。

それは仕方がない。自分が未熟なことは分かっている。だが、美作が窮地に追い込まれてもなお、仕事を任せられないという烙印を押されたことはショックだった。暗闇に突き落とされたような気がして、もう顔を上げられなかった。

その時、張り詰めていた室内を現実に引き戻すようなノックが響き渡った。ドアが開かれ、疲れた顔のスタッフが声をかけてくる。

「お待たせしました、スタンバイお願いしまーす」

金城は何事もなかったように立ち上がり、控室の外へ出て行った。去り際に含みを持った視線を蒲生に向けたが、彼は何も返事をせずに首を振っただけだった。座り込んだままの千鶴の肩に手を掛ける。

「千鶴」

現場に呼ばれていることは分かっていたが、千鶴は立ち上がれなかった。この二年間、自分なりに頑張ってきたつもりだった。美作の足元にも及ばないかもしれない。一生かかっても、彼女の背中には追いつけないかもしれない。それでも彼女のような、影の中の眩しい光になりたいと、そう思ってこの仕事を続けてきた。

「美作さんは……どうして私の代役を拒んだんですか？」

「実は、俺にも分からないんだ。何度も説得したんだが、斗貴子の結論は変わらなかった。この話自体、決して千鶴に漏らすなとまで言ったんだ」

すまない。そう言って、蒲生も痛みを堪《こら》えるような表情を見せた。彼もまた、板挟みの状況なのだ。しばらくこちらの肩に手を置いたまま、ゆっくりとした口調で聞く。

「千鶴……お前は斗貴子の代役として『NAYUTA II』の現場に立つ気があるか？」

「もちろんです、でも……」

悲しさよりも勝っていたのは、自分に対する怒りだ。掠れた声で吐露する。

「悔しいです、私は……美作さんの代わりにはなれない」

蒲生の手に、力がこもったような気がした。彼は真剣な口調で断言する。

「一つだけ手はある。君が、斗貴子を説得するしかない」

千鶴は顔を上げた。蒲生の目が撮影前のように、静かに光っているのが見えた。

「俺自身は、千鶴が代役をすることに問題はないと思っている。だが、斗貴子が理由もなく君の代役を拒むとは思えない。あいつを説得できるのは、君自身しかいないよ」

そうだ、自分も美作が考えていることを知りたい。このまま立ち止まっていても、事態は好転しないのだ。千鶴は頷いた。廊下の向こうから苛立たしげな足音が近づいてくる。業を煮やしたスタッフが、もう一度自分たちを呼びに来たのだろう。

蒲生は扉から顔を出し「今出る！」と怒鳴りつけた。千鶴は思いを振り切るように両頬を張って立ち上がる。頭の中を覆う霧は晴れなかった。だが、現場は既に動いている。

……顔を上げな、前だけ向いて戦いな。

いつか本番前に、美作がかけてくれた声を思い出す。いつだって、彼女の言葉は自分の道標だった。あの強い声をもう一度聞くために、彼女に会おう。千鶴はそう決心し、外に向かって歩き出した。

自宅に戻ったのは、夜更けだった。父はまだ帰ってきていない。風呂に湯を張りながら、蒲生から送られてきたメールを見つめる。

それは、美作の自宅の住所だった。彼女は数日後の検査入院日まで、自宅待機中らしい。千鶴の自宅からは電車で三十分ほどの距離に一人暮らしのようだ。

事前に蒲生から連絡してもらった方がいいかと思ったが、やめておいた。彼女が千鶴から逃げるとは思えないが、口止めしていたことを話してしまったと蒲生が責められるのは忍びない。何といっても、稀代《きたい》のヘリウム女である。いつも蒲生が口にしていたからかいの言葉が、どういうわけか寂しく聞こえた。

明日は日曜だ。授業もないし、撮影の翌日で仕事も入っていない。美作が検査入院に入るのに日もないので、明日訪ねるしかない。留守でも玄関で待っていよう。ストーカーのようだと思いながらも、千鶴はスマホを置いた。

その時、SNSにメッセージが入った。BULLETの面々からか。まさか、美作からか？　そう思って、慌てて画面を確認する。瞬間、千鶴は息を止めた。

この三年間、一度もこんな形で連絡が入ることはなかったのに……

そうして千鶴は『嗣美』の表示を、しばらく幻のように見つめていた。

何かあったに違いなかった。頭の中を様々な考えが駆け巡る。そうだ、嗣美は……雛森つかさは今、『NAYUTA II』撮影の真っ最中。そして、彼女のスタントを担っていた美作が降板し、代役が決まっていない。今、自分の身に起きていることを確認する。

まさか監督が業を煮やし、スタントなしで嗣美に無理なアクションを演じさせた？

あの時のように怪我をしたのでは？　二年前、駅前で拉致された出来事が、昨日のことのように蘇った。しかし、手は思うように動かない。撮影直前と同じように深呼吸してから、ようやく千鶴はメッセージを見た。

そこには簡潔な文で、こう記されていた。

『お姉ちゃんは、私が奪ったものを取り返しに来るつもりなの？』

千鶴は、何度もその文を読み返した。

風呂場から、水が溢れている音が聞こえてくる。しかし、立ち上がれない。嗣美から来た、それこそ三年ぶりに自分に向かって放たれた言葉から視線を逸らせない。

お姉ちゃん？　違う、姉は嗣美の方だ……私はいつも彼女の後を追いかけて、引っ込み思案で泣き虫で……いや、そんな嗣美を心配して、庇うように明るく振舞っていたのは自分だった……でも、いつだって友達に囲まれて楽しそうにしていたのは嗣美の方じゃないか……私は誰からも愛されていなかった、母親だって自分を炎の中に置いて、嗣美だけを抱えて逃げて……私は……

不意に、息が詰まった。背中に熱を感じ、心臓の音が早くなった。

――飛べ、千鶴！

父の声が、炎に歪む視界の中から響く。眼下には頼りないエアマット、背後には業火が迫っていた。頭上を舞う火の粉が、ちりちりと髪を焼いた。今なら、今なら飛べる。

私はもう、あの頃のような子供ではない。こんな高さ、何度だって飛んできた。だが、足が動かない、煙に巻かれ、息ができない。思わず咳き込む、父の声が聞こえる……

「千鶴……千鶴！」

体を揺すられ、千鶴は我に返った。白濁した視界の中に、父の顔が映った。スーツを着たままの父はこちらの顔を覗き込み、安堵の息をつく。

「どうしたんだ、風呂も出しっぱなしで……すごい汗だ、熱でもあるのか？」

千鶴は額を押さえた。ことあるごとに自分を襲うこめかみの痛みが、まだ残っている。父の言う通り、額は汗でぬれていた。肺から息を絞り出す。

「大丈夫……うたた寝してたみたい」

そう答えると、父は「早く寝なさい」と言って、風呂の蛇口を止めに行った。千鶴はスマホを見つめ、嗣美からのメッセージを思い出す。しかし、もう画面を見る気力はなかった。一体何をどう返信していいか分からないし、もう一度あの発作が起きるのが怖かった。

「千鶴、具合が悪いなら、医者に行った方がいいぞ。ＰＴＳＤは、時間を置いて再発することもあるらしいから……」

風呂場から戻ってきた父は、深刻な表情で自分の前に座った。千鶴は首を振る。あの火事の後、父に連れられて何度か通ったカウンセリングは、自分を救ってくれはしなかった。今まで記憶の奥底に封印してきたその光景が蘇り、嫌な気分になる。

「大したことないよ。明日も用事があるし、もう寝るね」

溢れさせた風呂に入る元気はなかった。明日の朝、シャワーを浴びよう。自室に上がる千鶴を、父は呼び止めようとはしなかった。千鶴はテーブルの上に置いたままのスマホからまるで逃げるように、ベッドにもぐりこんだ。

＊　＊　＊

美作の自宅は、実に質素なアパートだった。風呂・トイレ共同ということはないだろうが、築どれぐらい経つのだろうかという外観で、半分傾いている気がする。彼女の場合、貧乏時代に借りた物件から引っ越すのが面倒で、そのまま住み続けている感じだった。どうも美作は、衣食住に関して無頓着なイメージがある。

いやに軋《きし》む階段を上り、蒲生から教えてもらった部屋番号の扉の前に立つ……が、インターホンが見当たらない。それらしき物体はあったがボタンの部分が壊れており、配線が飛び出している有様だ。仕方なく、千鶴はペンキの剝げかけた扉をノックした。応答はない。留守なら待とうかと思った時、不意に扉が開けられた。見慣れた美作の顔が突き出され、思わず安堵する。

彼女の様子は、特に以前と変わらなかった。別人のように瘦せ細っていたり、世捨て人のように死んだ目になっていたらどうしよう。いや、彼女に限ってそういうことはない、医者の制止を振り切って走り込みでもしているかもしれない。そんな相反する思いがせめぎ合っていたのだが。

彼女は予想に反して、どちらでもなかった。素直に医者の言うことを聞いて、自宅で大人しくしていた様子だ。千鶴の突然の訪問にも一瞬だけ驚いた顔をしたが、拒みも追い返しもせず、「散らかってるよ」と言って部屋に招き入れてくれた。

外観はボロアパートだったが、中は綺麗《きれい》だった。リフォームでも入ったのだろうか。しかし、室内はひどく無愛想な感じだった。必要最低限の生活用品のほかには、ダンベルが唯一の調度品のように転がっているだけだ。片づけていると言うより、そもそも散らかすものがないらしい。泥棒が入ってきたら、確実に男の部屋だと思うだろう。

「お茶もコーヒーもないよ、カフェインは摂らない主義なんだ。白湯《さゆ》でいいな？」

美作の声が、キッチンから届く。ニコチンはガバガバ摂取しているのに、よく分からない拘りだ。お構いなくと返してから、場違いなセリフのような気がして溜息をつく。

しばらくして美作が盆にも乗せずに持ってきた湯飲みの中は、本当に白湯だった。訪問先で白湯を出されたのは初めてだ。

だが無論、こちらはのんびりお茶をしに来たわけではない。美作もそれは分かっているのだろう。潰れた座布団に腰を下ろすと、「……で？」と、話を促してきた。

聞きたいことは色々あったが、明らかにしたいことは一つだ。しかし、千鶴はすぐに口を開くことができず、しばらく黙っていた。頭上では、旧式のクーラーが唸っている。壁と窓が薄いのか、室内にまで蟬の声が響いている。

「体は……大丈夫なんですか？」

「何とも言えないな。そのために検査入院するわけだしさ」

そんなことは千鶴も分かっていた。ただ、美作の口から「大丈夫だ」の一言が聞きたかっただけだ。しかし、美作は現実的だった。こちらの内心を読み取ったかのように、軽い溜息をつきながら続ける。

「いずれ一線を退く日は来る……どの世界でも同じことだ」

「……引退の可能性もあるということですか？」

また、下らない質問をしてしまった。それを判断するために、美作は大人しく仕事を休み、入院しようとしているのだ。案の定、美作はその質問には答えなかった。答えられなかったのだろう。千鶴は居住まいを正し、ようやく本題に入る。

「……私が美作さんの代わりを演じることは、無理なんでしょうか」

絞り出した声は、自分でも呆れるくらい小さかった。美作はすぐには答えず、テーブルの端に転がっていたタバコの箱にのろのろと手を伸ばした。

「『NAYUTA II』のことか……ボスに聞いたのか？」

「はい。でも、ボスはそのことを最後まで私に黙っていました。ジャイロの金城さんと同じ現場になった時に聞いたんです」

蒲生を庇うように、千鶴はそう言い訳した。だが、美作もそのことには薄々勘づいていたのだろう。彼女はタバコに火を点《つ》けると、煙を吐き出しながら呟く。

「千鶴、あんたは良くやってるよ。正直、この二年でここまで成長するとは思ってもいなかった。もう、立派なスタントマンの一員だ。私の代わりだって、立派に務まるさ」

「じゃあ、どうして……」

「ただ、『NAYUTA II』の残りのシーンを任せることだけは、出来ない」

千鶴の追及を遮るように、美作は強い口調で言った。矛盾しているその言葉に、千鶴は沈黙するしかない。美作は、千鶴の目の前で指を二本立てた。

「納得いっていない顔だな……その理由は、二つある。ただ、それを教えてやるためには、私の質問に答えてもらう必要がある。答えたくないなら、別に強制はしない」

「質問……何ですか？」

美作にしては回りくどい言い方だった。そのことに焦燥感を覚え、千鶴は身を乗り出す。僅かな躊躇いの後に口から放たれたのは、想像していなかったことだった。

「千鶴……あんたは、一体誰なんだ？」

瞬間、いつものこめかみの痛みが復活した。千鶴は美作を凝視する。

真っ直ぐな目だ、全てを見透かしているような。彼女はタバコのフィルターを噛むようにして、平坦な……或いはそれを装った声で続けてくる。

「全部、雛森つかさから聞いた。あんたの妹から」

そうか、ここ数か月もの間、美作は嗣美と同じ撮影現場にいたのだ。

前回の現場では主演女優の単なる吹き替えだったが、今回は違う。美作にとって嗣美……雛森つかさは、自分の後輩……佐久間千鶴の姉妹だ。気さくな美作が、嗣美に声をかけないはずがない。千鶴のことを話さないはずがない。

「最初に雛森つかさのシャドウで現場に引っ張られてきた時から、おかしいと思ってたんだ。素人にしてはカメラ慣れしすぎてるし、現場特有の用語も理解しているみたいだった。撮影現場には独特の空気がある。あんなピリピリした状況下で平然としてられるなんて、随分肝の据わった娘だってな。まあ、その度胸に目を留めて、私もBULLETに誘ったんだけどさ」

淡々とした美作の声は続く。千鶴は座布団に尻を付けたまま、動くことが出来なかった。背中を汗が伝う、火傷の痕がじりじりと痛む。

「いくら子役上がりだからって、性格的に合わずにすぐ芸能界を辞めたって話からは矛盾するとは思った。あの紺野とかいういけ好かないマネージャーが、何の迷いもなく連れてきたのもおかしい……その時は単なる違和感だった。それで、時間のある時に何となく調べてみた。単なる好奇心だ」

これ以上、美作の話を聞いてはいけない気がした。だが、それでは何のためにここまで来たのか分からない。相反する思いが、頭の中を回る。

「今はネットの動画サイトで、かなり昔のテレビ番組もアップされてる。子役時代の雛森つかさが大成した番組、『ぐるぽんアワー』の映像を探すのは、全然難しいことじゃなかった。画質は悪かったけどな。つかさちゃんの顔は、良く見えたよ」

そう言って、美作は透明な表情のまま自分の右目元を示した。

「つかさちゃん、あんたと同じこの位置に、ほくろがあった」

思わず自分の頬に手を当てる。二十二年間共にあった顔だ。今更の事実だ。しかし千鶴は、それを初めて指摘されたような心持ちで、頬に爪を立てた。

「ちなみに『NAYUTA II』の現場で一緒になった雛森つかさに、目元のほくろはなかった。子役時代にあったほくろが消えていたとしても、大多数の人間は不思議には思わないだろうな。ほくろぐらい、今はレーザー治療で消せるし、コンシーラーでも隠せる。ただ、私はあんたを知っている。ここにほくろのある、佐久間千鶴を……つまりだ」

そこで一旦話を切り、美作は短くなったタバコを灰皿に押し付けた。まるで何かの宣告でもするように、殊更ゆっくりと呟く。

「……子役時代の雛森つかさは、あんただったんだな。千鶴」

スタジオの高い天井からこちらを見下ろす灯体の群れが、獣の視線のようなデジタル・シネマカメラが、無機質に自分を見つめる人々の目が嫌だった。

だが、それでも舞台に立ち続けなければならなかった。母の期待、そして泣き虫で引っ込み思案な妹を庇うため。自分が頑張っていれば、母はいつだって機嫌が良かったし、妹に当たることもなかった。あの子を守ってやれるのは、自分しかいなかったのだ……

「知っての通り、私は気が短い。出来る限りあんたの感情を慮《おもんぱか》ってやったつもりだが、ここまで乗り込まれちゃ仕方ない。今から私が言うことから逃げるな、これは全て真実だ。そんなこと、お前自身が一番よく分かっているはずだろう？」

美作の声が、頭の中に反響する。千鶴は美作の「逃げるな」という単語を噛みしめる。

「大方の事実は、あんたが話してくれたことで間違いはない。あんたたち双子は幼い頃から母親によって、子役事務所の劇団ゼウスに入れられた。でも、上手く立ち回れる姉に対して、妹は泣き虫で引っ込み思案な性格だった。結果、妹は長く子役を続けられず、姉だけが『雛森つかさ』として、活動を続けることになったわけだ。そうして『雛森つかさ』は看板番組まで持つ、天才子役として成功を遂げた」

美作が、二本目のタバコに火を点ける気配が届く。

「けど、人気絶頂の時に看板番組『ぐるぽんアワー』は突然打ち切られた。弟も残念がってたから覚えてるよ。ほどなくして、雛森つかさの子役休止宣言。一部のマスコミは色々と勘繰《かんぐ》ったらしいが、移り変わりの早い芸能界で、その話題はすぐに忘れられた。それが、ちょうど十二年前……あんたたちが十歳の時。自宅で火事が起きた年だ」

業火の記憶が、脳裏に蘇った。

全てはあの日から変わってしまった。炎の中に一人取り残された、あの時から。

「……私は」

ようやく吐き出した声は、ほとんど言葉になっていない、呻き声のようなものだった。それでも美作は、千鶴の言葉を待ってくれた。背中に当たる陽の光が熱い。焼け爛《ただ》れそうだ。あの夜もそうだった。その熱は、今でも続いている。

「私は、逃げたつもりじゃなかった……ただ、あの時から私は嗣美を、嗣美は私を、演じ続けなければならなくなっただけ……」

病院のベッドで目覚めた自分を待っていたのは、落胆する母だった。「こんな体じゃ復帰できない」「こんな体じゃ女優として成功することも出来ない」……

父が業を煮やして母との間に入り、怒鳴るように責めていたのも覚えている。おそらくあの時に、夫婦の溝は埋められないものになっていたのだろう。父と母が離婚したのも、自分のせいなのではないか。そんな思いにすら捕らわれることがあった。

医者や看護師は「顔に痕が残らなくてよかった」「目立たない場所だから気にしないほうがいい」と口々に言ってくれたが、母の金切声に近い言葉がその時の自分には深く突き刺さっていた……「こんな体じゃ、外を歩かせることも出来ない」

退院しても、人の目が怖かった。誰かが自分の姿を見て、陰口を叩いているのではないか。仲良くしていた同級生たちとも距離を置いた。それ以前は子役として脚光を浴びていた分、向けられる好奇の視線は、たかが十歳かそこらの少女には酷すぎるものだった。外に出ることすら拒む自分を心配した父が通わせてくれたのが本郷館で、あの場所だけが唯一の救いだった。

泣き虫で、引っ込み思案な少女。鏡の中に映るその存在は、覚えのあるものだった。

それは、嗣美だった……いつも自分を泣きながら追いかけてきた、妹だった。

そんな千鶴とは対照的に、あの事故以降、嗣美はどんどん明るくなっていった。外に出て愛想よく笑い、友達と遊び、要領よく立ち回るようになった。両親が離婚し、頼りにしていた姉が内向的になり……彼女はおそらく、いつの間にか消えてしまった姉を演じることで、心のバランスを保とうとしていたのだろう。

「十二年前……私たちは逆転した」

きつく握りしめていた掌に、爪が食い込んだ。父もそのことには気づいていただろう。しかし、何も言わずに見守った。同じ遺伝子を持つ双子は、魂すら共有しているのかもしれない。一人が光になれば、一人が影になる。そうして均衡を保つのだ。

「あの子は明るい姉に。私は引っ込み思案な妹に。そうしてあの子は……完璧に姉を演じきるために、芸能界に入った。かつて姉が演じていた、『雛森つかさ』として」

雛森つかさは、自分たち双子二人の名前だった。嗣美の真の意図は分からない。彼女は家を出ていく時も、何も語らなかった。ただ、幼い頃を思い出させる少し寂しげな眼差しでこちらを見て、すぐに踵を返してしまっただけだった。

確かに自分は、天才子役だったのかもしれない。この十二年間ずっと、嗣美を姉と呼びながら、子供の頃から大人しくて引っ込み思案で、姉と比べて不出来な妹の役を演じ続けていたのだから。

不意に、肩を叩かれた。美作の手だった。そういえばいつかも、こうして彼女が背中を叩いてくれた気がする。あんたも辛かったのね、と言いながら。同情されるのは嫌いだった。それでも美作にそう言われて、初めて自分の感情に気づけたのだ。

「……あんたは佐久間千鶴だよ。いつでも一生懸命で、度胸の据わったBULLETのスタントマン、佐久間千鶴だ」

美作がそう言った。もしかしたらずっと、誰かにそう言って欲しかったのかもしれなかった。千鶴は何度も頷いた。泣くことはなかったが、ようやく胸のつかえが取れたように息を吐いた。抑揚のない美作の声が、自分をあやすように続く。

「私が千鶴の代役を拒んだ一つの理由は、それだよ。雛森つかさと同じ現場に立つことで、あんたはずっと押し込めてきた事実と必然的に向き合うことになる。そんな場所にあんたを無責任に追いやる勇気は、私にはなかった」

美作が嗣美にどこまで聞いたのかは分からないが、彼女はそうして自分を庇おうとしたのだ。だが、逃げるなと言ったのもまた、美作だ。握りしめていた掌を開く。もう、背中の熱も引いている。こめかみの痛みもない。

「私は……もう平気です」

それは、決して強がりではなかった。最近になって勝気で明るかった自分の片鱗《へんりん》が現れ始めたのは、BULLETに入ったことと無関係ではないだろう。そのことで美作や橋爪に訝られていたとしても、演じていた妹の殻が破け始めているのは事実だった。

「確かに、私は幼い頃の嗣美を演じ続けていました。でもBULLETで皆さんと出会って、段々と元の自分に戻れた気がするんです」

ほとんどサボっていた大学に行くようにもなった。かつてのように、同年代の友人と話すようにもなった。あともう一歩だ、もう少しで自分は、元の佐久間千鶴に戻れる。

そのためには、逃げてはいけない。顔を上げて、戦わねばならない。

「やらせてください、美作さん……私に『NAYUTA II』の代役を」

覚悟はできている、美作が不安に思う要素は何もない。そう示すように、千鶴は彼女を真っ直ぐ見つめた。

「……私はもう一つ、千鶴に代役を任せられない理由があると言ったな」

しかし、美作は決して首を縦には振らなかった。静かに人差し指を立て、続ける。

「もう一つの理由はな……残されたアクションシーンが、千鶴にとって考えうる限り最、悪のスタントになるからだ」

考えうる限り、最悪のスタント……それは難易度の問題だろうか。命に危険が及ぶような？　だが、この現場は自分の魂を取り戻すチャンスだ。命ぐらいかけてやる。千鶴の胸中には、そんな考えすら過る。それでも、美作は言い含めるように口を開く。

「『NAYUTA』の原作を読んだよな？　今回映画化される〈戦国編〉のラストシーンを思い出せ……あれをそのまま、久保寺監督は撮るつもりだ」

その言葉に、千鶴は橋爪から借りて読んだ『NAYUTA』の展開を思い出した。〈戦国編〉のラストで那由は……炎上する本能寺の屋根から、炎に巻かれて飛び降りる。

――飛べ、千鶴！

背中を覆う炎、父の声、炎に歪む視界の下に広がるマット。

それらの映像がフラッシュバックのように蘇り、千鶴は呆然とした。

美作は苦悶《くもん》の表情を隠そうともせず、低い天井を見上げながら言い放った。

「残されたスタントは――ファイアーバーン・ハイフォールだ」

朝日が差し込む本郷館の庭先で、千鶴は立ち止まった。

ここは十二年前から変わらない。本当に時が止まってしまったかようだ。父に手を引かれて初めてこの場所を訪れたのも、こんな暑い夏の日だった。空手着姿でまな板のような下駄を引きずりながら迎えてくれた本郷を見て、自分は父の後ろに隠れた。だが本郷は孫でも見るように目尻を下げながら、何も心配することはないと言ってくれたのだ。

引き戸を開ける。すると師はいつもの通り、道場の入口で地蔵のように背中を丸めながら新聞を読んでいた。何度も見た光景だ。千鶴は思わず目を細めた。

「おう、随分と久しぶりだな千鶴……来て早々悪いが、コンビニでテラレンジャーソーセージ、三箱買って来いや」

「他に弟子がいないからって、優斗のこと甘やかしすぎじゃないですか?」

テラレンジャーは、今期の新しい戦隊ヒーローだ。すると本郷は自慢げに旧式の二つ折り携帯を取り出し、一枚の写真を見せた。見慣れた道場を背景に、空手着姿の男の子が三人並んでいる。真ん中が優斗ということは分かるが、左右の二人には見覚えがない。

本郷は目じりを下げながら、大事そうに携帯をしまう。

「お前がいない間に、可愛い弟子が増えたのさ。優斗が通い始めた小学校の子らしくてな。おまけに送り迎えに来る母親も、若くて美人なんだわ。有賀も喜んでるぜ」

どうやらこの道場にも、一条の光が差し込み始めたらしい。そのことは素直に祝福できる。本郷は満足げに息をつき、新聞に視線を落とした。

「だからまあ、うちのことは心配しないでいい。お前もようやく、こんなさびれた道場通い以外に、やるべきことでも見つかったんだろうが」

なんだかんだ言って、このいい加減な師匠も父と同じぐらい自分のことを心配してくれていたのだ。本郷はぼそりと続ける。

「最近、ようやく面構えがガキの頃に戻ってきたじゃねえか……まだこの道場に来るよりも、前の頃にな」

父と本郷は師弟の仲だ。千鶴と嗣美のことも幼い頃から知っている。もちろん、千鶴が雛森つかさとして活動していたことも、佐久間家の火事のことも。全て知りながら、黙って自分を迎え入れてくれていた。

「師匠。もしも私のやりたいことが命を危険にさらすことだったら、止めます？」

口をついて出たのは、そんな物騒な言葉だった。

本郷は顔を跳ね上げた。そして、こちらの顔をまじまじと見つめてくる。だが、千鶴はその視線から目を逸らさなかった。たっぷりとした沈黙の後、師は軽快に笑った。

「結構じゃねえか、『武士道とは、死ぬことと見つけたり』だ。お前が選んだ場所で、血反吐《ちへど》はいて前のめりで死んで来いや」

やはり本郷は、腐っても武人であった。千鶴はその答えに満足して頷いた。そうでなければ、土壇場で彼の教えが蘇ってくるはずがない。結局のところ、自分の行動規範はこの道場にある。だからこそ千鶴は立ち上がり、本郷に背を向けた。

「冗談ですよ。死ぬために行くんじゃない」

不動心。直接見ずとも分かるその言葉を背中に感じ、千鶴は顔を上げた。

「死ぬためじゃなく、もう一度生まれるために、行くんです」


都内にある高級ホテルのラウンジは、様々な人種で溢れていた。

毛足の長い絨毯《じゅうたん》に、薄汚いスニーカーが沈む。天井から下がったシャンデリアも、価値の分からない壺《つぼ》やら絵画も、何もかもが場違いだ。頭に手をやり、今更ながら気づく。そう言えば最近、昔は身につけていないと外出すらできなかったキャップをかぶることがなくなった。いつからだったのかは忘れてしまったが、BULLETを見学に行った時はかぶっていた記憶があるので、ここ二年かそこらの話だろう。

居心地の悪さを感じつつ、目的の人物を探す。最後に会ったのは二年以上前だから、顔は曖昧だ。向こうがこちらを見つけてくれるのを待つしかない。そう思っていると、背後から抑揚のない声をかけられた。

「お久しぶりですね、佐久間千鶴さん」

そこにはスーツ姿の女性が立っていた。その印象は、初対面の時から変わることがない。全てを見透かすような嫌な視線、コズミックプロモーションの紺野だった。

「本社に直接電話をかけて来て、所属女優に会わせろなどと言ってくる不届き者は、正直たくさんいるんですよ……しかし、肉親でしたら話は別です。雛森も、特に拒絶はしませんでしたからね」

嫌味のような言葉と共に、紺野は慇懃無礼な所作でエレベーターに向かった。千鶴は警戒を解かないまま、彼女の後に続いた。

嗣美が、雛森つかさとして女優デビューを果たす際にコズミックプロモーションを選んだ理由は分からない。おそらくは、単に大手のプロダクションだったからだろう。

その際、子役時代の雛森つかさは自分でないことを隠し通すのは不可能だったはずだ。プロダクションとしても、「元天才子役が復活」と売り出せる大型の新人女優は欲しかったのだろう。互いの利害が一致する以上、紺野が自分たちの事情を知らないはずはない。だから紺野は『NAYUTA』の現場に、ためらいもなく千鶴を拉致したのだ。

そのことは構わない。所詮芸能人など、存在自体が虚構なのだ。だとすれば自分たち双子は、理想的な虚構の存在なのかもしれなかった。そう思ってエレベーターの中で苦笑すると、隣に立っていた紺野が怪訝そうな視線を向けてきたのがおかしかった。

エレベーターは、中ほどの階で停まった。駆け出しの女優ごときでは、まだ最上階スイートでのもてなしは無理かと、下らないことを考える。

紺野が一室の扉をノックすると、中からドアが細く開かれた。室内は、一般的なシティホテルだった。カーテンが閉められているのか、昼間だというのに内部は薄暗い。その中に立つ一人の女の姿は、現実味を帯びない存在のように見えた。

化粧をしており、髪型も服装も違うので、鏡を見ているようだとまでは言えない。しかし、数年ぶりに対面した妹……佐久間嗣美は、やはり自分と同じように成長していた。その現実が、やたらとおかしく感じられた。

「外してください」

嗣美は後方の紺野に向かってそう告げた。背後で扉を閉める音が届く。千鶴はその場に突っ立ったまま、妹に対して何を言っていいのか分からず、静かに名前を呼んだ。

「……嗣美」

すると嗣美は目を逸らし、奥に入るよう手招いた。設えられた椅子に、向かい合わせで座る。血を分けた姉妹なのに、どうしてこんな息苦しさを感じなければならないのかと思うような沈黙が、室内を支配した。

「今日は撮休なの？」

「今の現場が止まってるの」

千鶴が口を開くと、絶妙なタイミングで返事が戻ってくる。『NAYUTAⅡ』の撮影のことだろう。美作の代わりのスタントウーマンは、まだ見つかっていない。アクションが主体の映画ゆえ、スタントなしでは進められないのだ。

再び、牽制しあうような沈黙が訪れた。千鶴はテーブルの上にスマホを置く。

「あのメッセージ、どういう意味だったの？」

「そのままの意味よ」

またも嗣美は、こちらの質問を予期していたかのようにそっけない調子で答えてくる。昔から、こういうことはよくあった。遺伝子が同じだと、呼吸のタイミングまで似てくるらしい。逆に調子を狂わされながら、千鶴は口の端を引き結ぶ。

「……耳には入ってるかもしれないけど、私が今所属しているのはスタント・チームで、スタントマンなんだよ。確かに俳優業とは言えるかもしれないけど、絶対に顔は表に出ないし、名前すら隠される仕事なの。嗣美の仕事とかぶることはないし……」

そこで一旦言葉を切り、千鶴は嗣美の顔を正面から見つめた。

「それに……私はもう、雛森つかさに戻る気はない」

嗣美は何も言わない。何かの役でも演じているかのように、表情すら動かさない。千鶴は唇を湿し、三年近くの時を経て、ずっと聞けなかったことをようやく口にした。

「嗣美は……どうして雛森つかさとして生きようとしたの？」

父にも自分にも、何も言わずに。もともと芸能界に憧れを抱いていたわけでは、もちろんあるまい。嗣美は幼い頃、子役を自分の意志で辞めたのだから。逆に、もう二度と関わりたくない業界だったに違いない。千鶴の問いかけは、無音の室内に霧散する。再びの静寂の中で、千鶴はこめかみを押さえる。

「……嗣美は、何も話してくれなかった」

「何も話さなかったんじゃない、話せなかったんだよ」

と、ようやく嗣美が口を開いた。蚊《か》の鳴くような声だったが、千鶴は顔を上げる。仮面をかぶっていたようだった嗣美の顔が、微かに歪んだ。今まで押し込めていた感情や言葉をゆっくりと拾い集めるように、ぽつりぽつりと話し始める。

「私はずっと、お姉ちゃんみたいになれって言われてきたの。特に母さんからはね。どうしてあんたは千鶴みたいに上手くできないの？　千鶴みたいに振舞えないの？」

「親に対してこんなこと言うのは嫌だけど、母さんはおかしかった。あの人の言うことを真に受ける必要は……」

「そうかもね。でも、そう思えたのは大人になってから。子供にとって、母親は絶対的な存在だもの。母親から可愛がられていたお姉ちゃんには、分からないだろうけど」

可愛がられていた？　その言葉に、千鶴は憤りを覚える。違う、あの人が可愛いのは自分だけだった。天才子役の親として賞賛を集めることに酔っていただけだった。自分は単なるアクセサリーであり、ステータスに過ぎなかった。千鶴は首を振る。

「子供の頃の私は、母さんの矛先が嗣美に向かないように、盾になって頑張ってたつもりだった。それが逆に嗣美のプレッシャーになってたなら、謝らなきゃいけない。でも、もう母さんはいないんだよ？　あの人のことなんか、気にする必要はない……それに」

　千鶴は言葉を詰まらせた。背中の火傷痕が痛む。もしかしたら目の前の嗣美は、これから自分が何を話すか大体の予想がついているのかもしれない。嗣美の大きな瞳に射すくめられるような感覚に捕らわれながらも、千鶴は言葉を絞り出した。

「……あの時、母さんはちゃんと、嗣美の方を助けたじゃない」

「そうね、あの時よ」

　嗣美は間髪いれずにそう答えた。そして、彫像のように動かさなかった体勢をようやく崩した。テーブルに身を乗り出して、囁くように口を開く。

「あの時、母さんは私に対して、なんて言ったと思う？」

　千鶴は逆に、動けなくなっていた。上手く説明できないが、嗣美の思いが空気を伝播して届いた気がした。次の言葉を聞いてはならない、本能的にそう思う。

「……『間違えた』って言ったのよ、分かる？」

　しかし、耳を塞ぐことは出来なかった。嗣美の口元が、自嘲するように歪む。

　その言葉は、俄かには信じがたいものだった。だが、否定も肯定も出来ない。固まる千鶴に対して、嗣美はいきなり立ち上がった。静かだった室内の均衡が崩れる。

「だから私はお姉ちゃんに……雛森つかさにならなきゃいけなかったの！　お姉ちゃんが捨てた名前を拾ってまでしてね！」

堰《せき》を切ったように、嗣美が声を上げる。それすらも銀幕上の演技であるかのように。千鶴は妹の顔を呆然と見上げることしか出来なかった。しかし嗣美はすぐに椅子に座り、再び押し殺した声で続ける。

「あの事故以来、家に籠るようになったお姉ちゃんを見るのが辛かった。だって、自分を見ているようだったから。でも、思ったの。今ならお姉ちゃんと入れ替われる……だから私は外に出るようになった。友達と遊ぶようにもなったし、明るくて誰からも好かれる女の子を、お姉ちゃんを演じ続けるようになった」

十二年前……私たちは逆転した。美作に告げた言葉を思い出す。嗣美もまたあの日の火事を起点として、自分ではない人間を演じ続けなければならなくなったのだ。

「今の私なら、母さんが誇りにしていた雛森つかさになれる……これは誰からも必要とされていなかった私の、精一杯の反抗なの。だから邪魔しないで。私はもうすぐ、完璧な雛森つかさになってみせる」

そう語る妹の姿が、果てしなく遠くに見えた。おそらく、手を伸ばせば届くはずだ。抱きしめることだって簡単なはずだ。しかし、そうすることは躊躇われた。千鶴はただ俯《うつむ》き、力なく首を振ることしかできなかった。

嗣美の転機となった母親の言葉が、真実なのかどうかは誰にもわからない。コンプレックスを抱き続けていた嗣美が極限状態で聞き間違えたのかもしれないし、母親は何か別のことを示唆して言ったのかもしれない。だが、嗣美の中ではそれが揺るぎのない事実なのだ。今更、過去のことを躍起になって否定しても仕方ない。

「嗣美、あなたは良くやった……雛森つかさの名前は、もう嗣美のものだよ」

その名前には、全く未練などない。むしろ子役時代の思い出など、苦渋に満ちたものでしかない。そしてもう自分は、あの光に満ちた世界で顔を上げ、姿を晒すことなど出来ない。自分は影の中で輝く術《すべ》を、そこで生きる人々の果敢な美しさを知った……だからこそ。胸中でそう呟き、千鶴はきっぱりと告げる。

「……けれど、最後にもう一度だけ。私にも、その名前の背中を演じさせて」

私たちは、もう大人になった。どんなに距離と心が離れていても、同じ日の、同じ瞬間に年齢を刻みながら。そしてそれは、これからもずっと続くのだ。

千鶴は立ち上がり、踵を返した。嗣美はそれを止めることはなかった。じっとこちらを見つめたままの嗣美に言い放つ。

「私たちはきっと……もう一度、生まれ直さなきゃならないんだ」

ファイアーバーン・ハイフォール。

火だるま状態での高所落下スタントのことだ。

美作が言った「千鶴にとって考えうる限り最悪のスタント」というのは、本当だった。それこそ、趣味の悪い神様の冗談ではないかと思う。

数年前までは、高所だけでも苦手だったのだ。だが、時間はかかったが、ハイフォール自体は克服した。十メートルぐらいの落下であれば、こなせるはずだ。

問題は、火である。

ファイアースーツや防火ジェルなどの安全対策はしっかりするとしても、体に火を点けるという事実に変わりはない。さらにその状態での高所落下とあれば、いざその場に立たされた時、一体自分がどうなってしまうのか分からない。だからこそ千鶴の過去を知っている美作は、このシーンの代役を自分に任せることを頑なに拒んだのだ。

ＰＴＳＤは、時間を置いてもトラウマを想起させる場面に放り込まれれば、急に発症することもある。これればかりは、プロスタントマンとしての努力や根性といったものでどうにかなるものではない。美作も、その線引きはしっかりしている。おそらく蒲生も千鶴の過去を知っていたら、絶対にこのスタントを千鶴に任せることはなかっただろう。

しかし、ホテルを出たところで、千鶴は美作に電話をかけた。検査入院まで日がない。彼女も準備で忙しいのだろうが、電話にはすぐ出てくれた。彼女らしからぬ大人しい声だったが、元気がないというよりも、これから千鶴が話すであろうことを全て予測しており、それに対する返事を考えあぐねているような様子だった。

「美作さん……やります、ファイアーバーン・ハイフォールを」

美作の沈黙は、予想よりも長く続いた。その間に耐え切れず、千鶴は口を開く。

「美作さんからボスに言ってくれれば、反対しないはずです。ボスなら安全対策もしっかりしてくれるって信じてますから、不安はありません……それに」

一気にまくしたて、そこで一旦言葉を切る。先程まで目の前にいた嗣美の表情が、眼前に蘇った。

「……ちゃんと、嗣美と話しましたから」

『本当に、ちゃんと話したか？』

美作は全てお見通しだと言うように聞いてくる。千鶴は唇を湿し、声を絞り出した。

「言葉は足りなかったかもしれません。ただ、私たちは大丈夫です……双子ですから」

何の根拠もない言葉だった。ただ、今の自分たちには生まれる前からの絆があるという、実に感傷的な繋がりだけが確かなことだった。

「私が嗣美の影《シャドウ》を演じることで、きっと……私たちは、もう一度元に戻ることができる。そんな気がするんです」

ここで逃げれば全ては変わらず、自分たちの関係はよじれたままだ。逃げるなと自分に教えたのは、美作ではないか。そう伝えようとした時だった。

『昔、ボスに言ったことがあるんだ。スタント・チームに「弾丸《BULLET》」って名前は不吉じゃないかってな。弾丸は一回発射されたら、もう二度と戻ってこないだろ？』

美作の静かな声に、千鶴は口をつぐんだ。巨大なトロリーケースを転がす外国人の集団が横を通り過ぎたが、別世界から届いているような美作の声ははっきりと聞こえる。

『そうしたらボスはこう言ったんだ。お前は「ブーメラン」の方がいいのか？　ハイフォールの時、ゴム紐付けて飛び降りるのか、バンジージャンプみたいに戻ってくるつもりか？　だってさ。我々は常に、一発限りの弾丸《BULLET》であれ。「葉隠聞書」にもこう書いてある。生きるか死ぬかという場面では、死ぬ方に進めってな』

スタントマンの安全を第一に考える蒲生が、文字通りの意味でそんなことを言うはずはない。要するにそれは、覚悟の問題なのだろう。千鶴が黙っていると、美作は根負けしたような息をついた。

『分かったよ、千鶴……あんたも立派な、一発の弾丸《BULLET》だ』

その言葉に、千鶴は見えないとわかっていながらも大きく頷いた。そうしてようやく、あのチームの一員として認められた気がした。美作は苦笑しながら呟く。

『なあ、千鶴。私はあんたをチームに誘ったことを、後悔した時もあったよ。この仕事の厳しさは、自分が一番よく分かってる。体を酷使する割に実入りも少ない。ましてや女の子だ。あんたはちゃんと大学にも通ってるし、もしかしたら千鶴の人生を変な方向に捻じ曲げたのかもしれない』

まさか、彼女がそんな風に思っているとは想像だにしていなかった。違う、自分は逆に美作に助けられたのだ。そう言おうとしたが、うまく言葉が出てこない。

『ボディ・ダブル……俳優とスタントマンは、二人で一つ』

と、美作の押し殺した声が届いた。思わず姿勢を正してしまうような、凛《りん》とした響きだった。千鶴は口をつぐみ、その言葉を反芻する。

光と影、相反する二つの存在。それでもその魂は、一つとして人々に認識される。俳優とスタントマンが、そんな存在であるのだとすれば。

『あんたはきっと、あの子にとって最高のボディ・ダブルになれる』

美作の言葉は、千鶴にとって常に正しかった。顔を上げ、ホテルを見上げる。暗い室内で座っている嗣美の姿を思い出し、千鶴は静かに頷いた。

帰路の途中、千鶴はレンタルショップで、数本の邦画とドラマを借りた。

全て、今まで見ることを避けてきた、雛森つかさ出演の作品だ。

自宅に帰って、借りてきたＤＶＤをデッキに突っ込む。嗣美がデビューした頃は、彼女が出演している映画やドラマはもちろん、雑誌やニュース番組で数秒間映るような場面でも目を逸らしていた。

その様子は傍から見たら、双子の片割れの成功を羨む、暗い少女に過ぎなかっただろう。だが、そんな単純で子供っぽい理由であればどんなに楽だっただろうか。

自分は、直視するのが辛かった。かつて自分が捨てた存在を、嗣美が拾い上げ、その皮をかぶって必死に生きているのを見るのが。もしかしたら自分のせいで、彼女がそんな選択をしたのではないかと思ってしまうのが。

だから、必死に言い聞かせた。あの子がもともと、雛森つかさだったのだと。自分はそれを羨んでいるだけの、影の存在に過ぎないのだと。

だが、現実から逃げていても仕方ない。配給会社のロゴが映る画面をぼんやりと見つめ、千鶴はソファに体を沈めた。外はいつの間にか雨が降り出している。そしてまた、始まった映画の冒頭も雨だった。二つの雨音がシンクロして耳に届く。

最初に再生したのは、女優として再デビューした雛森つかさの初主演作である。もちろん新人女優が主役ということもあり、公開館数も少なく、監督もほとんど無名だ。内容も万人に好まれるようなエンタメではなく、全編通して静かな印象の話だ。

嗣美の演技はぎこちない部分もあったが、精一杯主人公を演じようとしていた。何よりも物語が進むにつれ、演技が目に見えて上手くなっているのが分かった。これだけ低予算の映画では、撮影期間など一か月に満たない程度だろう。その中で、彼女は成長していた。そうでなければ、いくら名前が先に知られた話題先行型のデビューだとしても、次の仕事が舞い込んでくることはないだろう。

嗣美は言っていた。これは、反抗なのだと。しかし、それだけの理由で、あの入れ替わりの激しい業界で生き残れるはずがない。

千鶴は一本目の映画を見終え、次に助演で出演したドラマを再生する。そうして今までの時間を取り戻すように、千鶴は画面を見続けた。

『私の苦しみが、貴方《あなた》に分かるはずがないわ！』

嗣美が演じる主人公が、恋人役にそう叫んだ。その瞬間、千鶴は息を止めた。強い視線が、画面越しに投げつけられる。

「……ごめんね、嗣美」

知らず知らずのうちに、千鶴はそう呟いた。

彼女の辛さを、自分は知ろうとしなかった。そのことを、誰も責めはしないだろう。自宅が全焼し、母に見捨てられて火傷を負った幼い子供。更にその後すぐに両親が離婚したとあれば、被害者は千鶴だ。しかしそのこともまた、嗣美を孤独に追いやる原因となっていたのかもしれない。

自分たちの魂が近いところにあるのなら、もう少し傍にいればよかった、もっとたくさん話せばよかった。

あの日から、どんどん嗣美が遠くなっていく気がしていた。だが、遠ざかっていたのは自分の方だったかもしれない。あの子は昔のように、おねえちゃん、おいていかないでよと、泣きながら追いすがっていたのかもしれない。

休みなくDVDを再生し、気づいたら夜中になっていた。何話目かのドラマを再生していると、父が帰ってきた。居間に入ってくるなりテレビ画面を見て、最初は戸惑ったようだが、何も言わずに濡れた背広を脱いで、千鶴の向かいのソファに腰かけた。

千鶴もまた黙り込んだまま、画面を見つめた。今回のスタントに関しては、父には絶対に詳細を言えなかった。こんな決意、止められるに決まっている。千鶴は僅かな後ろめたさを感じながら、口を開く。

「父さんは……嗣美の出演してる番組、全部見てたでしょ」

いくら隠そうとしても、自宅にいる時間は自分の方が長いのだ。映画はこっそりDVDを借りて部屋のパソコンで見ていたかもしれないが、ドラマは録画予約が入っていれば嫌でも気づく。父は僅かな沈黙の後にそれを肯定した。

「まあ、心配だったからな……あの子が芸能界でやっていけるとも思ってなかったし」

「でも、ちゃんとやってる」

画面から目を離さないまま千鶴が呟くと、父も同じようにテレビを見たまま頷いた。

千鶴は問いかけを続ける。

「だから、無理に連れ戻そうとしなかったんでしょ」

嗣美はあんなことを言っていたが、少なくともこの映像を見る限り、嫌々芝居場に立っているということはないだろう。そう確信させるものが、彼女の演技にはあった。

「……昔、遊園地で二人して迷子になったことがあったな」

こちらの横顔を見つめながら、父はふと思い出したように呟いた。

「最初は、嗣美がいなくなったんだ。父さんと母さんが必死に探してたら、次は千鶴がいなくなって、慌てたよ」

そんな、家族四人での楽しい思い出などあっただろうか。家の中には、父と嗣美と自分の写真しか残っていない。だが、記憶をひっくり返してみれば、心のどこかに引っかかっているのかもしれなかった。今まで無理に目を逸らしていただけかもしれない。目の前で再生される、嗣美の映像のように。

「迷子センターに行ったら、大泣きした嗣美の手を握った、半べそのお前がいたんだ。どうして千鶴まで父さんたちの傍を離れるんだって言ったら、自分は嗣美を迎えに行ってただけだって。最後まで自分が迷子になったことを認めようとしなかったな……」

そう言って、父は長い息をついた。それは単なる、思い出話だった。千鶴は苦笑する。

もしかしたら私たちはあの日から、二人して迷子になったままなのかもしれない。

だとしたら今回も、自分が迎えに行かなければ。業火の中に取り残されたあの子を。

「行ってきなさい、千鶴」

不意に、父がそう呟いた。その言葉が何を示しているのか、すぐに理解できなかった。しかし同時に、千鶴は納得したのだ。父はこちらが語らずとも、全てを知っているのだろうと。その上で、こうして自分を送り出してくれているのだと。

夏の激しい雨の音は強くなる。嵐が来るのかもしれない。

その中で千鶴は、強く頷いた。これが美作の言う覚悟なのだと、そう思った。

「父さん、私……もう一度、嗣美の手を取りに行くよ」

＊　＊　＊

『NAYUTA II』ラストシーンの撮影は、夏の只中《ただなか》に行われた。

蒲生と共に撮影所内のセットに向かうと控室に通され、何枚かの書面を並べられた。要するに「何があっても文句は言いません」という念書だ。しかし、紙切れにサインするだけで、この無謀な決断が許されるのであれば好都合だ。

蒲生が目を通して何も言わなかったので、千鶴は特に読むことなくサインを入れた。

制作部の人間がそれを回収し、今度はメイク室に連れて行かれる。

「久しぶりね、妹さん。まさかまたお会いするなんてね」

そう言う担当の女性の顔に覚えはなかったが、その言葉からすると、前回の『NAYUTA』撮影の際にもメイクを担当した人だろう。今回は美術部、撮影部、照明部など、全てが久保寺組の再集結らしい。彼らからしてみれば、一体この三年で何があったのかという人選に違いない。あの時の代役が、今度はスタントマンとして現れたのだ。千鶴は苦笑し、メイクの女性に向かって告げる。

「私は姉です」

「え？　でも前は妹って言ってなかった？」

「そうでしたっけ」

素知らぬ顔でごまかすと、女性はそれ以上何も言ってくることはなかった。横の衣裳には、ボロボロのセーラー服がかかっている。懐かしいと思った。この服を着た美作姿を、今でも鮮明に思い出すことが出来る。自分の人生の転機は、あの瞬間だった。そんなことを考えながら、千鶴は鏡の中の自分が主人公の那由に作り替えられていく様を、他人事のように眺めていた。

しばらくして、メイク室の扉が開けられた。荷物を抱えて室内に入ってきたのは、蒲生だった。もう一人、アシスタントのような女性がついてきた。今回の衣裳は、通常のスタイリストの範疇外《はんちゅうがい》にあるということだ。メイクが完成した千鶴を眺めやりながら、蒲生は渋い顔で告げる。

「いいか、千鶴。今回のスタントはお前がやってきた中でも最高難度だ。油断するな」

最終的に千鶴は、自分の口から蒲生に過去の事故のことを話した。万が一ということもある。蒲生は予想通りその話を聞いて反対したが、結局は千鶴の熱意に負けた。彼は荷物の中から、薄手のインナースーツを取り出す。

「ファイアースーツだ。もう少し厚手で全身を覆うものが良かったんだが、衣裳がセーラー服だからな。長袖っていうのが唯一の救いだ。上半身はこれを着なさい。下半身には火が回らない演出にしてもらうことで、どうにか折り合いを付けたから」

久保寺としては画面を派手にしたいのだろうが、那由の衣裳がセーラー服である以上、どうしても無防備な箇所が出てきてしまう。そこはアクション部責任者である蒲生の交渉により、上半身、背中だけの着火で手を打つことになった。

背中か。やはり神様は趣味が悪いなと、内心で苦笑する。そんな千鶴をよそに、蒲生は続いて透明なボトルを取り出す。

「防火ジェルは全身に塗っておく。万が一の時のために、火が回らない想定の足にもだ……髪はまとめて耐熱性のキャップに入れて、耐火繊維のかつらをかぶせてくれ」

後半はアシスタントにそう指示して、蒲生は念を押すように荷物を示す。すると、アシスタントの女性は怪訝そうな声を上げた。

「ちょっと待ってください……防火マスクは？」

「付けません」

そう答えたのは千鶴だった。通常、ファイアーバーンのスタントでは、俳優に似せて制作した防火マスクをかぶる。顔は最も無防備な場所だ。眼球に火が回れば失明は免れないし、火が回らなくても鼻や口から熱が入れば器官が焼かれる。だが、マスクであれば接写は不可能だ。訴えるように蒲生を見る女性に対して、千鶴は答える。

「今回は顔を映すので、マスクは使いません」

「それは……久保寺監督の意向ですか？」

「監督の要望に、我々が答えた。それだけだ」

蒲生は静かにそう告げる。久保寺は美作の代わりに千鶴がスタントとして入ると告げた時、飛び上がって喜んだという。それは、主演女優と同じ顔のスタントマンが手に入ったことに対してだ。千鶴さえいれば、どんな危険なスタントでもそれなりのアップで画面を撮ることができる。彼がラストの本能寺炎上シーンで、千鶴の横顔を撮りたいと言いだすのは必然だった。

蒲生は当然首を横に振ったが、千鶴は承諾した。防火マスクなしでの撮影。前例がないわけではないが、キャリアを積んだ男性スタントマンの話だ。やはりアシスタントは、不安そうな表情で告げる。

「でも、若い女の子ですし……もし顔に痕でも残ったらどうするんですか？」

その言葉に、千鶴はシャツを脱いだ。背中を見た、アシスタントの言葉が止まる。ファイアースーツを手に取りながら、千鶴は淡々とした口調で言った。

「これ以上火傷痕が増えても、どうってことはありません」

「千鶴、そういうことは……」

言うもんじゃない。そう口にしようとしたのだろう。自虐だと思われたのかもしれない。しかし、蒲生はこちらの表情を見て口をつぐんだ。千鶴もまた顔を上げ、鏡に映った自分を見る。それはいつかの撮影所で、美作が見せていた冷徹な表情に似ていた。そのことに千鶴は場違いな安堵を覚え、ファイアースーツのジッパーを上げる。

アシスタントも、口を出せる立場ではないとわかっているのだろう。不安そうな表情のまま、千鶴の着替えを手伝い始めた。蒲生は外に出ていき、室内に布の擦れる音だけが響く。最後に地毛を防火キャップにまとめ、長い黒髪のかつらを固定する。顔に煤《すす》けた特殊メイクを施すと、そこにいたのは『NAYUTA』の主人公、時多那由だった。

扉が叩かれ、「スタンバイお願いします」の声が届く。道具を片づけ始める女性に一礼し、千鶴は廊下に出た。小道具が放り込まれたコンテナや台車が道を塞ぐ中、駆け回るスタッフはこちらの姿を見てぎょっとしたように道を開ける。

特殊メイクをした俳優など見慣れているだろうと思うが、もしかしたら自分は知らず知らずのうちに、殺気に近い物騒な空気を振りまいていたのかもしれない。

指定された野外撮影場に入る。組まれたセットは、本能寺の屋根だ。史実とは違うのだろうが、そのあたりはフィクションとしての演出なのだろう。高さは十メートル……

あまり高いと落下中に火が回る。ここがギリギリの位置だ。

既にカメラは回っていた。アクション以外の、雛森つかさのシーンが撮影されているのだ。掲げられたマイクブーム、そしてカメラが向けられる芝居場の中心に立っているのは、嗣美だった。

長い黒髪にセーラー服、自分と全く同じ格好だ。先日、嗣美が出演した作品を粗方《あらかた》見たが、『NAYUTA』だけはどうしても見ることができなかった。あのラストシーンには、自分もどこかに映っている。その事実がどうしても邪魔をした。つまり、那由の格好をした嗣美を見るのはこれが初めてだった。

そして同時に、芝居をしている嗣美を目の当たりにするのも、これが初めてだった。彼女の今までの作品を見てからあまり不安は抱いていなかったが、やはり雛森つかさは覚悟を持って現場に臨む、一人の女優であった。凛と前を向き、那由という現実味のない役どころを演じていた。

『お姉ちゃんを返して……彼女はここにいるべき人間じゃない！』

嗣美の金切声が響く。千鶴は顔を上げ、そして苦笑する。嗣美はこちらを見ていない。信長役の男優を、射るような目で直視している。どこのシーンだか分からないが、この本能寺セットを使う場面なのだろう。カチンコが二拍打たれて「カット！」の声がかかる。動きを止めていた嗣美が息を吐き、そしてこちらに視線を向けた。

時間が止まったような気がした。だが、嗣美は千鶴から目を逸らそうとせず、真っ直ぐに歩いてくる。スタッフたちの視線が集中した。そして嗣美は、会話するには微妙な距離を置いたまま、千鶴の前で立ち止まる。

不思議な光景だった。双子とはいえ、物心ついた頃からあえて同じ服装や髪形にすることを避けてきたのだ。こうして意図的に同じ髪型、メイク、服装で揃えられた以上、二人は本当に鏡写しのようだった。今、自分が右手を上げたら、目の前の存在も左手を同じ高さまで上げるのではないか。そんな馬鹿げた妄想まで抱く。

だが、先に動いたのは嗣美の方だった。彼女は深々と頭を下げ、口を開いた。

「よろしくお願いします」

それは、礼儀正しい女優が自分の影《シヤドウ》に対して行う、単なる挨拶だった。だからこそ千鶴も、同じように頭を下げた。傍から見たら、他人行儀だと思われるかもしれない。しかしこれが、光と影の正しい距離だ。固唾を呑んで見守っていた周囲をよそに、嗣美は踵を返す。

横からスーツ姿の女性が近づいてきた。慇懃無礼な調子でお辞儀をする、能面顔の紺野だった。彼女は品定めでもするようにこちらを頭からつま先まで眺めやり、そして千鶴にだけ聞こえるような声で呟く。

「オリジナルの雛森つかさが、二代目の影《シヤドウ》を演じるとは皮肉ですね」

やはりこの女性は、全てを知っていた。しかし千鶴はその言葉を、鼻で笑った。彼女は当初の印象通り、実に下らない人間だった。千鶴の表情がお気に召さなかったのか、紺野は薄い眼鏡の奥にある目を細める。彼女を挑むように見返し、千鶴は口を開いた。

「私はもう、雛森つかさではありません」

いずれ銀幕に投影されるエンドロールの下方に流れるのは、その名ではない。

「私はBULLETのスタントマン、佐久間千鶴です」

今の自分には、それが全てだった。そして千鶴はもう、紺野を見ることはなかった。

顔を上げろ、前だけ向いて戦え。その言葉だけが、脳裏に繰り返し鳴り響いていた。


「――#《シーン》96！」

久保寺監督の号令に、現場に緊張が走る。

おそらく今日の撮影の中で最も大がかりなシーンになることを、現場に関わる者は全員分かっていた。何テイクも撮り直すことは出来ない、一発勝負だ。

照明部も撮影部も、再度の確認に入る。千鶴はスタッフたちの花道を歩くようにして、セットの上へと昇って行った。まるで出征の見送りだなと、時代錯誤なことを思う。そんな気分になるのも、自分の師や美作が口にしていた言葉のせいかもしれなかった。

前のめりで死んで来いだの、生きるか死ぬかなら死ぬ方を選べだの、他人が聞いたらこの平和な現代日本で何を物騒なと思うかもしれない。だがそれは、全て覚悟の問題だ。セットの頂上に立ち、眼前を見下ろす。高さは問題ない。隣の蒲生が風を見ている。ファイアーバーン・ハイフォールは通常のハイフォールよりも風に敏感にならなければならない。炎が下手に煽られれば、思いもよらない箇所に引火する可能性がある。

だが、悪趣味な神様は、見事に風を止めていた。やれるものならやってみろと言われているような気がして、千鶴は天を仰ぐ。しばらくそうしていたが、スタッフや蒲生はもちろんあの久保寺監督すら、急かすようなことはしなかった。それだけ集中力が必要な場面だという認識が、周囲にも伝わっているのだ。

千鶴は再度、眼下を見つめた。スタッフたちが動き回る中、自分と同じ格好をした嗣美の姿はすぐに見つけられた。祈るような真似はしていなかったが、目を逸らすこともなかった。表情までは分からないが、そのシルエットに向かって静かに頷く。

踵を返して蒲生のところまで戻る。彼のこんな真剣な表情を見るのはいつ振りだろうかと漠然と思いながら、再度防火ジェルを塗り直す。蒲生はボクサーのセコンドのような口調で、早口で繰り返す。

「いいか千鶴、ファイアーバーンは、着火から数秒が演技の限界だ。着火は俺がする、迷いは命取りだ、走って、飛べ。それだけ考えろ」

千鶴は無言で頷いた。今回に関しては、役に入ることがひどく難しかった。時多那由というこの役は、かつて自分が背負っていた雛森つかさという名であり、妹の佐久間嗣美でもあり、自分をここまで連れて来てくれた美作斗貴子でもあった。それらが渾然《こんぜん》一体となった結果、今の自分は限りなく透明に近い存在にも思えてきた。

「ボス」

そう思うと、妙に清々しい気分になった。蒲生を呼ぶと、彼はスタッフへの指示を止め、こちらに向き直った。そんな、今から死ぬ人間を見送るような顔をしないでほしい。千鶴が思わず苦笑すると、蒲生はなぜか泣き笑いのような表情を見せた。

「……行ってきます」

そう言って、正面を向く。夏の太陽が視界を焼いた。火が放たれる前から、熱さに視界が歪む。我ながら狂っている。だが、ここは現場だ。一つのカットを撮るためならば、それこそ死をも厭《いと》わない、魑魅魍魎《ちみもうりょう》が跋扈《ばっこ》する戦場だ。

大口径の銃器のように向けられたデジタル・シネマカメラ。掲げられたマイクブームは軍旗。整然と並んだ灯具は、訓練された兵士たちか。では、戦うべき敵は誰だ？

――相手を求めるな千鶴！　いいか、古武術に勝敗はない！　だが敵はいる――それが己自身だ！　己自身と戦え！

どうしてこんな時に、あのいい加減な師の言葉が蘇ってくるのだろうか。走馬灯のようだと考えた後、不吉な気がして止めた。蒲生のインカムに、下からの通信が入る。監督が拡声器を掲げ、何事か叫んだ気がしたが、よく聞き取れなかった。俄かに騒然とする中で、自分の周囲だけが静寂に沈む。

『――＃《シーン》96』

今度は、監督のコールがはっきりと聞こえた。下のマットの周囲にも、セットの上にも、消火器を持ったスタッフが待機している。皆が真剣な表情で、千鶴を見つめている。

他人事のようにそう感じ取りながら、直前に千鶴が思ったのは、やはり眼下にいる嗣美のことだった。

一体この現場に、何人のスタッフが関わっているのだろう。そんな芝居場に、ひどく個人的な思いと共に立っていることは理解していた。だが、それが何だと言うのだ。自分は聖人君主ではない。おそらく、今までカメラの前に立ってきた数多の役者たちもまた、綺麗事だけで撮影に臨んでいたわけではないはずだ。

だから今回だけは、許して欲しいのだ。

今から自分は、自分たちのためだけに飛ぶ。

助監督がカチンコを掲げる。ここからでは見えないが、空気がそう伝えてくれる。広く取られた足場には、接写のためのカメラマンも待機している。更にクレーンカメラが二台。千鶴はその位置を確認し、片手を上げた。準備オーケーのサインだ。そうして胸中で、ある言葉を呪文のように反芻した。

……我々は常に、一発限りの弾丸《BULLET》であれ。

『レディ——』

もう、周囲は見えない。僅かな熱は、蒲生が火種を用意したからだろう。音も聞こえない。ただ、アクションの号令だけを拾えばいい。自分の心臓の音も聞こえない。

しかしどこかで、撃鉄の上がるような、微かな音だけがした。

今、一発限りの弾丸は装填《そうてん》された。

『——アクション！』

トリガーが引かれる、硝煙を棚引かせ、弾丸は発射される。もう背進は出来ない。視界の端に振り上げられた蒲生の腕が映る。「行け、走れ！」そんな声が聞こえた気がした。セットの床を踏み締める。

着火は済んだはずだ。だが、熱は感じない。自分の感覚が麻痺しているだけかも知れない。ならば好都合だ、地上に向かって踏切る場所だけが眼前に迫る。

レールカメラは、この横顔をとらえているだろうか。今、雛森つかさは二人分の魂を背負って存在している。画面に映るこの姿は時多那由だ、それを表に出してはならないが、僅かでもいい。その思いが伝われば、きっとこの身は生まれ変われる。

耳元には、ただ風の音だけがある。あの時と同じだ、周囲ごと融解するような熱、瞬間だった、背後から呑まれるような熱を感じた。

無防備に晒された耳が焼ける、息を吸い込むと流れ込んでくる熱に、器官が悲鳴を上げる。千鶴は奥歯を噛みしめた。

立ち止まるな！　もう自分は、何もできなかった子供ではない。炎に追い詰められて立ちすくんでいた、無力な少女ではない。空が迫る、足場が途切れる、体が自由落下の衝撃に防御態勢を取る。視界の端に、自分をあざ笑うように揺らめく炎の尾が見える。

——飛べ、千鶴！

その時、誰かの声が聞こえた。

いつか聞いた、父の叫びだ。あの火の粉が舞い踊っていた孤独な夜、唯一確かだったその声。いや、違う。脳裏に届いたのは、女の声だった。凛とした、いつでも自分を鼓舞してくれた力強い響き。

反転する視界の中、エアマットを押さえるスタッフたちと、ディレクターズ・チェアを蹴るようにして立ち上がる監督。そしてただ、こちらを振り仰ぐ嗣美の姿が、不思議なほど明瞭に、そしてスローモーションのように眼下に広がった。

その中に、あの姿が見えた……いつだって鷹揚に腕組みをして、こちらの背中をたたいてくれた、美作の顔が。

それは単なる幻だったのかもしれない。だが、千鶴は炎の熱さと落下の感覚の中で、彼女の名を呼んだ。大丈夫だ、私は飛べる。そうして、妹に向かって手を伸ばす。

嗣美。私はここで、もう一度生まれよう。あなたの姿を借りて、今度こそ飛ぼう。私たちはどちらも光で、どちらも影だった。ボディ・ダブル……私たちはきっと、二つで一つだったのだ。

落下の最中、千鶴は不意に、暗転した世界を見た。

その刹那にも満たない時間は、永遠のようにも思えた。もしかしたらその間、世界は本当に止まっていたのかもしれない。

熱さも寒さも恐怖もないその一瞬、どういうわけか嗣美だけは自分と同じ時間を共有していた気がした。

後ろを向いた幼い嗣美が、自分の迎えを待っている。暗闇の中で妹が泣いている。あの子を迎えに行こう、そう思った瞬間だった。

全身に衝撃が走った。肺が潰れたような感覚、全身の骨が軋む。反射的に息を吸うが、入り込んでくるのは熱だけだ。酸素が足りず、意識が白濁する。化学繊維の焼ける匂い、或いは自分の皮膚が焦げる匂いだったのかもしれない。

誰かが何事かを叫んだ。防御反応で背中を丸めると、不意に勢いよく吹き付けられた白煙が視界を染めた。咳き込む、息ができない、朦朧《もうろう》とする意識の中で、白い粉まみれになった自分の腕が見えた。

カチンコの二拍が聞こえない。カットはかかったのか？　それとも自分の鼓膜が、炎でいかれたか？

違う、聴覚は生きている。微かな声が聞こえる。聞き覚えのある泣き声が。

……ああ、また嗣美が泣いている。

あなたはお姉ちゃんなんだから、しっかりしないと駄目なのに。

いや、姉は自分の方だったのか。それならば仕方ない、引っ込み思案で泣き虫なあの子を、この手で受け止めてやらなければならない。

千鶴は消火器の白煙の中で、手を伸ばした。

その胸に、自分と同じ格好をした少女が勢いよく飛び込んできた。

そうだ……迷子の嗣美を見つけた時も、この子はこうして泣きながら抱きついてきた。

遮断されていた五感が復活する。嗣美の頭越しに映る空、焦げ臭い匂い、スタッフたちの拍手、監督の「ナイススタント！」の掛け声。

だが、一番確かだったのは、嗣美の体温だった。衣裳が消火器の粉で汚れるのも厭わず、千鶴は倒れこんだまま、嗣美の背中に回した腕に力を込めた。

大丈夫だ、嗣美。私たちはもう、お互いを演じなくていい。

二人はもう一度ここで、一緒に生まれるのだ。

終章　クランクアップ

――さて、今回の『NAYUTA Reborn』の目玉は、何といってもアクションですね。久保寺監督はアクションにこだわりのある映画監督として有名ですが、やはり撮影は相当ハードだったのでしょうか？

『前回の撮影もそうでしたが、今回は特に厳しかったですね。基本的には私が演じましたが、一部はスタントマンの方にお願いしました。やはりプロの方は凄いですね。海外のように、日本のスタントマンの地位ももっと上がればと思っています』

――ラストの本能寺炎上シーンの迫力は凄かったですね。かなり近い位置からの撮影でしたが、あのシーンも雛森さんが演じられたのでしょうか？

『確かにあの場面は、私です。もう一人の私、と言った方が正しいかもしれませんが』

――雛森さんは通常のシーンとアクションシーンで、自分自身を演じ分けているということでしょうか?

『そうですね……そういうことにしておきます』

季刊『シネマ・ジャパン』第五十七号
雛森つかさインタビュー記事より一部抜粋

＊　＊　＊

雛森つかさが改名するとのニュースは『NAYUTA Reborn』の公開直後ということもあり、マスコミにはそれなりの規模で取り上げられた。

芸名を変える理由としては、これから本格的に女優として活動していくにあたり、子役時代のイメージを払拭するためだからだという。

インタビューの席で、嗣美は「いつまでも、つかさちゃんじゃいられないので」とおどけたように語り、周囲を笑わせた。そして微かに口を引き結び、きっぱりと告げる。

「たった一文字を変えただけですけど、私にとっては大きな意味があるんです」

笑う嗣美は、とても美しかった。もう、引っ込み思案で泣き虫な少女の面影はない。

そう、この改名には、人々が思うよりも大きな意味がある。

彼女は新たな名前と共に生まれ変わり、堂々とした顔で世界に飛び立つのだ。

雛森つばさは、佐久間嗣美だけの名前なのだから。

ロケ車に機材を積み込んでいると、ポケットに入れたスマホが鳴った。慌ててコンテナのバランスを取り、汚れた軍手を外してから画面を見る。

着信は蒲生からだった。このロケハンに同行して二週間だ、そろそろ心配してくる頃だろうとは思っていた。通話を繋ぐと、眠そうな男の声が飛び込んでくる。

『そっちの首尾はどうだ、千鶴』

「無事終わりましたよ。今日中には東京に戻ります」

今しがた自分が積んだコンテナが崩れそうになり、肩にスマホを挟んだまま答える。大学を卒業してから長期のロケハンにも同行できるようになったが、やはり通常のロケより疲労感は倍だ。腰を伸ばしていると、蒲生が笑いながら言う。

『現場に使えそうな女の子が迷い込んできて、無理矢理スカウトして来た？』

「うわあ、既視感」

苦笑しながら、ロケ車の扉を閉める。撤収作業に追われる現場は、おもちゃ箱をひっくり返したように騒がしかった。額の汗を拭っていると、蒲生が告げる。

『明日暇なら、午後からオリオンモールに来るといい。面白いものが観れるよ』

「まあ、オフなので暇ですけど」

要件はそれだけだったようで、蒲生は欠伸まじりの声と共に電話を切った。彼のマイペースなところは、出会った時から変わらない。一息つきながらスマホをしまうと、機材の積み込みを終えた照明技師が声をかけてきた。

「お疲れさん、千鶴ちゃん。『NAYUTA Reborn』の試写見たよ」

そう言う男に、千鶴はありがとうございますと頭を下げた。照明班は撤収作業が終わったらしく、男は立ち止まって口を開く。

「噂には聞いてたけど、ラストシーンは上手いことやったと思うよ。ところでタイトル、公開ギリギリで変わったよな。なんか意図があるのか？」

「ああ、やっぱり『Ⅱ』ってつくと続きものだと思われるらしくって。今回だけでも話は分かりますし、制作委員会の方で急遽変えたそうですよ」

Reborn……再生、もう一度生まれる。その一報を聞いた時、千鶴は思わず笑ってしまった。偶然だろうが、やはり自分を見守ってくれている神様はそこそこ趣味が悪いらしい。照明技師は間延びした相槌を打った後、こちらのロケ車を眺めやった。

「しかし、最近大変そうだな。大学卒業して、こっち一本にしたんだって？」

「はい。幾つか内定も頂いてたんですけどね……やっぱりスタントを続けたいなって」

この春、千鶴は大学を卒業した。就職の道もあったが、大学時代と違ってスタントとの両立は不可能だ。考えた挙句、険しい道の方を選んだ。男に向かって肩をすくめる。

「生きるか死ぬかなら、死ぬ方を選べ。だそうですよ」

「……なんだ、その物騒な教訓」

「前に、美作さんが言ってたんですよ。『葉隠聞書』の受け売りだそうですけどね」

その名前を出すと、男は微妙な表情を見せた。日焼けした顔を頭上に向ける。

「美作が引退してから、女性スタントマンの仕事が一気に回ってきただろうからな……

まあ、彼女もそれを見越して千鶴ちゃんを育ててきたんだろうけどさ」

「美作さんは、引退なんかしてませんよ」

男の声を遮って、千鶴はそう返した。彼は面食らったような顔をする。

「でも、休養に入ってそろそろ一年だろ？　年も年だし、厳しいんじゃないか？」

だが、男に向かって千鶴は首を振った。初夏の空を振り仰ぎ、きっぱりと断言する。

「あの人は、帰ってきます」

男の何か言いたげな視線を背に受けながら、千鶴はロケ車の運転席に乗り込んだ。十時までに東京に帰らないと、雛森つばさが主演の連続ドラマに間に合わない。どうせ父親が録画してくれているのだろうが。エンジンをかけ、時計を確認する。

スピーカーから流れ出すのは、今期の特撮ヒーロー『剣神戦隊ヤイバオー』の主題歌だ。橋爪曰《いわ》く「今回は過去最高の出来っすよ！」とのことだ。彼は毎年のようにそう言っているのだが。

勇ましいテーマ曲を口ずさみながら、千鶴はアクセルを踏み込んだ。東京に続く道は真っ直ぐ伸びており、どこまでも走っていけそうだった。

『みーんなー！　こーんにーちはー！』

日曜日のオリオンモール特設会場は、子供たちの熱気で溢れていた。蒲生御用達《ごようたし》であるヒーローショー司会のプロフェッショナルは、年々その実力に磨きをかけている。子供たちは、目当てのヒーローも登場していないのに興奮していた。

『剣神戦隊ヤイバオーショー』と頭上に掲げられた看板の下、司会の女性が縦横無尽に駆け回る。今期の戦隊ヒーローであるヤイバオーは、古今東西の伝説に残る剣に宿りし神の力を借りて、正義のために戦う五人組ヒーローなのだ！　と、脳内でアナウンスをしながら、千鶴は二階の吹き抜けからその様子を眺めやった。

昨日の疲れで寝坊して、慌ててオリオンモールに向かったら、既にステージの前は満席だった。どうやらヤイバオーは、相当な人気らしい。まあ、特等席は本来の客であるちびっこに譲るのが筋であろう。

舞台の端から怪人が現れ、司会の女性をさらおうとする。子供たちが一緒にヒーローに助けを求める。ショッピングモール自体が揺れるような勢いだ。

『そうはさせないぞ、ダークムラサメ！』というお決まりの台詞と共に飛び出したのはヤイバレッドだ。那須は相変わらず堂に入ったリーダーぶりである。そして、鹿島のヤイバブルー、橋爪のヤイバグリーン。今回の女レンジャーはホワイトとイエローだ。一番可愛いキャラのホワイトの内股ぶりは……間違いなく大熊だろう。必死のリハビリの末に復帰した彼の情熱には、頭が下がる。

そしてその後に続いたヤイバイエローの姿に、千鶴は目を凝らした。

一年前に入った小柄なメンバーよりも、若干背が高い。それに、立ち回りも新人とは思えないほど洗練されている。あの無駄のないアクション、流れるような演技は何度も見たような、その反面懐かしいような、そんな感覚に捕らわれる。

……あの動きは。

千鶴は思わず、手すりを握りしめた。隣で父親に肩車された子供がレッドを応援する声も、耳に入らなかった。今すぐにここから飛び降りてステージに上がってしまいたい気もしたが、さすがにそれは止めておく。自然に笑い出したくなった。

ああ、やっぱり私のヒーローは、決して負けたりしないのだ。

やがてピンチに陥ったヤイバオーたちだったが、観客の応援を受けて立ち上がる。怪人を倒したヒーローが舞台袖にはけた瞬間、千鶴は思わず駆け出した。人混みをかき分けてエスカレーターを降り、一階の会場に向かう。

舞台上では、グリーティングが始まるところだった。子供たちが親と一緒に列に並び、ヒーローたちに握手を求めている。千鶴は逸る気持ちを押さえて列に並んだ。羞恥心《しゅうちしん》などない。何といっても、自分はピンクになったこともあるのだ。周囲の妙な視線をものともせず、子供たちの騒がしい声に紛れる。

レッドがこちらを目ざとく見つけてきた。一瞬後ずさるような仕草を見せる那須だったが、声は出せないので問題ないだろう。鹿島は相変わらず平然としていたし、橋爪は何も考えずに手を振ってくるし、大熊はこちらの意図を察したように親指を立てる。

千鶴も彼らに親指を立てて返事をしながら、活発そうな女の子にまとわりつかれているイエローの前に立った。母親に促されて名残惜しそうに退場する少女に申し訳ないと思いつつ、千鶴はそのヒーローに向かって、右手を差し出した。

「……おかえりなさい」

そう呟いた言葉は、きっとマスクの小さな通音孔越しには聞き取れないだろうと思った。しかし無言のヒーローは千鶴の手を強く握り返すと、口元に人差し指を当てた。こちらの耳元に顔を寄せ、告げる。

「……ヒーローはファンの前で、正体を明かしちゃ駄目だろ？」

仮面の奥からくぐもった、それでも聞き慣れた女の声が聞こえてきた。

「そうですね」

千鶴は繋がれたままの手を強く握り返し、大きく頷いた。
「あなたは私の、ヒーローですから」
周囲から響く子供たちの歓声が、頭の中を駆け巡る。
僕も、ヒーローになれるかな？　後ろに並んだ子供が無邪気にそう言っている。
千鶴は込み上げてきた笑いと涙を同時にこらえながら、胸中で答えた。
大丈夫……いつかきっと、誰だってなれるから。
影の中の、眩しい光。
誰かの心で生き続ける、永遠のヒーローに。

解説

吉田伸子

今、「お仕事小説」が百花繚乱《ひゃっかりょうらん》である。三浦しをんさんの『舟を編む』、辻村深月さんの『ハケンアニメ!』、碧野圭さんの『書店ガール』、宮木あや子さんの『校閲ガール』、坂木司さんの『和菓子のアン』、高殿円さんの『トッカン―特別国税徴収官―』、新野剛志さんの『あぽやん』、桂望実さんの『県庁の星』、山本幸久さんの『ある日、アヒルバス』、朝比奈あすかさんの『天使はここに』……。ぱっと思いついただけでも、書名が出てくる、出てくる(キリがいいので、十冊でやめました)。

「お仕事小説」の醍醐味《だいごみ》は、その仕事ならではの設定をいかに生かすか、である。前述の本で言えば、『舟を編む』がまさにそれで、国語辞書の編集という地道な仕事にスポットを当てることで、物語の絶妙な舞台をつくり出していた。『トッカン』もまた同様で、国税徴収官というお堅い仕事だからこそ、新米の主人公が苦悩する様が、鮮やかに浮かび上がってきた。

とはいえ、百花繚乱の今だからこそ、「お仕事小説」は難しいとも言える。メジャーもマイナーも、さらに言うならニッチなお仕事までもが、すでにその多くが題材になっているからだ。同時に、「お仕事小説」というジャンルの成熟とともに、読者もまた成熟している、ということがある。あ、このお仕事、前にも読んだなぁ、と読者に思われてしまっては、書き手の〝負け〟でもあるからだ（ただし、それにもかかわらず、読ませてしまうようなドラマを描けた場合は別）。

本書もまた「お仕事小説」である。まずは、この状況で敢えて「お仕事小説」をテーマに選んだ作者の美奈川さんの心意気がいい。そして、そして、主人公の仕事に、スタントをもってきたところが、さらにいい。私は私のオリジナルで「お仕事小説」を書く、勝負する、という気概が伝わって来る。スタントとは、映画やドラマで、俳優の代わりに危険なアクションシーンを演じることで、男性ならスタントマン、女性ならスタントウーマンである（両方をひっくるめて、スタントパーソンと言うことも）。

物語は、琉球空手の道場での稽古を終え、近所のスーパーに寄って帰ろうとしていた主人公、佐久間千鶴に父親から電話が入るところから始まる。双子の姉であり、女優の仕事をしている嗣美が撮影中に怪我をした、と。自分も病院に向かうが、事務所の方が出してくれる車に乗って、お前も病院に向かいなさい、と。芸能界に入るために家を出て行った嗣美とは、高校卒業以来、会ってもいない。勝手に家を出て、ろくに連絡をよこさない姉に対するもやもやとした思いはさておいて、と待ち合わせの駅に向かった千鶴を、半ば拉致するような勢いで車の後部座席に押し込んだのは、嗣美のマネジャーと思しき女性、紺野。その紺野が千鶴を連れて行った先は、病院ではなく、映画の撮影所——嗣美が怪我をした撮影現場——だった。事情を説明してください、と言う千鶴に、紺野は「ボディ・ダブルです」としか言わず、撮影スタッフにはこう告げる。「雛森つかさの代役《シャドウ》、入りました！」

そう、千鶴は騙《だま》されたのだ。怪我をして撮影を続けられなくなった雛森つかさ＝嗣美の代わりとして、白羽の矢が立てられたのだ。千鶴の意思は一顧だにされずに。残りは数シーン。ならば強引な手を使ってでも、撮り終えねば、と紺野が強硬策に出たのである。理不尽な状況に置かれた千鶴だったが、気持ちは不思議と醒《さ》めていた。「周囲がパニックになったり、盛り上がっている時ほど醒めた気分になるのは、千鶴の悪い癖だった。良く言えば冷静、悪く言えば他人事」。代役は嗣美の意志か？　という千鶴の問いに、私の独断だ、と答える紺野。なら、このまま帰ってしまっても、誰も自分を責めないだろう。「本当に逃げてしまおうか」。

そう千鶴が思った時、顔も黒髪も泥と血糊《ちのり》まみれなセーラー服姿の女が現れる。彼女は、雛森つかさのスタントを務めていた女性だった。素人《しろうと》に階段落ちのカットまでやらせる気か、残りのシーンは全て私が吹き替える、と監督に詰め寄ったその女性こそが、「スタント・チームBULLET」に所属するスタントウーマン、美作だった。美作の渾《こん》身《しん》の階段落ちのスタントをその目で見た千鶴は、腹を括《くく》る。そして、階段落ちの受け身から立ち上がる、という難しいシーンをクリアする。千鶴を支えたのは、十年近く続けている琉球空手だった。

一度のテイクで監督からのＯＫをもらった千鶴は、その後の美作のスタントを見て、心を動かされる。「あの人は、影の中の光だ」と。それは、雛森つかさとして輝いている、光の嗣美と、顔は一緒なのに「一人は芸能人でちやほやされて、一人は友達もいないような暗い奴」と評される影の自分、という対比の中で生きてきた千鶴が見出した、新鮮な驚きだった。

この美作、そして美作のボスである「スタント・チーム BULLET」の代表である蒲生との出会いが、千鶴をスタントの世界へと導くきっかけとなる。やがて、自身も「チーム BULLET」の一員となり、美作に続くスタントウーマンとして成長していく千鶴のドラマが、本書の読みどころの一つ。ひと口にスタントといっても、映画やドラマのアクションだけではない。「スーツアクター」（いわゆる、戦隊ものの仮装や、着ぐるみの中にいる人）としての演技のディテイル、これが面白い。さらには、スタントの練習方法、大手スタント事務所との確執、等々、その業界ならではの設定が存分に生かされている。

そして、そして、さらなる読みどころは、スタントウーマンとしてだけではなく、千鶴個人としての成長が丁寧に描かれているところ。嗣美は光で、自分は影。片や芸能人で、片やぱっとしない根暗な大学生。二人の立ち位置を分けたのは、十年前、千鶴たちが住んでいたマンションが火事になったこと。その火事自体も、その時に負った酷《ひど》い火傷の跡も、千鶴にとってはトラウマになっているのだが、では、どうして千鶴が火傷を負ったのかといえば、母親が「嗣美だけを抱えて逃げ」たからだ。火傷の跡より何よりも、そのことが千鶴に深い傷を残していたのだ。その後、両親はすぐに離婚してしまったため、その時の真意を、母親に確かめることもできずに、千鶴は生きてきた。同じ双子なのに、どうして、自分は助けてもらえなかったのか。このことは、本書の終盤、嗣美の口から〝事実〟が告げられるのだが、これがまた、胸に刺さる。

この、千鶴と嗣美のくだりを加えたことで、本書は、「お仕事小説」だけではなく、青春小説、さらには家族小説としての側面が加わることになる。明かされる嗣美と千鶴の〝過去〟。それぞれに、その〝過去〟に決着をつける嗣美と千鶴の姿がいい。自分のトラウマを、嗣美のスタントをすることで乗り越えようと決意した千鶴が、父親に向かって「父さん、私……もう一度、嗣美の手を取りに行くよ」と宣言する箇所には、思わず胸が熱くなる。

もう一点、本書の美点は、嗣美にとっても、千鶴にとっても、トラウマの源になっている母親——自分が叶えられなかった夢を、娘に託したステージママ——を、直接物語に登場させなかったことだ。どうしようもない母親なのだけれど、その彼女を物語の前面に押し出してしまうと、本書の輪郭が家族小説寄りになってしまうのだ。そういうところにも、この作品は「お仕事小説」なのだ、という美奈川さんの心意気がある、と私は思う。物語に厚みを出すために、青春小説、家族小説の要素は加えるけれど、でも、真ん中に通る筋は一本、「お仕事小説」である、と。

他にも、登場人物たちの造型の確かさ――とりわけ、チームBULLETの面々、美作はもちろん、蒲生、橋爪、大熊、千鶴の空手の師匠、千鶴の父――や、物語の語り方が滑らかであること、アクションシーンでの描写、等々、読みどころたっぷり。何より、どっしりとした内容なのに、読み終えた後に残る爽やかさ、明るさが本書の魅力である。

もし、叶《かな》うなら続編を、と思う。スタントウーマンとしての千鶴のこれからも、女優としての嗣美のこれからも、どちらも読んでみたい。できれば、今度は嗣美視点での物語を、と。そんなふうに思うのは、私だけではないはずだ。

（よしだ・のぶこ　書評家）

本書は、集英社文庫のために書き下ろされた作品です。

集英社文庫　目録（日本文学）

美奈川護　弾丸スタントヒーローズ
湊かなえ　白ゆき姫殺人事件
宮尾登美子　影絵
宮尾登美子　朱夏(上)(下)
宮尾登美子　天涯の花
宮尾登美子　岩伍覚え書
宮木あや子　雨の塔
宮木あや子　太陽の庭
宮城谷昌光　青雲はるかに(上)(下)
宮子あずさ　看護婦だからできること
宮子あずさ　看護婦だからできることII
宮子あずさ　老親《ろうしん》の看《み》かた、私の老い方
宮子あずさ　ナースな言葉　こっそり教える看護の極意
宮子あずさ　ナース主義！
宮子あずさ　卵の腕まくり　看護婦だからできることIII
宮沢賢治　銀河鉄道の旅
宮沢賢治　注文の多い料理店
宮下奈都　太陽のパスタ、豆のスープ
宮下奈都　窓の向こうのガーシュウィン
宮田珠己　ジェットコースターにもほどがある
宮田珠己　だいたい四国八十八ヶ所
宮部みゆき　地下街の雨
宮部みゆき　R.P.G.
宮部みゆき　ここはボツコニアン　1
宮部みゆき　ここはボツコニアン　2　魔王がいた街
宮部みゆき　ここはボツコニアン　3　二軍三国志
宮本輝　焚火の終わり(上)(下)
宮本輝　海岸列車(上)(下)
宮本輝　水のかたち(上)(下)
宮本昌孝　藩校早春賦
宮本昌孝　夏雲あがれ(上)(下)
宮本昌孝　みならい忍法帖　入門篇
宮本昌孝　みならい忍法帖　応用篇
三好徹　興亡三国志一～五
武者小路実篤　友情・初恋
村上龍　テニスボーイの憂鬱(上)(下)
村上龍　ニューヨーク・シティ・マラソン
村上龍　ラッフルズホテル
村上龍　すべての男は消耗品である
村上龍　龍言飛語
村上龍　エクスタシー
村上龍　昭和歌謡大全集
村上龍　KYOKO
村上龍　はじめての夜　二度目の夜　最後の夜
村上龍　メランコリア
村上龍　中田英寿　文体とパスの精度
村上龍　タナトス
村上龍　2days 4girls

集英社文庫　目録（日本文学）

村上龍　69 sixty nine
村山由佳　天使の卵 エンジェルス・エッグ
村山由佳　BAD KIDS
村山由佳　もう一度デジャ・ヴ
村山由佳　野生の風
村山由佳　きみのためにできること
村山由佳　キスまでの距離 おいしいコーヒーのいれ方Ⅰ
村山由佳　青のフェルマータ
村山由佳　僕らの夏 おいしいコーヒーのいれ方Ⅱ
村山由佳　彼女の朝 おいしいコーヒーのいれ方Ⅲ
村山由佳　翼 cry for the moon
村山由佳　雪の降る音 おいしいコーヒーのいれ方Ⅳ
村山由佳　緑の午後 おいしいコーヒーのいれ方Ⅴ
村山由佳　海を抱く BAD KIDS
村山由佳　遠い背中 おいしいコーヒーのいれ方Ⅵ
村山由佳　夜明けまで1《ワン》マイル somebody loves you

村山由佳　坂の途中 おいしいコーヒーのいれ方Ⅶ
村山由佳　優しい秘密 おいしいコーヒーのいれ方Ⅷ
村山由佳　聞きたい言葉 おいしいコーヒーのいれ方Ⅸ
村山由佳　天使の梯子
村山由佳　夢のあとさき おいしいコーヒーのいれ方Ⅹ
村山由佳　ヘヴンリー・ブルー
村山由佳　蜂蜜色の瞳 おいしいコーヒーのいれ方 Second Season Ⅰ
村山由佳　明日の約束 おいしいコーヒーのいれ方 Second Season Ⅱ
村山由佳　約束 ―村山由佳の絵のない絵本―
村山由佳　消せない告白 おいしいコーヒーのいれ方 Second Season Ⅲ
村山由佳　凍える月 おいしいコーヒーのいれ方 Second Season Ⅳ
村山由佳　雲の果て おいしいコーヒーのいれ方 Second Season Ⅴ
村山由佳　彼方の声 おいしいコーヒーのいれ方 Second Season Ⅵ
村山由佳　遥かなる水の音
村山由佳　記憶の海 おいしいコーヒーのいれ方 Second Season Ⅶ
村山由佳　地図のない旅 おいしいコーヒーのいれ方 Second Season Ⅷ

村山由佳　放蕩記
村山由佳　天使の柩
群ようこ　トラちゃん
群ようこ　姉の結婚
群ようこ　でも女
群ようこ　トラブルクッキング
群ようこ　働く女
群ようこ　きもの365日
群ようこ　小美代姐《こみよねえ》さん花乱万丈《からんばんじょう》
群ようこ　ひとりの女
群ようこ　小美代姐さん愛縁奇縁
群ようこ　小福歳時記
群ようこ　母のはなし
群ようこ　衣もろもろ
室井佑月　血《あか》い花《はな》
室井佑月　作家の花道

集英社文庫　目録（日本文学）

室井佑月　ああ〜ん、あんあん
室井佑月　ドラゴンフライ
室井佑月　ラブゴーゴー
室井佑月　ラブファイアー
タカコ・半沢・メロジー　もっとトマトで美食同源！
毛利志生子　風の王国
茂木健一郎　ピンチに勝てる脳
望月諒子　神の手
望月諒子　腐葉土
望月諒子　田崎教授の死を巡る桜子准教授の考察
望月諒子　鱈目《たらめ》講師の恋と呪殺。桜子准教授の考察
森絵都　永遠の出口
森絵都　ショート・トリップ
森絵都　屋久島ジュウソウ
森鷗外　舞姫
森鷗外　高瀬舟

森達也　A3《エースリー》(上)(下)
森博嗣　墜ちていく僕たち
森博嗣　工作少年の日々
森博嗣　ゾラ・一撃・さようなら Zola with a Blow and Goodbye
森まゆみ　寺暮らし
森まゆみ　その日暮らし
森まゆみ　旅暮し
森まゆみ　貧楽暮らし
森まゆみ　女三人のシベリア鉄道
森まゆみ　いで湯暮らし
森瑤子　情事
森瑤子　嫉妬
森見登美彦　宵山万華鏡
森村誠一　壁の目　新・文学賞殺人事件
森村誠一　終着駅
森村誠一　腐蝕花壇

森村誠一　山の屍
森村誠一　砂の碑銘
森村誠一　悪しき星座
森村誠一　黒い神《み》座《くら》
森村誠一　ガラスの恋人
森村誠一　社《しゃ》奴《ど》
森村誠一　勇者の証明
森村誠一　復讐の花期　君に白い羽根を返せ
諸田玲子　月を吐く
諸田玲子　髭麻呂　王朝捕物控え
諸田玲子　恋縫
諸田玲子　おんな泉岳寺
諸田玲子　狸穴《まみあな》あいあい坂
諸田玲子　炎天の雪(上)(下)
諸田玲子　恋かたみ　狸穴あいあい坂
諸田玲子　四十八人目の忠臣

集英社文庫　目録（日本文学）

唯川恵　シフォンの風
唯川恵　キスよりもせつなく
唯川恵　ロンリー・コンプレックス
唯川恵　彼の隣りの席
唯川恵　ただそれだけの片想い
唯川恵　孤独で優しい夜
唯川恵　恋人はいつも不在
唯川恵　あなたへの日々
唯川恵　シングル・ブルー
唯川恵　愛しても届かない
唯川恵　イブの憂鬱
唯川恵　めまい
唯川恵　病む月
唯川恵　明日はじめる恋のために
唯川恵　海色の午後
唯川恵　肩ごしの恋人

唯川恵　ベター・ハーフ
唯川恵　今夜 誰のとなりで眠る
唯川恵　愛には少し足りない
唯川恵　彼女の嫌いな彼女
唯川恵　愛に似たもの
唯川恵　瑠璃でもなく、玻璃でもなく
唯川恵　今夜は心だけ抱いて
唯川恵　天に堕ちる
湯川豊　須賀敦子を読む
行成薫　名も無き世界のエンドロール
夢枕獏　神々の山嶺《いただき》(上)(下)
夢枕獏　黒塚 KUROZUKA
夢枕獏　ものいふ髑髏《どくろ》
横森理香　凍った蜜の月
横森理香　30歳からハッピーに生きるコツ
横山秀夫　第三の時効

吉川トリコ　しゃぼん
吉川トリコ　夢見るころはすぎない
吉木伸子　スーパースキンケア術 あなたの肌はまだまだキレイになる
吉沢久子　老いをたのしんで生きる方法
吉沢久子　老いのさわやかひとり暮らし
吉沢久子　花の家事ごよみ 四季を楽しむ暮らし方
吉沢久子　老いの達人幸せ歳時記
吉田修一　初恋温泉
吉田修一　あの空の下で
吉田修一　空の冒険
吉永小百合　夢の続き
吉村達也　やさしく殺して
吉村達也　別れてください
吉村達也　セカンド・ワイフ
吉村達也　禁じられた遊び
吉村達也　私の遠藤くん

集英社文庫

弾丸《だんがん》スタントヒーローズ

2016年8月25日　第1刷　　定価はカバーに表示してあります。

著　者　美奈川《みながわ》　護《まもる》
発行者　村田登志江
発行所　株式会社　集英社
東京都千代田区一ツ橋2-5-10　〒101-8050
電話　【編集部】03-3230-6095
【読者係】03-3230-6080
【販売部】03-3230-6393（書店専用）

印　刷　凸版印刷株式会社
製　本　加藤製本株式会社

フォーマットデザイン　アリヤマデザインストア　　マークデザイン　居山浩二

ISBN978-4-08-745482-6 C0193